支持单位

成都市文学艺术界联合会

出品单位

四川师范大学文学院

成都市李劼人研究学会

四川新文学大系

史料编 ·第二卷·

总　　编　　王嘉陵　刘　敏

副 总 编　　张义奇　曾智中

本编主编　　付玉贞

副 主 编　　吴红颖

四川文艺出版社

图书在版编目（CIP）数据

四川新文学大系. 史料编：共二卷 / 王嘉陵，刘敏
总编；付玉贞主编；吴红颖副主编. — 成都：四川文
艺出版社，2024.10. — ISBN 978-7-5411-6554-2

Ⅰ. I218.71

中国国家版本馆 CIP 数据核字第 2024E31Y49 号

SICHUAN XINWENXUE DAXI · SHILIAOBIAN（DIERJUAN）

四川新文学大系·史料编（第二卷）

总编 王嘉陵 刘 敏
本编主编 付玉贞 副主编 吴红颖

出 品 人	冯 静
策划组稿	张庆宁
书稿统筹	宋 玥 罗月婷
责任编辑	卫丹梅 付淑敏
封面设计	叶 茂
版式设计	史小燕
责任校对	段 敏
责任印制	桑 蓉 崔 娜

出版发行 四川文艺出版社（成都市锦江区三色路 238 号）
网　　址 www.scwys.com
电　　话 028-86361802（发行部）　　028-86361781（编辑部）

邮购地址 成都市锦江区三色路 238 号四川文艺出版社邮购部　 610023
排　　版 四川胜翔数码印务设计有限公司
印　　刷 成都东江印务有限公司
成品尺寸 148mm×210mm　　　　开　 本　 32 开
印　　张 29.5　　　　　　　　　字　 数　 770 千
版　　次 2024 年 10 月第一版　　　印　 次　 2024 年 10 月第一次印刷
书　　号 ISBN 978-7-5411-6554-2
定　　价 220.00 元（共二卷）

目录

H /038

含　沙

J /039

焦菊隐　　金满成　　靳　以　　荆有麟　　敬隐渔

L /043

老　舍　　李劼人　　李开先　　李南力　　列躬射
林如稷　　刘白羽　　刘盛亚　　鲁　莽　　路　翎
罗　烽　　罗　淑　　骆宾基

M /060

马静沉　　茅　盾　　梅　林

N /062

聂绀弩

O /063

欧阳山

Q /064

齐　同　　青　苗　　卿秉渊

S /065

沙　坪　　沙　汀　　沙　雁　　邵荃麟　　邵子南
沈起予　　司马文森　司马訏

T /074

陶　雄　　田　涛

W /076

万迪鹤　　王　蓝　　王冶秋　　王影质　　王余杞
文德铭　　文　若　　吴组缃

X /080

夏忠道　　萧　红　　萧蔓若　　萧　乾　　谢冰莹
谢文炳　　熊佛西　　熊　吉　　徐　訏　　徐　盈

文学理论与评论 /362

著作书目

整理说明

　　一、本资料收录的作家范围为新文学时期的四川（含重庆）籍作家，包括部分祖籍为四川、出生地为四川或在四川生活过的作家，以及在四川出版过作品的作家，作家按姓氏音序排列。

　　二、本资料收录的作品时间范围为 1912—1949 年。

　　三、本资料收录作品体裁范围包括小说、诗歌、散文、戏剧、报告文学、文学理论与评论及各体作品集。

　　四、著录内容主要包括书名、作者或主编、出版地和时间、主要内容。戏剧部分的著录内容主要包括戏剧名称、作者或编剧、出版社、出版时间和地点、戏剧结构、戏剧内容。

　　五、资料主要参考了《民国时期总书目》《中国新文学大系》及后来整理出版的作者文集等前人研究成果。

小　说

A

阿　垅

南　京

1940 年 2 月 3 日获中华全国文艺界抗敌协会文艺奖，当时因故未出版，1987 年人民文学出版社以《南京血祭》为名出版。

艾　芜

南国之夜

上海　良友图书印刷公司　1935 年 3 月初版　164 页　良友文库

收入《南国之夜》《咆哮的许家屯》《左手行礼的兵士》《伙伴》《强与弱》《欧洲的风》6 篇小说。

山中牧歌

上海　天马书店　1935 年 9 月版　61 页　32 开　天马丛书

收入《山中牧歌》《罂粟花》《瘴气的谷》《疯婆子》《风土图两幅》5篇小说。

南行记

上海　文化生活出版社　1935年12月初版　170页　文学丛刊　第1集

收入《人生哲学的一课》《山峡中》《松岭上》《在茅草地》《洋官与鸡》《我诅咒你那么一笑》《我们的友人》《我的爱人》，书前有作者写于1933年11月1日的序。

夜　景

上海　文化生活出版社　1936年11月初版　245页　36开文学丛刊　第3集

收入《夜景》《儿子归来的时候》《变》《山中送客记》《乡下人》《张福保》《饥饿》《一家人》《毛辫子》《小犯人》。

丰饶的原野（第一部：春天）

上海　良友图书印刷公司　1937年1月初版　157页　长50开　中篇创作新集　第6种

上海　良友复兴图书公司　1940年11月初改排本初版　69页32开

桂林　今日文艺社　1942年1月初版　1942年8月渝再版1944年3月4版　96页　32开　今日文艺丛书

重庆　自强出版社　1945年5月初版　112页　32开

桂林版和重庆版书后有《春天改版后记》。

丰饶的原野

重庆　自强出版社　1946年1月沪初版　1946年4月北平再版　257页　32开

本书包括《春天》《落花时节》两部分。

芭蕉谷

上海　商务印书馆　1937年6月初版　223页　长42开　文学研究会创作丛书

收入《芭蕉谷》《某校纪事》《端阳节》。

查　实

载于《当代创作小说选（下集）》，朱益才编，经纬书局，1937年6月再版，1570页。

海岛上

上海　文化生活出版社　1939年5月初版　203页　文季丛书之二

收入《海岛上》《印度洋风土画》《热带即景》《海潮》《小宝》《荣归》《偷马贼》《森林中》《爸爸》。

遥远的后方　艾芜　张天翼等著

上海　大时代出版社　1939年5月初版　166页　大时代文库文艺丛书　第1种

收入《遥远的后方》（艾芜）、《新年》（张天翼）、《盐贩子》（刘白羽）、《后死者》（罗洪）。

逃 荒

上海 文化生活出版社 1939 年 8 月初版 79 页 文学小丛
刊 第 1 集

收入《荒山上》《乌鸦之歌》《逃荒》《两代人》，书后有巴金的
后记。

萌 芽

重庆 烽火社 1939 年 10 月初版 69 页 烽火小丛书 第
12 种

收入《遥远的后方》《萌芽》《反抗》《两个伤兵》《八百勇士》。

荒 地

桂林 文化供应社 1942 年 1 月初版 240 页 32 开 文学创
作丛刊

共 4 辑，第一辑收入《梦》《信》《某城纪事》；第二辑收入
《意外》《山村》《荒地》；第三辑收入《外套》《乡下的宴会》《友
谊》；第四辑收入《母亲》《散兵》《父亲》《锄头》。书前有作者
的序。

黄 昏

桂林 文献出版社 1942 年 5 月初版 124 页 文艺生活丛书
第 3 种

收入《突围后》《轭下》《黄昏》《亭》《疏散中》《猎》《挟阃》
《河边》《爱》《收容所内》《马路上》《医院中》。

春 天

重庆 今日文艺社 1942 年 8 月版

《春天》是《丰饶的原野》的第一部，作于 1936 年 12 月—1937 年 1 月。

爱

桂林 大地图书公司 1943 年 5 月初版 174 页 大地文丛之一

收入《突围后》《轭下》《黄昏》《亭》《疏散中》《猎》《挟阄》《河边》《爱》《收容所内》《马路上》《医院中》《意大利的飞机师》《伙铺》《旅途上》《凉亭》《车夫》《渔夫》《悭吝人》《幼年时候的逃难》，有编后记。

冬 夜

桂林 三户图书社 1943 年 5 月初版 168 页 36 开

共 5 辑，第一辑收入《穿破衣服的人》《穿破衣服的人及其亲戚》；第二辑收入《快活的人》《七指人》《老段》《阿黄》；第三辑收入《老好人》《逃难中》；第四辑收入《蝎子塞山道中》《罂粟花》《瘴气的谷》《瞎子客店》；第五辑收入《牧歌》《冬夜》。

秋 收

桂林 新光书店 1943 年 8 月 3 版 201 页 文学月报丛书

收入《回家后》《自卫》《春天的原野》《受难者》《秋收》《纺车复活的时候》《尚德忠》《苦闷》。

江上行

重庆 新群出版社 1943年11月初版 1946年1月沪再版 1947年10月沪3版 32开 113页

重庆 新群出版社 1945年9月初版 32开 113页 文哨丛刊 文哨月刊社编辑

童年的故事

重庆 建国书店 1945年5月初版 1945年11月沪1版 136页 32开 星火文丛

收入《邻居》《大骡子》《手》《花园中》《大舅父的悲哀》5篇小说。

锻 炼

重庆 华美书屋 1945年8月初版 198页 华美新集

共4辑,第一辑收入《日本轰炸缅甸的时候》《锻炼》《火车上》;第二辑收入《女人·女人》;第三辑收入《江》《毛道人》《丸药》《医生》;第四辑收入《友》。

风陵渡 艾芜等著 徐霞村等编

重庆 建国书店 1946年1月初版 140页

收入《秋收》(艾芜)、《刘粹刚之死》(萧乾)、《一封家信》(老舍)、《风陵渡》(端木蕻良)、《联保主任的消遣》(沙汀)、《五婆的悲喜》(沈起予)。

我的旅伴

上海 华夏书店 1946年2月初版 145页

收入《我的旅伴》《回家》。

故　乡

上海　自强出版社　1947年4月初版　2册　858页　23开

我的青年时代

上海　开明书店　1948年5月初版　1949年1月再版　130页
36开　开明文学新刊

烟　雾

上海　中原出版社　1948年7月初版　165页　36开　中原文
学丛书

收入《都市的忧郁》《田野的忧郁》《重逢》《小家庭的风波》
《胆小的汉子》《石青嫂子》。

山　野

上海　文化生活出版社　1948年11月初版　582页　36开
文学丛刊　第10集　巴金主编

乡　愁

上海　中兴出版社　1948年11月初版　130页　32开　中兴
文丛之四

一个女人的悲哀

香港　新中国图书局　1949年3月初版　156页

B

巴　波

电化教育

凶死

书（1948 年 9 月）

民心（一个真实的故事）（1949 年 3 月　九龙九华径）

巴　金

灭　亡

上海　开明书店　1929 年 10 月初版　1930 年 10 月再版　375 页　48 开　微明丛书　微明学社编

上海　开明书店　1931 年 10 月 3 版　1933 年 5 月 5 版　1935 年 2 月 6 版　375 页　32 开

上海　开明书店　1936 年 5 月 7 版　1945 年 9 月东南 1 版 1948 年 10 月 24 版　226 页　32 开

书前有作者序，1936 年版书前有题记，说明内容做了删改。

雾（"爱情三部曲"之一）

上海　新中国书局　1932 年 5 月初版　1932 年 5 月再版 1935 年 3 月 3 版　119 页　32 开　新中国文艺丛书

上海　良友图书印刷公司　1936 年 1 月初版　1939 年 4 月普及本初版　1940 年 5 月再版　1941 年 5 月 3 版　333 页　32 开精、平装　良友文学丛书　第 22 种　赵家璧编

桂林　良友复兴图书印刷公司　1943 年 5 月初版　186 页　36 开　良友文学丛书　第 22 种　赵家璧编

上海　开明书店　1948 年 3 月 6 版　56＋102 页　32 开

书前有作者总序。良友图书印刷公司版书末附刘西渭的《"雾雨与电"——巴金的"爱情的三部曲"》及巴金的《"爱情的三部曲"作者的自白——答刘西渭先生》两篇文章。开明书店版有新版题记及前记。

雨（"爱情三部曲"之二）

上海　良友图书印刷公司　1933 年 1 月初版　1933 年 6 月再版　1933 年 12 月 3 版　1935 年 5 月 4 版　1936 年 4 月 5 版　285 页　36 开　精装　良友文学丛书　第 3 种　赵家璧编

重庆　开明书店　1945 年 6 月东南 1 版　1939 年沪 6 版　198 页　32 开

良友图书印刷公司版书前有作者自序，开明书店版书前有作者的新版题记。

电（"爱情三部曲"之三）

上海　良友图书印刷公司　1935 年 3 月初版　312 页　32 开　精装　良友文学丛书　第 17 种　赵家璧编

重庆　开明书店　1945 年 11 月东南修正 1 版　1947 年 2 月沪再版　1948 年 12 月沪 5 版　222 页　　32 开

良友图书印刷公司版书前有作者序，书末附短篇小说《雷》；开明书店书前有作者的新版题记及短篇小说《雷》，书末附刘西渭的《〈雾〉〈雨〉与〈电〉——巴金的"爱情的三部曲"》及巴金的《"爱情的三部曲"作者的自白——答刘西渭先生》两篇文章。

爱情的三部曲

上海　良友图书印刷公司　1936 年 4 月初版　1936 年 11 月再版　精装　98＋938 页　32 开　良友文学丛书特大本

上海　开明书店　1938 年 11 月初版　1939 年 7 月 3 版　56＋524 页　32 开

收《雾》《雨》《电》三部连续小说。有作者前记。书末附刘西渭的《〈雾〉〈雨〉与〈电〉——巴金的"爱情的三部曲"》及巴金的《"爱情的三部曲"作者的自白——答刘西渭先生》两篇文章。

爱情的三部曲全集

奉天　东方书店　1943 年 3 月再版　374 页　32 开

有作者前记。

家（激流之一）

上海　开明书店　1933 年 5 月初版　1933 年 11 月再版　1949 年 1 月 30 版　13＋656 页　32 开

上海　开明书店　1941 年 8 月 21 版　1942 年江西版　497 页　32 开

长春　启智书店　1939 年 3 月初版　428 页　32 开

书前有作者代序《呈献给一个人》。

春（激流之二）

上海　开明书店　1938 年 3 月初版　1938 年 11 月 5 版　1949 年 19 版　547 页　32 开

长春　启智书店　1941 年 6 月初版　1941 年 10 月再版　462 页　32 开

书前有作者的总序和序。

秋（激流之三）

上海　开明书店　1940 年 4 月初版　1941 年 4 月 4 版　1941

年10月桂1版　1948年11版　705页　32开

　　长春　启智书店　1943年3月初版　598页　32开

　　书前有著者总序。

萌　芽

　　上海　现代书局　1933年8月初版　264页　32开　现代创作丛刊之八

　　上海　新生出版社　1939年2月初版　263页　32开　新生文艺创作丛书之一

　　书前有付印题记。

雪

　　上海　文化生活出版社　1936年11月初版　1946年1月11版　32开　227页　现代长篇小说丛书　巴金主编

　　即《萌芽》一书略做修改后改书名出版。1935年1月曾以平社出版部的名义出版过一次，书上所载出版地为美国旧金山。

火（第一部）

　　上海　开明书店　1940年12月初版　1941年10月渝1版　1941年2月7版　1949年1月11版　252页　32开

　　有作者后记。

火（第二部）

　　上海　开明书店　1941年1月初版　1946年2月5版　1949年1月9版　289页　32开

　　桂林　开明书店　1941年11月1版　296页　36开

　　重庆　朋友书店　1942年12月初版　1946年3月再版　189

页　32 开

有著者后记。

火（第三部）

重庆　开明书店　1945 年 7 月初版　372 页　36 开

上海　开明书店　1946 年 2 月再版　1949 年 4 月 7 版　341 页
32 开

有作者后记。

第四病室

重庆　良友复兴图书印刷公司　1945 年 8 月初版　1946 年 1
月沪初版　364 页　36 开　良友文学丛书新编　第 3 种　赵家璧
主编

上海　晨光出版公司　1946 年 11 月初版　1947 年 3 月再版
365 页　36 开　晨光文学丛书　第 4 种　赵家璧主编

上海　晨光出版公司　1948 年 2 月重排 3 版　250 页　36 开
晨光文学丛书　第 4 种　赵家璧主编

日记体长篇小说。

寒　夜

上海　晨光出版公司　1947 年 3 月初版　1948 年 4 月再版
1948 年 9 月 3 版　1949 年 2 月 4 版　370 页　36 开　晨光文学丛书
第 5 种　赵家璧主编

有后记。

憩　园

重庆　文化生活出版社　1944 年 10 月初版　248 页　32 开

现代长篇小说丛刊之六　巴金主编

上海　文化生活出版社　1946年11月3版　1949年1月5版
32开　248页　现代长篇小说丛刊之九　巴金主编

有作者后记。

海底梦

上海　新中国书局　1932年8月初版　1933年1月再版　166
页　32开　新中国文艺丛书

上海　开明书店　1936年1月初版　131页　32开　开明文学
新刊

桂林　开明书店　1943年7月再版　1946年10月11版　131
页　32开

书前有作者自序，新中国书局版末附《从南京回上海》，开明
书店版书前另有改版题记。

春天里的秋天

上海　开明书店　1932年10月初版　1941年2月10版　1942
年成都版　1942年桂林版　1948年12月19版　128页　32开

书前有作者自序。

新　生

上海　开明书店　1933年9月初版　1935年2月4版　1939
年8版　1948年20版　243页　32开

重庆　开明书店　1941年11月出版　1941年9月12版　1945
年9月东南1版　239页　32开

本书为革命三部曲之二，书前有编者自序。

利　娜

重庆　文化生活出版社　1940年8月初版　1946年11月沪3版　1948年5月沪4版　108页　36开　文学丛刊　第6集　巴金主编

桂林　文化生活出版社桂林分社　1942年2月1版　1942年6月渝1版　168页　36开　文学丛刊　第6集　巴金主编

本书为书信体中篇小说，有作者前记。本书于1934年10月写成后，曾用欧阳镜蓉的笔名在北平《水星月刊》上连续发表。

死去的太阳

上海　开明书店　1931年1月初版　240页　42开　微明丛书微明学社编

上海　开明书店　1939年4月改订7版　1941年6月改订9版　1946年10月改订13版　148页　32开

砂　丁

上海　开明书店　1933年1月初版　135页　32开

收入中篇小说《砂丁》和短篇小说《煤坑》。书前有作者序。

砂　丁

上海　文化生活出版社　1938年10月再版　1946年11月7版　124页　36开文学丛刊　第5集　巴金主编

书末有后记，写于1937年4月。

光　明

上海　新中国书店　1932年5月初版　181页　新中国文艺丛书

收入《苏堤》《爱底十字架》《奴隶底心》《好人》《狗》《光明》《生与死》《未寄的信》《我底眼泪》《我们》《最后的审判（代跋）》。书前有作者写于1931年11月的序。

亚丽安娜

上海　文化生活出版社　1937年8月初版　1949年2月8版文学丛刊　巴金主编

短篇小说选，文化生活出版社版收入《亚丽安娜》《哑了的三弦琴》《老年》《墓园》《狮子》《父与女》《丁香花下》及著者写于1935年12月的《后记》。其中，《亚丽安娜》一文曾于1932年被收入王抗夫所编的《短篇小说年选》一书。

电　椅

上海　新中国书局　1933年2月初版　221页　32开　新中国文艺丛书

收入《白鸟之歌》《电椅》《父与子》《罪与罚》《堕落的路》《马赛的夜》《爱》。书前有写于1932年10月的代序《灵魂的呼号》。

抹　布

北平　星云堂书店　1933年4月初版　68页　32开

收入《杨嫂》《第二的母亲》，书前有作者写于1932年11月的序。

西　风　巴金等著

上海　商务印书馆　1933年12月初版　98页　50开　东方文库续编　王云五、李圣五主编收入陈衡哲的《西风》、茅盾的《创造》及巴金的《白鸟之歌》。

漂　泊　巴金等著

上海　天马书店　1934年6月初版　78页　32开　当代名作选（中国文学）　第1辑第5种　韩振业编

收入《五十多个》（巴金）、《黄金》（鲁彦）、《北京的空气》（丁西林）。

神·鬼·人

上海　文化生活出版社　1935年11月初版　1937年3月11版　129页　文学丛刊　第1集

收入小说3篇《神》《鬼》《人》，外加《序》《后记》各一篇。卷首有白尔若纳克、司丁纳、布鲁诺·包尔、费尔巴赫、沙都布里昂、巴枯宁等人语录6则。小说作于作者在日本时期，有当时生活的原型。

巴金短篇小说集（第一集）

上海　开明书店　1936年2月初版　450页　32开

收入《写作生活底回顾》《复仇集序》《初恋》《房东太太》《洛伯尔先生》《复仇》《不幸的人》《亡命》《爱底摧残》《丁香花下》《父与女》《狮子》《哑了的三弦琴》《老年》《墓园》《亚丽安娜》《亚丽安娜·渥柏尔格》《光明》《生与死》《爱底十字架》《奴隶的心》《狗》《好人》《我底眼泪》《一封信》《苏堤》《电椅集序》《马赛底夜》《堕落的路》《罪与罚》《父与子》《爱》《白鸟之歌》。书后有作者写于1935年12月的后记。

巴金短篇小说集（第二集）

上海　开明书店　1936年4月初版　461页　32开

共6辑，收入《抹布集序》《杨嫂》《第二的母亲》《将军集序一》《将军集序二》《幽灵》《在门槛上》《五十多个》《短刀》《一个女人》《玫瑰花的香》《还乡》《月夜》《一件小事》《父亲买新皮鞋回来的时候》《将军》《将军集后记》《沉默集序一》《雷》《知识阶级》《春雨》《沉默集序二》《马拉的死》《丹东的悲哀》《罗伯斯比尔的秘密》《法国大革命的故事》《沉落集序》《沉落》《化雪的日子》《煤坑》《电椅》《跋》。有作者写于1936年1月27日的后记。

巴金短篇小说集（第三集）

桂林　开明书店　1942年6月初版　423页　32开

收入《神·鬼·人》《发的故事》《雨》《窗下》《摩娜·里莎》《还魂草》《某夫妇》等，有后记。

长生塔

上海　文化生活出版社　1937年2月初版　96页　文学丛刊第4集

收入《长生塔》《塔的秘密》《隐身珠》《能言树》，有作者写于1937年1月的序。

沉　落

上海　商务印书馆　1936年3月初版　233页　文学研究会创作丛书

收入《沉落》《长生塔》《化雪的日子》《利娜》《神》，书前有题记。

发的故事

上海 文化生活出版社 1936 年 11 月初版 177 页 文学丛刊 第 3 集

收入《发的故事》《雨》《窗下》《星》《关于〈发的故事〉（代跋）》，书前有前记。

中国勇士 巴金等著

香港 奔流书店 1940 年 3 月初版 292 页 32 开 集体创作丛书之一

收入《理水》（树人）、《神的灭亡》（茅盾）、《中国勇士》（郭沫若）、《非攻》（树人）、《墨翟出走了》（周木斋）、《出关》（树人）、《孔老夫子》（曹聚仁）、《孔夫子吃饭》（郭沫若）、《楚狂与孔子》（陈子展）、《"子见南子"以后》（非厂）、《孟夫子出妻》（郭沫若）、《"吃不消"又一章》（萧蔓若）、《孔林鸣鼓记》（曹聚仁）、《郑成功孔庙焚儒巾》（周木斋）、《秦始皇将死》（郭沫若）、《毁灭》（郭源新）、《大泽乡》《石碣》（茅盾）、《梦》（张天翼）、《丹东的悲哀》《法国大革命的故事》（巴金）。

春 雨

上海 艺流书店 1941 年 1 月初版 133 页 32 开

收入《未寄的信》《春雨》《一个人的死》《奴隶底心》《将军》《狗》《母亲》。

还魂草

重庆 文化生活出版社 1942 年 4 月初版 160 页 渝版文季丛书之二

收入《摩娜·里莎》《还魂草》《某夫妇》《龙》，书前有作者的序。

小人小事

上海　文化生活出版社　1945 年 12 月初版　85 页　文学丛刊第 8 集

收入《猪与鸡》《兄与弟》《夫与妻》《女孩与猫》《生与死》，有后记。

二十九人自选集　巴金等著

上海　新知书店　1946 年 4 月沪版　410 页　32 开　中华文艺协会桂林分会编辑

收入《某夫妇》（巴金）、《某城记事》（艾芜）、《新生》（张天翼）、《千家村》（王鲁彦）、《少年之一章》（骆宾基）、《客人》（荃麟）、《磨》（司马文森）、《查伊璜与吴六奇》（孟超）、《客地》（葛琴）、《花素琴》（韩北屏）、《夜战》（绀弩）等，有编者的后记。

巴金杰作选

上海　新象书店　1946 年 7 月初版　157 页　当代创作文库

收入《巴金小传》《未寄的信》《将军》《狗》《奴隶底心》《雨》《雷》《窗下》。

名家创作小说选　巴金等著

上海　经纬书局　1946 年 12 月再版　238 页　18 开

收入《春风沉醉的晚上》（郁达夫）、《一个男人和一个女人》（丁玲）、《密约》（张资平）、《一侍女》（蓬子）、《一个村子》（胡也频）、《他们恋爱了》（鲁彦）、《黑白李》（老舍）、《姑姑》（冰心）、

《理智的胜利》（谢冰莹）、《新同学》（徐钦文）、《夫妇》（沈从文）、《幽灵》（巴金）、《新生》（非兆）、《奇遇》（张天翼）。

将　军　余一著

上海　生活书店　1934 年 8 月初版　1935 年 3 月再版　1937 年 4 月 3 版　340 页　创作文库之六　傅东华主编

收入《五十多个》《短刀》《还乡》《月夜》《父子》《幽灵》《在门槛上》《玫瑰花的香》《父亲买新皮鞋回来的时候》《将军》10 篇小说，再版时增加《一个女人》。书前有作者序，末有后记。

幽　灵　巴金等著

上海　中华书局　1934 年 12 月初版　1940 年 7 月再版　154 页　新中华丛书　文艺汇刊之一

沈阳　艺光书店　1941 年 9 月出版　32 开　156 页

收入巴金的《幽灵》、陈子林的《陈牧师前传》、欧阳山的《青黑的脸蛋》等短篇小说 10 篇。

初　恋

重庆　真理出版社　1944 年 4 月渝初版　1948 年 12 月沪 1 版 62 页

真理出版社版乃巴金短篇小说选译中英文对照本，作为当时中学生课外自修教材，收《初恋》《复仇》《狗》三篇短篇小说，书前有巴金题记。

白　朗

老夫妻

重庆　中国文化服务社　1940年4月初版　116页　32开　作家战地服务团丛书　中华全国文艺界抗敌协会编

碧　野

远　方

重庆　建国书店　1943年1月初版　32开　181页　文艺新集　4
收入中篇小说《远方》和《将军的梦》。

肥沃的土地

桂林　著者刊　1944年3月初版　212页　25开

风砂之恋

重庆　群益出版社　1944年6月初版　1944年9月2版　291页　32开
有著者前记。

风暴的日子

重庆　建国书店　1945年6月初版　181页　32开

远行集

重庆　烽火社　1942 年 8 月渝 1 版　86 页　烽火文丛之六

收入《儿童队员之死》《媚娘河畔》《黄河的奔流》《灯笼哨》等。

乌兰不浪的夜祭

1941 年重庆《文学月报》第 3 卷第 2、3 期合刊

爱的追求

1944 年 2 月 15 日重庆《时与潮文艺》第 2 卷第 6 期

死亡和诞生

1945 年 10 月 1 日重庆《文哨》第 1 卷第 3 期

布　德

第三百零三个

重庆　上海杂志公司　1940 年 1 月初版

短篇小说集，收入《第三百零三个》《海水的厌恶》《四层包围圈内的黑点》《母反舌鸟》《寂寞的哨兵》《曹芳华》《手的故事》《谁是罗亭》《第十一及第一》《政训员》等。

赫哲喀拉族

福建永安　改进出版社　1942 年 11 月初版　58 页　现代文艺丛刊　二辑之三

中篇小说。

C

陈　铨

天　问

上海　新月书店　1928 年 9 月初版　2 册　234＋221 页　32
开，上海　商务印书馆　1936 年 6 月再版　1939 年 1 月长沙 3 版
412 页　32 开

长篇小说。

革命的前一幕

上海　良友图书印刷公司　1934 年 10 月初版　1940 年 10 月
普及版初版　226 页　40 开　精、平装　良友文学丛书　第 12 种
赵家璧主编

彷徨中的冷静

上海　商务印书馆　1935 年 1 月初版　2 册　663 页　32 开

死　灰

天津　大公报社出版部　1935 年 10 月初版　32 开　198 页

再见，冷荇！

上海　大东书局　1945 年 8 月初版　1946 年 11 月沪初版
172 页　32 开

本书即《死灰》一书改名出版。

狂　飙

重庆　正中书局　1942 年 10 月初版　1943 年 8 月 4 版　1945 年沪 1 版　432 页　32 开　建国文艺丛书　第 1 集　顾一樵主编

无名英雄

重庆　商务印书馆　1945 年 11 月初版　141 页　36 开

蓝蚨蝶

长沙　商务印书馆　1940 年 6 月初版　88 页　124 页

短篇小说集，收入《蓝蚨蝶》《梦兰的家》《电话》《夜归》《安慰》《难说》《巴尔先生》《惩罚》《重题》《美丽的助教》《政变》《免职》《谈鬼》13 篇。

归　鸿

上海　大东书局　1946 年 12 月初版　184 页　36 开

收入《闹钟》《花瓶》《浮士德游中国记》《归鸿》4 篇小说及电影剧本《断臂女郎》。

陈瘦竹

春　雷

重庆　华中图书公司　1941 年 11 月初版　1942 年 3 月再版　468 页　32 开

长篇小说，书前有作者所作楔子。

水沫集

重庆 华中图书公司 1942 年 5 月初版 138 页

短篇小说集，内收《题记》1 篇，《入伍前》《三人行》《湖上恩仇记》《鸡鸭》及《庭训》等 5 篇。

声 价

重庆 国民图书出版社 1944 年 3 月初版 92 页

中篇小说。

奇女行

重庆 商务印书馆 1945 年 10 月初版 115 页 32 开

短篇小说集，收入《奇女行》《小贱人》《生日礼》《师道》《囤积》5 篇。

陈炜谟

炉 边

上海 北新书局 载于 1927 年 8 月初版 168 页 32 开 沉钟丛刊

短篇小说集，收入《破眼》《月光曲》《寻梦的人》《夜》《旧时代中的几幅新画像》《写实主义与理想主义》《寨堡》等 7 篇小说。

轻 雾

作于 1923 年 2 月 8 日，载于 1923 年 3 月 25 日《浅草》第 1 卷第 1 期。

烽火嘹唳

1923 年 7 月 5 日《浅草》第 1 卷第 4 期

甜　水

1923 年 12 月《浅草》第 1 卷第 3 期

狼筅将军

1925 年 2 月《浅草》第 1 卷第 4 期

陈翔鹤

悼

上海　乐华图书公司　1932 年 6 月初版　442 页　当代文学读本　第 2 种　当代小说读本（下册）　乐华编辑部编

独身者

上海　中华书局　1937 年 1 月初版　236 页　现代文学丛刊

短篇小说集，收入《洛迦法师》《家庭》《转变》《独身者》《大姐和大姐圣经的故事》《早秋》，书前有作者写于 1936 年 2 月 15 日的自序。

鹰爪李三及其他

桂林　丝文出版社　1942 年 10 月初版　119 页　32 开

短篇小说集，收入《古老的故事》《鹰爪李三》《傅校长》《一个绅士的长成》。

不安定的灵魂

上海　北新书局　1927 年 6 月初版　314 页　沉钟丛刊之四

短篇小说集，收入《See!》《悼──》《西风吹到了枕边》《莹子》《姑母》《不安定的灵魂》《他》等 7 篇小说。

茫　然

1923 年 3 月 25 日《浅草》季刊第 1 卷第 1 期

刀环梦

1942 年 6 月 1 日《笔阵》第 3 期

陈竹影

伊底心

1923 年 12 月《浅草》季刊第 1 卷第 1 期

崔万秋

第二年代

重庆　文座出版社　1943 年 4 月初版

D

端木蕻良

科尔沁旗草原

上海　开明书店　1939年5月初版　1948年4月3版　36开
518页　开明文学新刊

有作者后记。

新都花絮

上海　新知出版社　1940年9月初版
北京　知识出版社　1946年5月再版　201页　32开

江南风景

重庆　大时代书局　1940年5月初版　125页　32开　文艺
丛书

收入中篇小说《江南风景》《柳条外边》，书后有作者后记。

风陵渡

重庆　上海杂志公司　1939年12月初版　202页　每月文库：
一辑之七

短篇小说集，收入《嘴唇》《青弟》《风陵渡》《螺蛳谷》《火
腿》《泡沫》《轭下》《可塑性的》《三月夜曲》，书前有郑伯奇的
《每月文库总序》。

段可情

巴黎之秋

上海　启智书局　1929年10月初版　1936年3月4版　109
页　32开

铁　汁

上海　启智书局　1929年7月初版　1935年7月再版　197页

收《一封退回的信》《铁汁》《查票员》《一封英兵遗落的信》
《绑票匪的供状》5篇小说。

杜鹃花

上海　现代书局　1934年5月版　233页

收《观火》《婴儿的命运》《柳小红》《摇篮中的婴儿》《烽火中
的 Fox—Trot》《杜鹃花》6篇小说。

F

方　敬

保护色

桂林　工作社　1944年2月初版　115页

短篇小说集，收入《指环》《保护色》《赞美》《不安的日子》
《最后的午餐》《爱憎》《苦难》等7篇小说。

单纯的信念

刊于 1947 年 2 月 1 日《文艺复兴》第 3 卷第 1 期

丰　村

大地的城

上海　新丰出版公司　1948 年 3 月沪版　281 页　32 开　新丰文丛　7

本书于 1943 年 4 月完稿。

烦恼的年代

重庆　骆驼社　1945 年 12 月初版　88 页　骆驼文艺丛书

太阳出来了

重庆　建国书店　1943 年 6 月出版　64 页

望八里家

上海　大城文化事业公司　1948 年 1 月初版　325 页　36 开

短篇小说集,收入《我的脚印》自序诗 1 篇,《回炉货》《爷爷》《单心眼的人》《望八里家》《北方》《区长的儿子》等短篇小说 6 篇。

北　方

上海　中兴出版社　1949 年 6 月初版　中兴文丛　325 页

由《望八里家》改名而来。

孙大少爷回来了

1946 年《高原》革新第 1 卷第 2 期

G

甘永柏

暗　流

重庆　文光书店　1946 年 4 月初版　140 页

书前有茅盾的序《窒息下的呻吟》。

高庆辰

中华儿女

成都　铁风出版社　1941 年 10 月初版　90 页　36 开

高　植

后方集

重庆　正中书局　1943 年 8 月初版　现代文艺丛书　张道藩
主编

短篇小说集，收入《避空袭》《江头》《进城》《仇》《倚闾》
《花裕荣的新年》，书后有跋。

郭沫若

落 叶

上海 创造社出版部 1926 年 4 月初版 1926 年 6 月再版 1927 年 6 月 5 版 1928 年 10 月 9 版 154 页 42 开 落叶丛书第 1 种 创造社编

上海 新兴书店 1929 年 11 月初版 140 页 32 开 沫若小说戏曲集 第 2 辑

上海 乐华图书公司 1930 年 3 月 11 版 154 页 42 开 创作丛书

上海 新文艺书店 1930 年 10 月初版 1931 年 3 月再版 1932 年 7 月 3 版 134 页 32 开 沫若小说戏曲集

书信体中篇小说。

黑 猫

上海 现代书局 1931 年 12 月初版 1932 年 10 月 3 版 1933 年 3 月 4 版 69 页 32 开

自传体小说。

一只手

上海 大光书店 1933 年 4 月初版 98 页 50 开

封面作者署名为麦克昂，初连载于 1928 年 2 月 1 日、3 月 1 日、5 月 1 日上海《创造月刊》第 1 卷第 9—11 期。

行路难

上海　商务印书馆　1933年12月初版　111页　50开　东方文库续编　王云五、李圣五主编

自传体小说东方杂志社三十周年纪念刊。

童年时代（沫若自传之一）

上海　合众书店　1935年10月初版　1936年11月再版　32开　228页

重庆　作家书屋　1942年8月初版　226页　32开

自传体小说。

塔

上海　光华书局　1930年10月初版　138页　沫若小说戏曲集

收《Löbenicht 的塔》《鹓雏》《函谷关》《叶罗提的墓》《万引》《阳春别》《喀尔美罗姑娘》，书前有作者写于1925年2月11日的序。

漂流三部曲

上海　光华书局　1930年10月初版　2册　64＋96页　沫若小说戏曲集

第一册收入《歧路》《炼狱》《十字架》，第二册收入《行路难》（上篇、中篇、下篇）。

残　春

上海　中学生书局　1933年3月版　页数不连　中国恋爱小说选

歧　路

上海　觉人书店　1933 年 9 月初版　206 页　现代著名小说文选（甲集）

炼　狱

上海　觉人书店　1933 年 9 月初版　206 页

历史小品

上海　创造书社　1936 年 9 月初版　140 页

短篇小说集，收入《老聃入关》《庄周去宋》《孔夫子吃饭》《孟夫子出妻》《秦始皇将死》《楚霸王自杀》《司马迁发愤》《贾长沙痛哭》。

双　簧　郭沫若等著

上海　联合出版社　1936 年 10 月初版　77 页　东方文艺丛书之二

短篇小说集，收入《双簧》（郭沫若）、《三个工兵》（杨骚）、《地理课》（雷石榆）、《女人们的故事》（侯枫）、《马兰将军之死》（东平）、《阴沉的天》（王任叔）。

小说精华　郭沫若等著

桂林　文华书店　1943 年 6 月初版　页数不连

收入《幼年时代》（郭沫若）、《过路人》（萧乾）、《在梧州》（巴金）、《池畔》（丽尼）、《邻居》（萧军）、《花草的生长》（靳以）、《狱》（罗峰）、《罪人》（荒煤）、《寻常事》（王西彦）、《悲哀》（李辉英）、《吞蛇儿》（端木蕻良）。

地下的笑声

上海　海燕书店　1947年9月初版　490页　七月文丛　第1辑　胡风主编

共7辑，第一辑题为《9月》，收入《柱下史入关》《漆园吏游梁》《马克斯进文庙》《孔夫子吃饭》《孟夫子出妻》《秦始皇将死》《楚霸王自杀》《司马迁发愤》《贾长沙痛哭》《齐勇士比武》；第二辑题为《塔》，收入《阳春别》《Löbenicht的塔》《万引》《叶罗提之墓》《喀尔美萝姑娘》；第三辑题为《漂流三部曲》，收入《歧路》《炼狱》《十字架》；第四辑题为《行路难》，收入《上篇》《中篇——飘》《下篇》；第五辑题为《落叶》收《落叶》；第六辑题为《骑士》，收入《骑士》；第七辑题为《地下的笑声》，收入《金刚坡下》《波》《月光下》《地下的笑声》。

战时小说选　郭沫若等著

重庆　战时出版社　57页　32开　战时小丛刊之十六

短篇小说集，收入郭沫若的《一二八的炮手》、巴金的《摩那里莎》、靳以的《失去爹妈的根子》、王任叔的《大炮主义者》、周文的《慰劳》等短篇小说11篇。

H

含　沙

爱的牺牲　王志之著

北平　文化学社　1918年9月初版　1931年9月再版　422页　32开

风平浪静

北平　人文书店　1934 年 7 月初版　176 页　32 开

抗　战（生命线下第一部）　王志之著

汉口　上海金汤书店　1938 年 3 月初版　340 页　32 开

书前有作者小序。

中国人　王志之著

成都　大江出版社　1942 年 8 月再版　有木刻插图　258＋24

页　36 开　含沙文丛之一

封面题有"抗日战争长篇小说"，书前有初版序（写于 1938 年

2 月），书后有《十年来的写作生活——〈中国人〉后记》一文。

自由行动的周师长

刊于 1938 年 6 月 20 至 30 日《战时学生》（成都）第 4—6 期。

J

焦菊隐

重庆小夜曲

上海　中国文化事业社　1947 年 2 月初版　280 页　36 开　文

艺创作名著　第 1 种

金满成

爱　欲
上海　光华书局　1931年10月初版　313页　32开
上海　大光书局　1936年3月再版　313页　32开

黄绢幼妇
上海　远东图书公司　1929年3月初版　270页　32开

爱与血
上海　现代书局　1928年4月初版　1928年10月再版　1929年7月3版　89页　32开

友人之妻
上海　光华书局　1931年2月初版　1933年4月3版　227页
上海　大光书局　1936年7月3版　227页
短篇小说集，收入《参考书》《一片革命声》《友人之妻》《金的价格》《时装竞赛会》。

我的女朋友们
上海　光华书局　1927年8月初版　1929年1月3版　142页
幻洲丛书
短篇小说集，收入《匀妹的爱》《田妹的爱》《娟妹的爱》《春妹的爱》《福妹的爱》，书前有序。

林娟娟

上海　现代书局　1928年10月初版　1929年5月2版

短篇小说集，收入《林娟娟》《王桂枝》《活泼道人》《外婆家》《清明时节》《鱼儿的命运》《蜜蜂与蝴蝶》《国庆日》《三姐》。

动摇的心（内在的新解剖）

上海　千秋出版社　1934年5月初版　33页　32开　千秋九分丛书　第2种

女孩儿们

上海　乐华图书公司　1929年10月版　145页　32开　创作丛书

短篇小说集，收《女孩儿们》《人类社会》《和尚与尼姑》3篇小说。

中日关系的另一角

收录于重庆春云社1937年出版的《1937年春云短篇小说选集》

靳　以

前　夕（1—4部）

重庆　文化生活出版社　1942年9月初版　1947年4月沪1版　2册　1143页　32开　现代长篇小说丛书之三　巴金主编

重庆　文化生活出版社　1943年1月—1945年2月出版　4册　1143页　32开　现代长篇小说丛刊之五　巴金主编

4册版第1部于1943年1月出版，第2部于1943年6月出版，

第 3 部于 1944 年 11 月出版，第 4 部于 1945 年 2 月出版。书末有作者代跋《我怎么写〈前夕〉的?》。

秋　花

上海　文化生活出版社　1936 年 8 月初版　175 页　36 开　文学丛刊　第 2 集　巴金主编

重庆　文化生活出版社　1944 年 9 月 1 版　156 页　36 开　文学丛刊　第 2 集　巴金主编

有作者后记。

我们的血

重庆　烽火社　1938 年 5 月版　42 页　烽火小丛书　第 2 种

收入短篇小说《失去爹妈的根子》等。

遥远的城

重庆　烽火社　1941 年 8 月初版　147 页　36 开　烽火文丛

短篇小说集，收入《血的故事》《遥远的城》《离散》《被煎熬的心》《扑向了祖国》《路》，书前有作者写的序。

众　神

重庆　文化生活出版社　1944 年 12 月渝 1 版　222 页　文季丛书之十七

短篇小说集，收入《人们》《别人的故事》《乱离》《众生》《众神》《他们十九个》。

晚　宴

1946 年 2 月 25 日《文艺复兴》第 1 卷第 2 期

春　草

上海　文化生活出版社　1946年4月初版　209页　36开　文学丛刊　第8集　巴金主编

生　存

1946年9月1日《文艺复兴》第2卷第2期（9月号）

荆有麟

间谍夫人

重庆　作家书屋　1944年10月初版　297页

敬隐渔

玛　丽

上海　商务印书馆　1925年11月初版
短篇小说集。收《养真》《玛丽》《袅娜》《宝宝》4篇小说。

L

老　舍

牛天赐传

上海　人间书屋　1936年3月初版　1937年7月再版　306页

成都　群益出版社　1943 年 1 月蓉版　220 页　36 开

重庆　文圭出版社　1945 年 6 月初版　201 页

骆驼祥子

上海　人间书屋　1939 年 3 月初版　1939 年 6 月再版　1940 年 2 月 3 版　308 页

长春　启智书店　1941 年 5 月初版　238 页　36 开

重庆　文化生活出版社　1941 年 11 月初版　1948 年 3 月沪 3 版

1949 年 2 月沪 8 版　308 页　现代长篇小说丛书　巴金主编

四世同堂（第一部：惶惑）

上海　良友复兴图书印刷公司　上册　1946 年 1 月初版　1946 年 3 月再版　下册

1946 年 3 月初版　2 册　620 页　良友文学丛书新编　第 1、2 种　赵家璧编

上海　晨光出版公司　1946 年 1 月初版　2 册　620 页　晨光文学丛书　赵家璧主编

书前有序，末有后记。

四世同堂（第二部：偷生）

上海　晨光出版公司　1946 年 11 月初版　1947 年 4 月再版 2 册　692 页　晨光文学丛书　赵家璧编

火　葬

重庆　黄河书局　1945 年 4 月初版　284 页　32 开　黄河文丛 赵清阁主编

上海　新丰出版公司　1946年1月初版　214页

上海　晨光出版公司　1948年5月初版　214页　晨光文学丛书　第23种　赵家璧主编

贫血集

重庆　文聿出版社　1944年3月初版　106页　36开

短篇小说集，收入《恋》《小木头人》《不成问题的问题》《八太爷》《一筒炮台烟》。

赶　集

上海　良友图书印刷公司　1934年9月初版　1934年12月再版　1936年4月3版　精、平装　259页　36开　良友文学丛书第11种　赵家璧编

成都　群益出版社　1943年1月蓉版　259页　32开

短篇小说集，收入《五九》《热包子》《爱的小鬼》《同盟》《大悲寺外》《马裤先生》《微神》《开市大吉》《歪毛儿》《柳家大院》《抱孙》《黑白李》《眼镜》《铁牛和病鸭》《也是三角》15篇小说。书前有作者序。

樱海集

上海　人间书屋　1935年8月初版　1937年7月3版　292页

成都　群益出版社　1942年10月初版　292页　32开

成都　北新书局　1942年版　292页

短篇小说集，收入《上任》《牺牲》《柳屯的》《末一块钱》《老年的浪漫》《毛毛虫》《善人》《邻居们》《月牙儿》《阳光》10篇小说。书前有作者序。

火车集

上海　上海杂志公司　1939 年 8 月初版　254 页　每月文库：一辑之三　郑伯奇主编

桂林　上海杂志公司　1943 年 5 月重版　206 页

重庆　文聿出版社　1945 年 8 月版　154 页

短篇小说集，收入《火车》《兔》《杀狗》《东西》《人同此心》《一封家信》《我这一辈子》《浴奴》等 9 篇小说，重庆版未收《我这一辈子》。

老张的哲学

上海　商务印书馆　1928 年 1 月初版　351 页　文学研究丛书

重庆　商务印书馆　1943 年 10 月初版　237 页

长篇小说。

赵子曰

上海　商务印书馆　1928 年 5 月初版 348 页

重庆　商务印书馆　1943 年 10 月 1 版　230 页

长篇小说。

二　马

重庆　商务印书馆　1943 年 4 月出版　448 页

长篇小说。

李劼人

死水微澜

上海　中华书局　1936 年 7 月初版　1940 年 10 月昆明再版
282 页　32 开　现代文学丛刊

收入《在天回镇》《交流》《兴顺号故事》《死水微澜》《余波》。书前有李劼人自传、李劼人简历，书后有干部登记表。

暴风雨前

上海　中华书局　1936 年 12 月初版　328 页　现代文学丛刊

全书共《新潮和旧浪》《下莲池畔》《歧途上的羊》《暴风雨前》《运动会》5 部分。

大　波

上海　中华书局　1937 年 1—7 月初版　1940 年 11 月昆明 3 版
3 册　32 开　246＋283＋326 页　现代文学丛刊

全书共 4 部，第一部包含《在蜀通轮船上》《保路同志会成立了》《事情是怎样搞出来的》《茶话》《欢送会》《流风》《有了一点消息》《短兵相接》《这才叫作风潮》《第一个浪头》《激荡》《轩然大波》，第二部包含《流血前后》《同志军——学生军》《又是一盘棋》《像鸥鹡一样的人》《城乡之间》《新的冲突面》《变》《"悲欢离合一杯酒"》，第三部包含《意外》《端方来了》《如此英雄，如此好汉》《在汇为洪流的道路上》《重庆在反正前后》《举棋不定》《垂死时候的勾心斗角》《奇离的独立条件》《成都也独立了》《端方的下梢头》，第四部包含《不平静的日子》《山雨欲来的时候》《难忘的一天——十月十八日》《"启发"以后》。

天魔舞

长篇小说，原载于 1947 年 5 月 9 日—1948 年 3 月 18 日成都《新民报》。

收入《躲警报的一群》《野餐》《农人家》《意料中的灾害》《"归兮山庄"》《一夕话》《八达号》《幽静的院落》《一顿便饭》《一个多事的下午》《问题……问题……问题……》《大问题是这样发生的》《问题全解决了》《夜袭》《是先兆吗?》《回忆（一）》《回忆（二）》《回忆（三）》《到飞机场路上》《远征的前夕》《又一个意料中的灾害》《喜筵》《失踪与复踪》《蜜月中互卖劝世文》《少城公园》《改行第一步》《八达号的"吉日"》《锦绣前程》《"鸟倦飞而知还"》。

好人家

上海　中华书局　1947 年 2 月初版　176 页　现代文学丛刊

短篇小说集，收入《好人家》《大防》《"只有这一条路!"》《湖中旧画》《编辑室的风波》《兵大伯陈振武的月谱》《市民的自卫》《对门》《程太太的奇遇》《胡团长本领真大》，书前有周太玄的序及作者自序。

游园会

作者处女作，载于 1912 年成都《晨钟报》。

儿时影

1915 年 7 至 9 月《娱闲录》第 2 卷第 1—3 期

"夹　坝"

1915 年 9 月《娱闲录》第 2 卷第 3 期

新新红楼梦

1916 年 9 月 12 日—9 月 20 日《国民公报》，署名老嬾。

盗　志

为系列短篇小说的总题目，署名老嬾，四十余则，从 1916 年初夏起，陆续发表于成都《群报》。

做人难

1916 年 8 月 2 日—19 日《国民公报》

续做人难

1917 年 9 月 16 日—10 月 31 日《国民公报》

同　情

1923 年 6—8 月《少年中国》第 4 卷第 4—6 期

上海　中华书局　1924 年 1 月初版　1928 年 11 月 4 版　1931 年 5 月 5 版　152 页　少年中国学会小丛书

日记体小说。

强盗真诠

1918 年 5 月 27 日—6 月 22 日《国民公报》

捕　盗
1925 年 3 月 21 日—3 月 28 日《醒师》周报第 24、25 号

失运以后的兵
1925 年 3—4 月《醒师》周报第 31—33 号

棒的故事
1925 年 8—10 月《醒师》周报第 44—52 号

请　愿
1926 年上海《北新》杂志第 2 卷第 4 期

梦　痕
《大波》的部分内容，以短篇小说形式于 1936 年在《国论》第 11、12 期上发表。

李开先

爱与恐怖
1923 年 3 月 25 日《浅草》季刊第 1 卷第 1 期

回　波
1923 年 7 月 5 日《浅草》季刊第 1 卷第 2 期

李南力

未婚夫妇 李南力等著

光华书店 1948年初版 131页

收入黎风的《未婚夫妇》和《大柳庄记事》、李南力的《不屈》、胡征的《团圆》等短篇小说5篇。

列躬射

白莎哀史

重庆 进文书店 1944年11月初版 1946年1月渝再版 2册 360页 36开

她的恋人

重庆 当今出版社 1944年8月初版 114页 32开 当今文艺丛书 徐昌霖主编

残灰集

重庆南方印书馆 1943年2月初版 174页 32开 创作新编

短篇小说集，收入《有岛贤》《风波》《两朋友》《枯井》《盐》《五百番》《姆姆》7篇小说，书前有作者自序。

采茶女

重庆 光华出版社 1944年10月初版 177页 32开

短篇小说集，收入《采茶女》《聪明的女人》《喜酒》《七七夜花园》。

岛上落霞

重庆　国民图书出版社　1944 年 10 月初版　118 页　文艺丛书

收入《岛上落霞》《他们都进了牢狱》《姊妹》《绫子》《露西亚》《两个浪人》《父》《从"满洲"回来》《夜》，书末有后记。

林如稷

伊的母亲

1920 年 12 月 17 日《晨报》

死后的忏悔

1921 年 1 月 19 日《晨报》

止　水

1923 年 3 月 25 日《浅草》第 1 卷第 1 期

醉

1923 年 7 月 5 日《浅草》第 1 卷第 2 期

葵　堇

1923 年《浅草》第 1 卷第 3 期

将过去

1925 年 2 月《浅草》第 1 卷第 4 期

调　和

1933 年《沉钟》第 28 期

过　年

1934 年《沉钟》第 31 期

办公室内

1934 年《沉钟》第 32 期

狂奔

婴孩

流霰

故乡的唱道情者

刘白羽

歌声·响彻山谷

1941 年 6 月 1 日《文学月刊》第 3 卷第 1 期

同　志

1941 年 7 月 12 日重庆《新华日报》

激昂的琴弦

1941 年 9 月 23 日、25 日重庆《新华日报》

蓝河上

重庆　文化生活出版社　1939 年 4 月初版

桂林　1942 年 5 月桂 1 版　79 页　文学小丛刊　第 1 集

短篇小说集，收入《蓝河上》《盐贩子》2 篇。

金　英

重庆　东方出版社　1944 年 3 月初版　260 页　32 开　东方文艺丛书

短篇小说集，收入《黄河上》《小骑兵》《喜子》《金英》《枪》《室》《在艰辛里生长》。

发亮了的土壤

1946 年 1 月 20 日《文坛月报》第 1 卷第 1 期

我们不能这样下去啊！

1946 年 1 月 20 日《中原·文艺杂志·希望·文哨联合特刊》第 1 卷第 2 期

刘盛亚

夜　雾

重庆　群益出版社　1945 年 5 月初版　721 页

上海 文化生活出版社 1948 年 4 月初版 721 页 现代长篇小说丛书之十三 巴金主编

水浒外传

上海 怀正文化社 1947 年 10 月初版 137 页 怀正文艺丛书之八 刘以鬯主编

地狱门

上海 春秋出版社 1949 年 4 月初版 春秋文库 2

白的笑

1935 年 1 月 1 日《文学季刊》第 2 卷第 1 期

点金术

短篇小说，1941 年底作于重庆。

自 由

1942 年《文艺生活》

短篇小说。

两 代

短篇小说，作于 1945 年 3 月 7 日。

人民勋章

短篇小说，1946 年 8 月作于成都。

权 威

短篇小说，作于1946年3月。

友 情

1946年10月《文艺春秋》

鲁 莽

腐 草

成都 中国文化服务社四川分社 1944年4月初版 114页
32开

路 翎

饥饿的郭素娥

桂林 南天出版社 1943年3月初版 1944年11月渝再版
204页 32开 七月新丛 胡风主编

桂林 希望社 1943年3月初版 1947年5月沪4版 204页
七月新丛 胡风主编

中篇小说，卷首有胡风的序。

蜗牛在荆棘上

上海 新新出版社 1946年3月初版 59页 36开 人民文
艺丛书 胡风主编

中篇小说。

财主底儿女们

上海　希望社　1948年2月出版　2册　1397页　精装

书前有胡风的序和作者的题记，均作于1945年。

青春的祝福

重庆　南天出版社　1945年3月初版　503页　32开　七月新丛

短篇小说集，收入《家》《何绍德被捕了》《黑色子孙之一》《棺材》《卸煤台下》《青春的祝福》《谷》等。

两个流浪汉

1945年8月31日《希望》第1集第3期

胜利小景

短篇小说集，刊于1945年12月《希望》第1集第4期，收《中国胜利之夜》《翻译家》《英雄与美人》《旅途》。

王炳全底道路

1946年6月16日《希望》第2集第2期

罗　烽

归　来

上海　良友图书印刷公司　1937年2月初版　142页　中篇创作新集　第8种

版权页作者署名为罗峰。

呼兰河边

上海　北新书局　1937 年 8 月初版　308 页　32 开

短篇小说集，收入《特别勋章》《旗手》《呼兰河边》《狱中》《第七个坑》《考索夫的发》《到别墅去》《出差》《岔道夫李林》《变故》《花圈》《生意最好的时候》《最后的一次试验》13 篇小说。

横　渡

重庆　商务印书馆　1940 年 8 月初版　161 页　36 开　大时代文艺丛书

短篇小说集，收入《五分钟》《天灵盖及其他》《重逢》《左医生之死》《三百零七个和一个》《荒村》《绝命书》《梦和外套》《没有遗嘱的人》《累犯》《残废人》《娄德嘉兄弟》《横渡》《万大华》《一条军裤》等 15 篇小说。

粮　食

重庆　中国文化服务社　1940 年 12 月初版　168 页　作家战地访问团丛书

收入《粮食》《遇崇汉》《专员夫人》《荣誉药箱》《临危的时候》。

故乡集

哈尔滨　光华书店　1947 年 11 月初版　122 页

收入《荒村》《残废人》《考索夫的发》《狱中》《呼兰河边》《第七个坑》《到别墅去》《左医生之死》《特别勋章》《一条军裤》。书后有后记。

罗　淑

地上的一角

上海　文化生活出版社　1939 年 9 月初版　75 页　36 开　文学小丛刊　第 1 集

桂林　文化生活出版社　1940 年 12 月初版　1942 年 2 月 2 版　75 页

收入《阿牛》《地上的一角》，书后附巴金后记。

生人妻

上海　文化生活出版社　1948 年 8 月版　112 页　18 开　文学丛刊

收入《生人妻》《橘子》《刘嫂》《井工》4 篇小说。附录收《纪念一个友人》（巴金）、《关于罗淑》（黎烈文）、《忆罗淑》（靳以）。

骆宾基

吴非有

重庆　文化供应社　1942 年 1 月初版　122 页　32 开　文学创作丛刊

夏　忙

重庆　烽火社　1939 年 9 月初版　49 页　32 开　烽火小丛书　第 9 种

短篇小说集，收入《失去了巢的人们》《落伍兵的话》《夏忙》《在庙宇里》《戏台下的风波》《意外的事情》《夜与昼》《诗人的忧郁》。

一个坦白人的自述
1945 年 12 月《希望》第 1 卷第 1 期

M

马静沉

沉　影
1923 年 3 月 25 日《浅草》季刊第 1 卷第 1 期

子　子
1923 年 7 月 5 日《浅草》季刊第 1 卷第 2 期

茅　盾

第一阶段的故事
重庆　亚洲图书社　1945 年 4 月初版　365 页

耶稣之死
重庆　作家书屋　1943 年 6 月初版　115 页　当代文学丛书
短篇小说集，收《耶稣之死》《列那和吉地》《虚惊》《过封锁线》《参孙的复仇》。

委　屈

重庆　建国书店　1945 年 3 月初版　102 页　18 开　星火文丛

短篇小说集，收入《委屈》《报施》《船上》《小圈圈里的人物》《过年》。

赛　会

重庆　开明书店　1945 年 9 月初版　109 页　茅盾短篇小说集第 2 集　第 1 辑

短篇小说集，收入《秋收》《残冬》《当铺前》《赛会》《水藻行》。

夏夜一点钟

重庆　开明书店　1945 年 9 月初版　222 页　32 开

短篇小说集，收入《牯岭之秋》《喜剧》《搬的喜剧》《赵先生想不通》《微波》《拟"浪花"》《夏夜一点钟》《第一个半天的工作》。

手的故事

重庆　开明书店　1945 年 9 月初版　132 页

短篇小说集，收入《烟云》《大鼻子的故事》《"一个真正的中国人"》《手的故事》。

尚未成功

重庆　开明书店　1945 年 9 月初版　457 页　茅盾短篇小说集第 2 集　第 5 辑

短篇小说集，收入《有志者》《尚未成功》《无题》《大泽乡》《豹子头林冲》《光明到来的时候》。

偷 渡

1943 年 6 月《天下文章》第 1 卷第 3 期

梅 林

乔 英

桂林　文献出版社　1942 年 7 月初版　171 页　32 开　文艺生活丛书

短篇小说集，收入《乔英》《李麻脸》《敬老会》《小狮子》《何慎之》《劳阿猛》《厌恶》《失业者》《旅行家》《瘤》《未死者》11 篇，有后记。

疯 狂

上海　新丰出版公司　1946 年 2 月初版　169 页　32 开　新丰文丛

短篇小说集，收入《疯狂》《奇遇》《失眠》《陈可为》《节目篇》《鸡蛋》《地下火》，有后记。

N

聂绀弩

姐　姐　绀弩原著　金重英译

桂林　远方书店　1944 年 3 月初版　77 页　英汉对照文艺丛书

O

欧阳山

一缸银币　欧阳山等著

生活书店　1941年1月初版　249页　32开文艺丛刊之一

收入《一缸银币》（欧阳山）、《儿戏》（卞之琳）、《锄头》（艾芜）、《小夫妻》（宋之的）、《朝》《李广田》、《文人武装》（孔厥）、《目标》（罗问达）。

长　子　欧阳山等著

上海　华新图书公司　1941年5月初版　294页

重庆　中国文化服务社　1942年版

收入《论文艺的民族形式》（潘梓年）、《遇崇汉——一个宣抚员的自述》（罗烽）、《长子》（欧阳山）、《牛车上的伙伴》（王西彦）、《总的破坏》（刘白羽）、《痛》（黑丁）、《夜景》（舒群）、《受难者》（艾芜）、《追悼》（草明）、《在碣马》（沙汀）、《旷野的呼喊》（萧红）、《风陵渡》（端木蕻良）、《新生》（张天翼）。

流血纪念章

重庆　华中图书公司　1941年10月初版　206页　32开　弹花文艺丛书

收入《我写大众小说的经过（代序）》《三水两农夫》《好邻居》《扬旗手》《第二家庭》《课外锦标》《英烈传》《香港菠萝》《世代冤仇》《湘潭一商人》《爸爸打仗去了》《流血纪念章》。

Q

齐 同

新生代（第一部）

重庆　生活出版社　1939年9月初版　405页　32开

青 苗

暴风雨下的几个女性

成都　路明书店　1942年9月初版　90页　36开　路明文艺丛刊　沙坪主编

卿秉渊

旧仇新憾

成都　国魂书店　1941年6月初版

短篇小说集，收入《爱的放大》《雪窟炼狱》《抵抗》《死即权利》《干父之蛊》《山河遗憾》等。

S

沙 坪

莫里哀与步兵少校

成都　普益图书公司　1942 年 10 月初版　82 页

爱与憎（胜利的哀歌）

成都　路明书店　1942 年 12 月初版　93 页　36 开　路明文艺丛刊

沙 汀

淘金记

重庆　文化生活出版社　1943 年 5 月渝 1 版　1946 年 6 月沪 1 版　380 页　现代长篇小说丛书之四　巴金主编

1946 年版丛书号编为十一。

奇异的旅程

重庆　当今出版社　1944 年 5 月初版　148 页　当今文艺丛书

困兽记

重庆　新地出版社　1945 年 5 月初版　1946 年 10 月再版 420 页　32 开

重庆　新群出版社　1947 年沪再版　420 页

书前有作者题记，1946 年版页码为 372 页。

闯　关

上海　新群出版社　1946 年 8 月初版　124 页　36 开　新群文艺丛书　以群编辑

书前有题记。

还乡记

上海　文化生活出版社　1948 年 7 月初版　378 页　现代长篇小说丛书

法律外的航线

上海　辛垦书店　1932 年 10 月版　234 页

短篇小说集，收入《法律外的航线》《汉奸》《我"做广告的"表兄的信》《平平常常的故事》《撤退》《码头上》《恐怖》《莹儿》《没有料到的荣誉》《醉》《风波》《俄国煤油》12 篇小说。

爱

上海　天马书店　1935 年 9 月初版　60 页　天马丛书

短篇小说集，收《爱》《孕》《莹儿》3 篇小说。

土　饼

上海　文化生活出版社　1936 年 7 月初版　203 页　36 开　文学丛刊　第 2 集

收入《赶路》《凶手》《丁跛公》《孕》《老太婆》《有才叔》《土饼》《老人》《战后》《野火》等小说。

航 线

上海 文化生活出版社 1937年2月初版 166页 文学丛刊
第4集

短篇小说集，收入《航线》《汉奸》《我"做广告的"表兄的
信》《平平常常的故事》《撤退》《码头上》《恐怖》《莹儿》《没有料
到的荣誉》《风波》，书前有作者前记。

苦 难

上海 文化生活出版社 1937年7月初版 1948年8月3版
160页 36开 文学丛刊 第5集 巴金主编

收入《轮下》《龚老法团》《代理县长》《为了两升口粮的缘故》
《毒针》《逃难》《苦难》《人物小记》《醉》9篇小说。

磁 力

桂林 三户图书社 1942年9月初版 107页 32开 文学
丛刊

短篇小说集，收入《老烟的故事》《磁力》《艺术干事》《模范
县长》《和合乡的第一场电影》5篇小说，附《这三年来我的创作活
动》。

小城风波

重庆 东方书店社 1944年4月初版 126页 32开 东方文
艺丛书

收入《防空——在堪察加的一角》《联保主任的消遣》《在其香
居茶馆里》《公道》《三斗小麦》《没有演出的戏》《小城风波》。

播种者

上海　华夏书店　1946 年 2 月初版　171 页

短篇小说集，收入《防空——在堪察加的一角》《联保主任的消遣》《在其香居茶馆里》《替身》《公道》《模范县长》《和合乡的第一场电影》《三斗小麦》《没有演出的戏》《小城风波》《播种者》11 篇小说。

兽　道

上海　群益出版社　1946 年 4 月初版　198 页

短篇小说集，收入《莹儿》《恐怖》《孕》《丁跛公》《凶手》《逃难》《为了两升口粮的缘故》《代理县长》《祖父的故事》《兽道》《在祠堂里》11 篇小说，书前有题记。

呼　嚎

上海　新群出版社　1947 年 1 月初版　87 页　32 开

短篇小说集，收入《访问》《范老老师》《呼嚎》《苏大个子》《催粮》《烦恼》6 篇小说。

沙汀杰作选　沙汀著　巴雷编选

上海　新象书店　1947 年 5 月初版　134 页　36 开　当代创作文库

短篇小说集，收入《替身》《烦恼》《公道》《轮下》等 13 篇小说。

堪察加小景

上海　文化生活出版社　1948 年 8 月初版　148 页　文学丛刊

第 9 集

短篇小说集，收入《老烟的故事》《艺术干事》《巡官》《堪察加小景》《春朝》《两兄弟》等 6 篇小说。

纵横前后方　沙汀等著

重庆　文阵社　1944 年 3 月初版　150 页　23 开　文阵新辑之三　茅盾等编

收入《封锁线前后》（沙汀）、《歧路》（郁茹）、《一天的工作》（黄贤俊）、《喜事》（柳青）、《上尉什哈伏隆科夫》（〔苏〕V. 考兹夫尼可夫著，茅盾译）、《墙》（〔法〕沙特耳著，荒芜译）。

上等兵

1933 年 11 月 1 日《现代》第 4 卷第 1 期

毒　针

1936 年 9 月 10 日《光明》第 1 卷第 7 期

出　征

1936 年《战旗》第 1 期

前　夜

1938 年 2 月 8—14 日《救亡日报》（广州版）

胜利在望年即景

1945 年 3 月《华西晚报》副刊《艺坛》第 526—528 号

意 外

初载于 1947 年上海《大公报》副刊《星期文艺》第 61 期，后收录于 1951 年 5 月上海海燕书店版《医生》。

一段回忆

初载于 1947 年 12 月 25 日重庆《大公报》副刊《半月文艺》；后改名为《怀旧》载于 1948 年 2 月 15 日《文讯》月刊第 8 卷第 2 期；又改名《钟敲》，收于 1951 年 5 月上海海燕书店版《医生》。

沙 雁

后防集

重庆 建国书店 1942 年 11 月初版 224 页

收入《围歼之夜》《哨兵李占鳌桥》《硝皮厂》《夜斗》《山城之触》《盐的列车》《抽》《媳妇的运命》《螺山村》《剖》《〇三八五黑皮车》。

邵荃麟

英 雄

桂林 文化供应社 1942 年 8 月初版 1948 年 8 月沪新 1 版 178 页 文学创作丛刊

短篇小说集，收入《客人》《英雄》《海塘上》《欺骗》《吉甫公》《多余的人》《雨天》《新居》8 篇小说，书前有题记。

宿　店

重庆　新知书店　1946 年 5 月初版　193 页　32 开

短篇小说集，收入《一个女人和一条牛》《宿店》《大铜山的一夜》《旅途小景》《歌手》《一个副站长的自白》6 篇小说。

邵子南

李勇大摆地雷阵

佳木斯　东北书店　1946 年 8 月初版　1947 年 5 月再版　58 页

临沂　山东新华书店　1946 年 12 月版　50 页　大众文库故事

郑州　中原新华书店　1949 年 5 月版　61 页

上海　生活·读书·新知三联书店　1949 年 8 月版　155 页

短篇小说，讲述抗日战争时期李勇在抗日根据地大摆地雷阵与日军战斗的故事。

李勇大摆地雷阵

香港　海洋书屋　1948 年 6 月版　155 页　北方文丛　第 1 辑
周而复主编

短篇小说集，收入《李勇大摆地雷阵》《贾希哲夜夜下西庄》《牛老娘娘拉毛驴》《阎荣堂九死一生》4 篇小说。

阎荣堂九死一生

临沂　山东新华书店　1947 年 1 月版　32 页

短篇小说。

地雷阵（短篇小说选）　　邵子南等著

上海　新华书店　1949 年 8 月初版　138 页　32 开

收入《荷花淀》（孙犁）、《麦子黄时》（杨朔）、《五月之夜》（王林）、《地雷阵》（邵子南）、《阎荣堂九死一生》（邵子南）、《我的两家房东》（康濯）、《俺们毛主席有办法》（秦兆阳）7 篇小说。

沈起予

飞　露

上海　世纪书局　1928 年 9 月版　74 页

人性的恢复

重庆　群益出版社　1946 年 4 月版　169 页

重庆　文艺奖助金管理委员会　1943 年 6 月初版　抗战文艺丛书　第 4 种

残　碑

上海　良友图书印刷公司　1935 年 10 月版　336 页　良友文学丛书

火线内

上海　良友图书印刷公司　1935 年 4 月初版　224 页　良友文库　7

短篇小说集，收入《火线内》《火线外》《消夏录》《妻的一周间》《虚脚楼》《王牧师的悲喜剧》《蓬莱夜话》《难民船》8 篇小说。

难民船　沈起予等著

昆明　新流书店　1940 年版　130 页　32 开　八十家佳作集

短篇小说集，收入吴组缃的《樊家铺》《某日》，辛尔的《盐》，胡载球的《光荣的战死》，谢冰心的《冬儿姑娘》，魏金枝的《山地》，沈起予的《妻的一周间》《难民船》8 篇小说。

战争小说集　沈起予等著

上海　中华书局　1935 年 3 月版　160 页　32 开　新中华丛书文艺汇丛之一

短篇小说集，收入《火线内》（沈起予）、《十三个》（迅鸠）、《奇迹》（杜兰谛著，张梦麟译）、《舞女》（高尔斯华绥著，钱哥川译）、《一只猫的死》（爱格勃来赫特著，张梦麟译）等 9 篇小说。

最初一课

1936 年 5 月 1 日《文学丛报》第 2 期

五婆的悲喜

1941 年《抗战文艺》第 7 卷第 4、5 期合刊

短篇小说。

司马文森

小城生活

乐山　三五书店　1943 年 9 月初版　75 页　32 开　星火文丛

短篇小说集，收入《女人的王国》《某校纪事》《湖上的忧郁》

3篇小说。

妖　妇

重庆　新陆出版社　1945年12月初版　88页　36开

短篇小说集，收入《妖妇》《约伯之泪》2篇小说。

老郭和他的女朋友

1946年9月《文艺生活》光复版第8期

短篇小说。

司马訏

重庆奇谭

上海　中心书局　1947年1月初版　99页　32开

中篇小说，书前有徐昌霖的《司马訏其人与其文》一文（代序）。

T

陶　雄

伥

永安　改进出版社　1941年8月初版　98页　现代文艺丛刊

短篇小说集，收入《伥》《张二姑娘》《大华魂》《守秘密的人》《玫瑰书笺》，有题记、附记。

银空三骑士　龚雄著

成都　中国的空军出版社　1944年3月初版　118页　空军文艺丛书　第2种　陶雄主编

田　涛

牛的故事

桂林　华侨书店　1942年6月初版　102页　32开　创作文丛之三

短篇小说集，收入《一个马夫》《牛的故事》等短篇小说5篇。

潮（第一部）

重庆　建国书店　1942年10月初版　1943年4月再版　1945年9月3版　224页　文艺新集

潮（第二部）

重庆　建国书店　1944年10月初版　184页　文艺新集

地　层

重庆　东方书社　1944年7月初版　190页　东方文艺丛书之七

北平　大道出版社　1946年6月初版

北平版改名为"焰"。

血泊中

初载于 1942 年 6 月 25 日《文化杂志》第 2 卷第 4 号，后收入短篇小说集《恐怖的笑》。

希 望

1944 年 2 月 1 日重庆《当代文艺》第 1 卷第 2 期

W

万迪鹤

中国大学生日记

上海 生活书店 1934 年 12 月初版 253 页 32 开

复仇的心

重庆 国民图书出版社 1944 年 6 月初版 176 页 32 开 文艺丛书

短篇小说集，收入《射手之歌》《战地夜景》《阵前》《路》《复仇的心》《夹谷》《自裁》《邻居》《岛国一细民》《井上宽太郎》《大和魂的寂寞》11 篇小说，书前有前记，书末有列躬射的附记。

王 蓝

美子的画像（一颗永恒的星）

重庆 红蓝出版社 1943 年 12 月初版 红蓝文艺创作丛书

短篇小说集，收入《父亲》《战马和枪》《美子的画像》3篇小说。

鬼城记

重庆　红蓝出版社　1944年2月初版　64页　32开

短篇小说集，收入《哈的一声笑出来》《北宁客车上》《特务科长》《三重奴隶》《筷子的故事》《白俄·卜莱萌斯基》《军用犬事件》7篇小说，书后附跋。

相思债（太行山上）

重庆　红蓝出版社　1944年7月初版　66页

中篇小说。

王冶秋

青城山上

重庆　商务印书馆　1944年9月初版　1946年3月沪初版
158页

短篇小说集，收入《她》《青城山上》《走出尼庵》《没有演过的戏》4篇小说。

王影质

煤　矿

成都　生活书店　1940年5月初版　108页

短篇小说集，收入《监狱》《煤矿》《太仓之粟》《故乡》《到前

线去》《媚娘河在怒吼》《苦行雪山》《野渡》《一五〇〇〇〇〇》9
篇小说，书前有萧军的代序。

王余杞

惜分飞

上海　春潮书局　1929 年 7 月初版　160 页　32 开
书前有郁达夫和朱大枬的序，书后有著者后记。

神奇的功力

北平　徒然社　1930 年 4 月出版　155 页　徒然社丛书

浮　沉

北平　星云堂书店　1933 年 3 月初版　338 页　32 开

急　湍　隅棨著

上海　联合出版社　1936 年 7 月出版
第 1—3 节发表于 1932 年《现代社会》第 2 卷第 1—3 节，后中断。

海河汩汩流

重庆　建中出版社　1944 年 2 月初版　214 页　32 开　建中文
艺丛书　陈纪滢主编
书前有陈纪滢的《建中文艺丛书总序》及作者自序。

朋友与敌人

天津　现代社会月刊社　1933 年 9 月初版　224 页　现代社会

丛书

短篇小说集，收入《革命的方老爷》《穷途》《朋友与敌人》《平凡的死》《牺牲》《杨柳青》《生存之道》等14篇小说。

将 军

上海 联合出版社 1936年10月版

短篇小说。

文德铭

家与国

重庆 重庆指南编辑社 1941年4月版 72页 32开

短篇小说集，收入《家与国》《希望》《双重汉奸》3篇小说。

满城风雨（法律圈外）

重庆 重庆指南编辑社 1944年3月初版 72页

中篇小说。

文 若

割 弃

重庆 生活书店 1940年12月初版 170页 32开

中篇小说集，收入《割弃》《小市民》两篇小说。

吴组缃

鸭嘴涝

重庆　文艺奖助金管理委员会出版部　1943 年 3 月初版　313
页　32 开　抗战文艺丛书　第 3 种

书后有作者的赘言。

山　洪

上海　星群出版公司　1946 年 4 月新 1 版　226 页

为《鸭嘴涝》改名出版。

铁闷子

1942 年 11 月《中国青年》第 7 卷第 4、5 期合刊

X

夏忠道

民族仇恨

重庆　民族文化社　1938 年 1 月初版　160 页

萧　红

生死场

重庆　大时代书局　1941年1月初版　1943年3月3版　234页　32开　文艺丛书

呼兰河传

重庆　上海杂志公司　1941年5月初版　326页　32开　每月文库：二辑之五　郑伯奇主编

桂林　河山出版社　1943年6月初版　260页　32开

上海　寰星书店　1947年6月初版　冠像　271页　32开　寰星文学丛书　第1集　范泉主编

上海杂志公司版书前有郑伯奇的"每月文库总序"及"二辑牟言"，寰星书店版书前有骆宾基写的《萧红小传》及茅盾序。

马伯乐

重庆　大时代书局　1941年1月初版　1941年6月再版　1943年3月3版　234页　32开　文艺丛书

萧蔓若

解　冻

上海　文光书店　1947年3月初版　286页　文学新刊

大时代的小纪事

1938 年 10 月 26 日《东方杂志》第 35 卷第 24 期

牺牲精神

1939 年 1 月 16 日《文艺阵地》第 2 卷第 7 期

到前方去

1943 年 1 月《文艺生活》第 3 卷第 4 期

萧　乾

灰　烬

重庆　文化生活出版社　1939 年 5 月版　87 页　36 开　文学小丛刊　第 1 集

小说散文合集，收入《灰烬》《黑与白》《三个检查员》《刘粹刚之死》等。

谢冰莹

女兵十年

重庆　红蓝出版社　1946 年 4 月汉口初版　1946 年 8 月北平再版　227 页

上海　北新书局　1947 年 1 月新版　有图　227 页　文艺新刊

本书是《一个女兵的自传》的续篇，书前有著者序。

谢文炳

诗 亡

成都　著者刊　1947 年 7 月初版　176 页　32 开　谢文炳丛书

熊佛西

铁 苗

桂林　文人出版社　1942 年 12 月版　184 页　28 开　文人出版社丛书之一

上海　华华书店　1946 年 11 月 1 版　1949 年 4 月沪再版　289 页　38 开

华华书店版为修订本。

熊 吉

千年后

成都　复兴书局　1943 年 7 月初版　406 页　当今文艺丛书

世外天

成都　复兴书局　1944 年 3 月初版　320 页　复兴文艺丛书

徐 訏

荒谬的英法海峡

上海　夜窗书屋　1940年2月初版　三思楼月书之一

成都　东方书社　1943年5月版　178页　32开　三思楼月书之一

一　家

上海　夜窗书屋　1943年1月初版　122页　三思楼月书之一

成都　东方书社　1943年5月初版　1945年重庆再版　32开　178页　三思楼月书之一

书末有作者的重版后记。

鬼　恋

成都　东方书社　1943年2月初版　1943年8月再版　1945年4版　111页　36开　三思楼月书之一

上海　夜窗书屋　1948年4月20版　108页　三思楼月书之一

中篇小说。

精神病患者的悲歌

上海　夜窗书屋　1940年5月初版　214页　32开　三思楼月书之一

成都　东方书社　1945年5月再版　214页　三思楼月书之一

书末有后记，再版书末有重版后记。

当代奇文

重庆　现代出版社　1944 年 11 月初版　225 页

吉布赛的诱惑

上海　夜窗书屋　1945 年 1 月 4 版　1946 年 11 月 18 版　120 页　三思楼月书之一

成都　东方书社　1945 年 2 月初版　120 页　三思楼月书之一

本书脱稿时间为 1940 年 3 月。

徐　盈

苹果山

重庆　人间出版社　1943 年 1 月初版　200 页　人间文艺丛书

十　年

1944 年 2 月 1 日重庆《抗战文艺》第 9 卷第 1、2 期合刊

战时边疆的故事

上海　中华书局　1944 年 10 月初版　1945 年 11 月再版 122 页

短篇小说集，收入《报告》《汉夷一家》《方委员》《我的哥哥在段上》《藏家小姐》《梁金山》《三六九一公里》《东北角》。

Y

阳翰笙

地　泉（华汉三部曲）　华汉著

上海　平凡书局　1930 年 10 月初版　550 页　32 开

上海　湖风书局　1932 年 7 月再版　600 页　文艺创作丛书

本书为《深入》《转换》《复兴》三部书合订本。《深入》原名《暗夜》，《转换》原名《寒梅》。湖风书局版有易嘉的《革命的浪漫蒂克》，茅盾的《〈地泉〉读后感》，郑伯奇、钱杏邨的序及著者的自序。

大学生日记　寒生著

上海　湖风书局　1933 年 3 月初版　194 页　文艺创作丛书

上海　进修书店　1946 年 5 月初版　194 页　36 开

上海　文力出版社　1947 年 5 月再版　194 页　32 开

上海　复兴书局　194 页

日记体长篇小说。

女　囚　华汉著

上海　新宇宙书店　1928 年 11 月初版　1930 年 3 月再版　88 页　文艺丛书　第 4 种

中篇小说。

暗　夜　华汉著

上海　创造社出版部　1928 年 12 月初版　167 页　创造社丛

书　第 30 种

中篇小说。

深　入　华汉著

上海　平凡书局　1928 年 12 月初版　1930 年 9 月 3 版
167 页

上海　湖风书局　1932 年 7 月重版　167 页　文艺创作丛书
12

中篇小说，原名《暗夜》。

寒　梅　华汉著

上海　平凡书局　1929 年 12 月初版　214 页

中篇小说，原名《转换》。

两个女性　华汉著

上海　亚东图书馆　1930 年 4 月初版　1931 年 3 月再版
200 页

中篇小说。

十姑的悲愁　华汉著

上海　现代书局　1929 年 6 月初版　141 页　32 开

短篇小说集，收入《枯叶》《马林英》《血战》《趸船上的一夜》
《十姑的悲愁》等 5 篇小说。

活　力　华汉著

上海　平凡书局　1930 年 9 月初版　168 页

短篇小说集，收入《奴隶》《活力》《归来》《马桶间》《兵变》

《未完成的伟人》等 6 篇小说。

复　兴　华汉著

上海　平凡书局　1930 年 10 月初版　175 页

中篇小说，华汉三部曲《地泉》之三。

转　换　华汉著

上海　湖风书局　1932 年 7 月再版　214 页　文艺创作丛书　13

中篇小说，华汉三部曲《地泉》之二，脱稿于 1929 年。

义勇军　林箐著

上海　湖风书局　1933 年 1 月初版　189 页　32 开　湖风创作
集之二

中篇小说。

死线上

1933 年 9 月 1 日《东方杂志》第 30 卷第 17 号，署名林箐。

短篇小说

杨　朔

帕米尔高原的流脉

重庆　生活书店　1939 年 8 月初版　180 页

中篇小说。

姚雪垠

牛全德与红萝卜

重庆　文座出版社　1942 年 10 月初版　100 页　创作丛书

春暖花开的时候

上海　现代出版社　1944 年 4—9 月初版　1—3 册　1946 年
12 月 3 版

记卢镕轩

上海　怀正文化社　1947 年 8 月初版　102 页　雪垠创作集
第 4 种

上海　东方书社　1949 年 5 月再版

戎马恋

重庆　大东书局　1943 年 3 月初版　236 页
上海　东方书社　1946 年 3 月沪版　176 页
东方书社版改名为《金千里》。

重　逢

重庆　东方社　1943 年 7 月初版　1943 年 9 月再版　114 页
东方文艺丛书

中篇小说。

新　苗（新生颂）

重庆　现代出版社　1943 年 11 月初版　226 页

母　爱（新苗第一部）

重庆　现代出版社　1944 年 11 月初版　150 页

红灯笼故事

上海　大地图书公司　1940 年 5 月初版　88 页　36 开　大地文艺丛刊

短篇小说集，收入《红灯笼故事》《选举志》《差半车麦秸》《碉堡风云》4 篇小说。

纺车复活的时候　姚雪垠等著

重庆　建国书店　1946 年 1 月初版　134 页　36 开

短篇小说集，收入《差半车麦秸》（姚雪垠）、《新生》（张天翼）、《在其香居茶馆里》（沙汀）、《纺车复活的时候》（艾芜）、《吹号手》（司马文森）。

差半车麦秸

上海　怀正文化社　1947 年 5 月初版　154 页　28 开

短篇小说集，收入《差半车麦秸》《红灯笼故事》《新芽》《伴侣》《碉堡风波》《大选》6 篇小说，书后有跋。

孩子的故事

1942 年 5 月 1 日《大地文丛》创刊号，曾易名《新芽》。

风雨时代的插曲

1943 年 5 月 15 日《抗战文艺》第 8 卷第 4 期

夏光明

1944 年 2 月 1 日《抗战文艺》第 9 卷第 1、2 期合刊

郁　茹

遥远的爱

重庆　自强出版社　1944 年 4 月初版　172 页　新绿丛辑

Z

张恨水

似水流年

成都　百新书店　1944 年版　524 页

夜深沉

上海　三友书社　1941 年 6 月初版　564 页

如此江山

成都　百新书局　1941 年 6 月初版　1946 年 10 月沪 7 版　2 册　有图　367 页

蜀道难

上海　百新书店　1941 年 10 月初版　1947 年 2 月 9 版　有插图　119 页

八十一梦

重庆　南京新民报社　1942 年 3 月初版　1942 年 5 月再版　254 页　1946 年 12 月沪 4 版　有插图　296 页　新民报文艺丛书之一

曾连载于重庆《新民报》。

巷战之夜

重庆　南京新民报　1942 年 12 月初版　1946 年 2 月沪初版　1946 年 4 月沪再版　110 页　新民报文艺丛书之三

书前有作者序，曾在《时事新报》和《前线时报》上连载，题目分别为《冲锋》和《天津卫》。

丹凤街（负贩列传）

重庆　教育书店　1943 年 12 月桂 1 版　264 页　32 开

上海　山城出版社　1947 年 1 月 4 版　264 页

有作者自序。

偶　像

重庆　南京新民报股份有限公司　1944 年 6 月初版　1944 年 11 月再版　1946 年 2 月沪初版　282 页　新民报文艺丛书之四

有作者自序。

石头城外（到农村去）

重庆　万象周刊社　1945 年 6 月初版　1946 年 5 月沪 1 版
224 页　万象丛书之七　刘自勤主编

到农村去

上海　联华图书有限公司　1946 年 5 月初版　119 页　小说丛
书之一

为《石头城外》改名。

胭脂泪（锦片前程）

上海　万象书店　1945 年 10 月初版　有图　298 页　万象
丛书

虎贲万岁（武陵虎啸）

上海　百新书店　1946 年 7 月初版　1946 年 9 月再版　344 页
32 开

平沪通车

成都　百新书店　1946 年 4 月蓉 2 版　有插图　209 页
原载于《旅行》杂志，书前有作者序，写于 1944 年 10 月。

秦淮世家

上海　三友书社　1940 年 11 月初版　232 页　32 开

欢喜冤家

香港　晨报社　1940 年 11 月初版　348 页

绿珠小姐（第1集）

上海　志新书局　1941年4月初版　114页

秘密谷

上海　百新书店　1941年6月初版　上下册

金银世界

沈阳　广艺书局　1941年5月初版　162页

我一生之情史

大连　聚胜堂立记书局　1942年5月初版　120页

中原豪侠传

重庆　万象周刊社　1944年6月初版　403页　万象丛书之二

水浒新传

重庆　建中出版社　1943年7月初版　3册　658页

大江东去

重庆　新民报社　1943年初版　260页　新民报文艺丛书之三

斯人记

重庆　万象周刊社　1945年3月初版　520页　万象丛书之五

红羊劫后奇人传

重庆　陪都书店　1947年1月初版　500页

证明文件

1939 年 1 月 1 日《文艺月刊》第 2 卷第 7 期

敌国的疯兵

1939 年 10 月 21 日—11 月 30 日重庆《新民报》

牛马走

1941 年 5 月 2 日—1945 年 11 月 3 日连载于重庆《新民报》副刊《最后关头》，后由上海文化书局 1957 年 2 月出版。

张天翼

速写三篇

上海　文化生活出版社　1943 年 1 月初版　107 页　文季丛书之二十二

短篇小说集，收入《谭九先生的工作》《华威先生》《新生》。

西冷的黄昏　张天翼等著

上海　良友图书公司　1945 年 7 月再版　263 页

短篇小说集，收入《脊背与奶子》（张天翼）、《李师师》（施蛰存）、《旅舍》（施蛰存）、《夜行》（施蛰存）、《红与黑》（杜衡）、《亭子里的房客》（杜衡）、《乳佣篇》（杜衡）、《恶行》（何家槐）、《晚餐》（何家槐）、《西冷的黄昏》（林徽因）、《爱的徘徊》（林徽因）。

赵景深

栀子花球

上海　北新书局　1928 年 11 月初版　1929 年 2 月再版　246 页　32 开

短篇小说集，分《漂泊》《失恋》《人间》3 辑，收入《失散》《烧饼》《行路难》《栀子花球》《苍蝇》《蜃气里的婚礼》《轻云》《静穆》《铜壶玉漏》《梨花与海棠》《红肿的手》《枪声》《婶婶的儿子》13 篇。

为了爱

上海　北新书局　1934 年 8 月 3 版　246 页

短篇小说集，为《栀子花球》一书修改重版。

失恋的故事

上海　新文化书社　1934 年 4 月 3 版　1934 年 12 月 4 版　112 页

短篇小说集，收入《蜃气里的婚礼》《轻云》《静穆》《铜壶玉漏》《梨花与海棠》《情书》6 篇小说。

郑拾风

飘　零

桂林　华华书店　1943 年 9 月版　141 页

重庆　华华书店　1945 年 3 月版　141 页

周而复

警犬班长

1945 年 5 月 4 日《文哨》第 1 卷第 1 期

第十三粒子弹

重庆　世界编译所　1945 年 9 月初版　168 页

短篇小说，收入《春荒》《山》《雪地》《第十三粒子弹》《村选》《一个日本女性底塑像》《夜袭》《模范班长》。

麦　秋

1945 年 11 月 15 日重庆《时与潮文艺》第 5 卷第 3 期

地　道

1946 年 4 月 10 日《文坛月报》第 1 卷第 2 期

麦收的季节

1946 年 4 月 10 日《文艺生活》光复版第 4 期

周　文

烟苗季

上海　文化生活出版社　1937 年 1 月初版　380 页　文学丛刊第 4 集　巴金主编

上海　文化生活出版社　1938年10月初版　1948年10月3版
526页　文学丛刊　第4集　巴金主编

烟苗季（后部）

上海　文化生活出版社　1938年5月初版　144页　文学丛刊

在白森镇

上海　良友图书印刷公司　1937年1月初版　227页　中篇创
作新集　第7种

上海　良友复兴图书印刷公司　1940年11月版　109页　32开

中篇小说。

父子之间

上海　良友图书印刷公司　1935年9月1日初版　304页　良
友文库　10

短篇小说集，收入《弟弟》《一家药店》《冬天到春天》《热天》
《一天几顿》《投水》《父子之间》（原名《午前》）。

爱

上海　开明书店　1937年3月初版　179页　开明文学新刊

短篇小说集，收入《三个》《荒村》《无题》《黄霉天》《张先
生》《爱》，附录《鲁迅先生是并没有死的》。

救亡者

长沙　商务印书馆　1940年7月初版　89页　42开　大时代
文艺丛书

中篇小说。

周文短篇小说集（第一集）

上海　开明书店　1940年1月初版　453页　36开

收入《雪地》《恨》《薛仁贵征东》《冬天到春天》《一家药店》《一天几顿》《热天》《三等车上》《父子之间》《山坡上》《红丸》《三个》《俘虏行》《在白森镇》。

滹沱河夜战　周文等著

昆明　新流书店　1940年9月初版　110页

短篇小说集，书前有施若霖《八〇家佳作集序》，收入《三个》（周文）、《募捐》（碧野）、《滹沱河夜战》（碧野）、《关饷》（宋越）、《满洲琐记》（戴辛万）、《暗黑的一角》（金山城）、《糠羹》（香非）、《犯》（葛琴）、《迷茫》（芦焚）、《刘粹刚之死》（萧乾）、《生人妻》（罗淑）。

分

1934年4月1日《文学季刊》第2期

短篇小说。

怒　火

1938年2月21日—27日《救亡日报》（广州版）

该小说是周文为《华北烽火》长篇小说的集体创作而作。

诗 歌

A

阿 垅

无弦琴

北京 中国文联出版公司 1947 年 1 月初版 54 页 中国现代诗歌名家名作原版库

先知 一粒麦子 云 叩门（1943 年 4 月 25 日 三熏楼）

题册（1944 年）

求诉——给 Ray（1944 年 3 月 8 日 成都）

愿歌（1944 年 3 月 11 日 金河街）

街候（1944 年 4 月 11 日）

宝贵（1944 年 4 月 17 日）

星（1944 年 4 月 23 日 成都）

饮（1944 年 7 月 23 日）

无题（1944 年 7 月 28 日）

艾　青

他死在第二次

重庆　上海杂志公司　1939 年 11 月初版　1941 年 9 月桂再版
78 页　32 开　每月文库：一辑之六　郑伯奇主编

上海　上海杂志公司　1946 年 5 月初版　78 页　32 开

收入《吹号者》《出发》《车过武胜关》《除夕》《街》《梦》《纵火》《他死在第二次》等 8 首。卷首有郑伯奇的《每月文库总序》。

旷　野

重庆　生活书店　1940 年 9 月初版　1942 年 4 月再版　1947
年 1 月沪 1 版　77 页　32 开

火　把

重庆　烽火社　1941 年 6 月初版　1942 年再版　93 页　32 开
烽火文丛之三　靳以主编

重庆　文化生活出版社　1941 年 6 月初版　1946 年 10 月沪 1

版　1949年8月沪2版　93页　32开　文季丛书之二十　文季社编辑

北平　北平市学生助学委员会　1947年8月版　38页　横32开

长诗，分18节。

雪里钻

重庆　新群出版社　1944年11月初版　1945年12月沪再版1947年9月沪3版　有图　43页　36开　新群文艺小丛书

收入《雪里钻》《索亚》2首长诗，1947年版丛书名为《新群诗之五》。

B

白　堤

小土屋

1941年3月《诗垦地》第二辑《枷锁与剑》

白　莎

冬　天

1941年4月《七月》第29期

北方的马车

写于1946年10月，原载绥德《新诗歌》1941年11月第1期

路

1941 年 12 月桂林《诗创作》第 6 期

边疆的路

1941 年 11 月 15 日作于洪雅，发表于 1942 年 4 月 30 日桂林出版社出版的《诗创作》第 10 期。

小河结冰了　风涛著

1942 年 4 月 1 日《诗星》2 集第 4—5 期

给 TL

1944 年《诗前哨》丛刊第 2 辑《收获之歌》

白　薇

石　匠

1940 年 10 月 6 日重庆《新华日报》，署名老考。

血的鲜花

1946 年 2 月 7 日重庆《新华日报》

卞之琳

慰劳信集

昆明　明日社　1940年版　62页　32开

收《给随便哪一位神枪手》《给修筑飞机场的工人》《给地方武装的新战士》等20首诗。

C

蔡月牧

惊　蛰

1941年11月15日《笔阵》新6期

春　垦

1942年《诗创作》第12期

乡　爱

1944年7月《诗前哨》丛刊第1辑

曹葆华

寄诗魂

北平　震东印书馆　1930年12月初版　12＋210＋2页　32开

收入《她这一点头》《歌》《夜歌》《悼》《寂寞》《寄诗魂》等37首诗。卷首有作者序。

灵　焰

上海　新月书店　1932 年 11 月初版　92 页　25 开

收入《生命之歌》《歌》《夜歌》《十四行》《给——》《恋》《我忘不了》《马》《不同》《她这一点头》《多谢你》《悲哀》《问》《平常话》《我的生命》《寄诗魂》《再寄诗魂》等 23 首诗。

落日颂

上海　新月书店　1932 年 11 月初版　90 页　25 开

收入《告诉你》《生命》《灯下》《山居小唱》《莫笑我》《我从前》《挽——》《你不看》《往常时》《我不顾》《爱》《想起》《假如》《黄昏》《为了》《夕阳》《五桥泛舟》《不幸》《沉思》《江上》《叹息》《春天》《诀别》《夜哭》《相思》《忍耐》《对月》《悲欢》《黑暗》《祈求》《狱中》《冤魂》《口供》《悲哀》《兆星》《夜思》《语星》《死》《时间》《回清华》《落日颂》等 41 首诗。

无题草

上海　文化生活出版社　1937 年 5 月初版　1948 年 8 月再版 124 页　32 开　文学丛刊　第 5 集　巴金主编

分 5 辑，收入《听说》《她也》《像一》《我不》《还在》《黑夜》《一道》《石阶》《祇想》《小和》《破晓》《头顶》《向着》《有道》《在紫》《千重》《红血》《一石》《破屋》《莫听》《古槐》《怎得》《一片》《合上》《夕阳》《设想》《吞去》《欲以》《独坐》《不跳》《站在》《灵魂》《黑夜》《蹑足》《壁上》《已会》《街上》《举起》《虽有》《中夜》《畸夜》《马背》《也许》《夏天》《不必》《沙土》《待到》《梦也》《也不》《小门》《黄昏》《小窗》《日子》《足下》等 54 首诗。

常任侠

收获期

上海　独立出版社　1939 年 12 月初版　46 页　32 开　中国诗艺社丛书　徐仲年主编

收入《列车》《出帆》《收获期》等 12 首诗，另有《在东海上》《温暖的池沼》等 5 首译诗，书前有著者的前记。

陈道谟

诚实的歌唱

成都　挥戈文艺出版社　1941 年 5 月初版　98 页　挥戈文丛

收入《向他们送去》《夜行者》《去，就像这样的》《号筒》《写在像片的头顶》《朋友》《遇着一位流浪的同胞》《记曾君的自由》《朋友的家》《故事两则》《讽喻篇》《无题草》《绅士们的消遣》《不同的春夜》《冬季的流水哟》《记一个年轻的苦女孩》《掘开小农民的心灵》《他们过着另一种生活》《农村画像》《诚实的歌唱》《给小朋友们》《别让自己催眠在自己的过去里》《表哥战死了》《盼望有一个美丽的将来》。

陈敬容

盈盈集

上海　文化生活出版社　1948 年 11 月初版　189 页　36 开
文学丛刊　第 10 集　巴金主编

分《哲人与猫》《横过夜》《向明天瞭望》3 辑。收《十日》《夜客》《夜歌》《秋》《飞鸟》《车上》《黄》《静夜》《断章》《哲人与猫》《窗》《春雨曲》《遥祭》《帆》《风夜》《逝影》《给杏子》《安息》《海》《紫色的毛羽》《在雾中穿行》《入寐》《珠》《河上》《赠》《回声》《晨星的梦》《圈外》《创造》《在风砂夜》《薄暮》《午睡后》《浮游者》《沉思者》《倦读》《归属》《骑士之恋》《音色之外》《风暴》《流水图》《展望》《莫扎特之祭》《旗手和闪电》《遗留》《烛火燃照之夜》《野火》《边缘外的边缘》《自画像》《不开花的树枝》《漫游》《追寻》《假如你走来》《向明天瞭望》《铸炼》《友情和距离》《流溢》《律动》《风暴之后》《生命的雨滴》《弦与箭》《清晨漫步》《船舶和我们》《仲夏夜之梦》《决定的倾刻》《请别为我祝福》《雨季》《小儿女的哀怨流去吧》等 71 首诗。

交响集

上海　星群出版社　1948 年 5 月初版　87 页　森林诗丛　森林社编辑

分 3 辑，收入作品有《想飞的娜塔莎》《在激流中》《白鸟》《春与期待》《絮语》《地狱的探戈舞》《塔》《形体的成长》《播种》《沙岸上》《夜囚》《交错》《挣扎》《判》《划分》《一滴水》《群像》《月夜寄语》《默想》《雨后》《献属》《渡河者》《世界的伪装》《智慧》《斗士，英雄》《圣者》《黄昏，我在你的边上》《给啰唆人》《过程》《从灰尘中望出去》《瞩望》《新世纪旋舞》《笔和青苔》《贝壳》《给我的敌人——我自己》《寄雾城友人》《逻辑病者的春天》《路》《无线电绞死春天》《力的前奏》《文字》《有人向旷野去了》《风雨夜》《结网的人》《深夜》《春晚》《无泪篇》《雕塑家》《赠送二章》《夜想》《捐输》《我们这一代》《我在这城市中行走》《鸽子》《在公园中》《冬日黄昏桥上》《陌生的我》。

陈　铨

哀梦影

重庆　在创出版社　1944 年版　88 页　在创文艺小丛书

收入《幸福》《初见》《期待》《花溪》《春雨》《我爱》《别离》《甜蜜的沾滞》《真话和假话》《酒盃》《不要信》《假如》《缺点》《空谈》《解释》《死后的安慰》《我愿》《爱的力量》《催眠曲》《真心》《那一天》《寂寞》《感情颂》《也许》《桃花》《误会》《敌人》《事实与幻想》《梅花》《失眠之夜》《第一次的祈祷》《中夜蟾蜍》《恨不得》《忠告》《寻思》《失败》《既然》《解脱》《我只要》《离愁》《战的哲学》《山头》《饮歌》《同伴》《自励》《战歌》《一封书信》《无情世界》。

陈炜谟

甜水歌

1923 年 12 月《浅草》季刊第 1 卷第 3 期

总有一天

1948 年 12 月《成都快报》副刊《文会周报》，署名陈迟。

永　恒

1948 年 12 月《成都快报》副刊《文会周报》，署名陈迟。

陈新明

曼陀罗集

成都　中西书局　1944 年 8 月初版　78 页

收入《海的重逢》《微笑》《也许》等 30 首诗，书前有柳涛的《写在曼陀罗集前面》。

陈竹影

月光　雪是霏霏地下了　冬

1923 年 3 月 25 日《浅草》季刊第 1 卷第 1 期

程　铮

风铃集

重庆　独立出版社　1943 年 8 月初版　34 页　32 开　中国诗艺社丛书

分 3 辑，收入《归来》《驼铃》《宜兴在游击队掌中》《元宵的绿灯》《遥寄嘉陵江畔的友人》《血的故事》等 10 首诗，书前有徐仲年的《风铃忆》作为序。

憧憬集

重庆　商务印书馆　1945 年 11 月初版　32 开　190 页

分 6 辑，收入《不再逃亡》《遥望》《哨兵的幽思》《五台山武装起来了》《突击》《旅途上》《憧憬》等 21 首诗，书末附作者后记。

D

戴碧湘

寻　找

1936 年 9 月 10 日《四川文学》第 1 卷第 5 号，署名东方黎洪。

起来了，中华的儿女们

1938 年《金箭》第 4 期

献给生产队

1940 年 9 月 1 日《新诗歌》（延安版）第 1 期，署名瑜启。

你们，人民的公敌

1946 年 6 月 28 日《东北日报》

邓均吾

哭

1922年8月25日《创造》季刊第1卷第2期

夜

1922年8月25日《创造》季刊第1卷第2期，本诗选入创造社《辛夷集》，上海泰东图书局，1923年4月初版。

病　里

1923年5月1日《创造》季刊第2卷第1期

面　包

1923年7月25日《创造日》日刊第4期

海滨之晚

1923年8月5日《创造周报》第13号

淞沪车上

1923年8月7日《创造日》日刊第15期

所　见

1923年8月14日《创造日》日刊第21期

孤　城

1923 年 10 月 26 日《创造日》日刊第 94 期

对　酒

1923 年 11 月 1 日《创造日》日刊第 100 期

两颗服星

1923 年 3 月 25 日《浅草》文艺季刊第 1 卷第 1 期

人生的观赏

1923 年 7 月 5 日《浅草》文艺季刊第 1 卷第 2 期

别　了

1925 年 2 月 25 日《浅草》文艺季刊第 1 卷第 4 期

燕子

太阳的告别

深夜之巷

琴音

泪之雨

问春

静夜

破晓的情绪

回忆中的景物

白云

月

檐溜

海滨

我愿

长昼

疲惫的心

幻灭

倦游者

偶成

河之哀歌

读耶稣传

春晨

一朵桃花

流星

悲哀

孤灵

飞鸟

深夜

黄昏

我梦想着

遗失的星

寻梦

酒

中秋

蒂 克

小兰花

成都 莽原出版社 1942年10月初版 108页 32开 海星诗丛 牧丁编

收入《马拉》《驼铃》《池塘边》《小兰花》《月夜》《湖畔》《暮秋》《夜行军》《露营》《打柴》《芦花坞》《山谷》《石匠》《老丁和油印机》《小鬼阿根》《侦探老李》《血仇》《传令兵和大红马》《刘黑疤》《红缨枪》《我们站在中条山上》《我的故乡》《悼昉如》《忆黎风》《一个伤兵的歌》《放羊的孩子》等26首诗。书前有朱光潜、苏雪林的序各1篇。

动荡的心情

重庆 著者刊 1942年8月初版 20页 36开 抗战文艺之一

附书信2封,书前有胡社明的序。

杜 谷

遥 寄

此诗写于1938年7月7日,7月15日发表于成都《华西日报》副刊,当时署名林野,后被选入重庆出版社1989年出版的《中国抗日战争时期大后方文学书系》第6编《诗歌》第6集。

赠 友

此诗作于 1938 年 8 月 8 日成都，原题《给一个人》，发表于
1941 年 3 月 26 日重庆《新蜀报》副刊《蜀道》。

雨中的田野

此诗于 1939 年 7 月作于成都，原题《雨中的旷野》，发表于
1941 年 2 月 11 日重庆《新蜀报》副刊《蜀道》。

恋 歌

1939 年 10 月作于成都，发表于 1940 年 12 月 17 日重庆《新蜀
报》副刊《蜀道》。

卡裘莎

1939 年 10 月作于成都，发表于 1940 年 12 月 19 日重庆《新蜀
报》副刊《蜀道》。

泥土的梦

1940 年 3 月作于成都苏坡桥，原发表于 1941 年 4 月 26 日靳以
主编的重庆《国民公报》副刊《文群》。

写在一个人的墓前

1940 年 3 月作于成都，屡经修改后于 1943 年 3 月发表于邵荃
麟主编的《青年文艺》第 4 期。

江 车队 巷

1940 年 11 月作于重庆文化工作委员会，发表于中华全国文艺

界抗战协会的会刊《抗战文艺》1941 年第 7 卷第 1 期，并被编者改为《江　车队　巷》组诗。

春　夜

1941 年春作于重庆。此诗原题"夜的花朵"，1942 年 11 月发表于黄钢主编的《人世间》第 1 卷第 2 期。

灿烂的山坡

1941 年春作于重庆文化工作委员会，原题为"山坡"。

好寂寞的岸

1942 年冬作于重庆柏溪，于 1945 年秋发表于《诗文学》第 1 辑。

耕作的歌

1944 年 7 月作于蒲江，被冯雪峰选入《抗战文艺》第 9 卷第 3 期。

起初的爱

1945 年 8 月拟赴中原解放区前线，作于重庆。

流亡（1938 年 10 月　成都倒桑树）

春天来了（1939 年 3 月　成都凤凰山）

果园（1939 年 5 月　成都苏坡桥）

雾季的山城

寒冷的日子

南方的夜（1940 年 8 月　成都苏坡桥）

写给故乡（1941 年 1 月　重庆文化工作委员会）

在村落中（1941 年 1 月　重庆鸡歇铺）

树之歌（1941 年 10 月　重庆鸡歇铺）

柏溪一年（1943 年 2 月　重庆柏溪）

告别嘉陵江（1943 年 3 月　重庆柏溪）

走向穷乡僻壤地（1943 年 3 月　成都纯化街）

山村姑娘（1943 年 3 月　蒲江）

到远方去

野火的夜（1943 年 10 月　蒲江）

F

方　敬

行吟的歌

上海　文化生活出版社　1948 年 7 月初版　93 页　36 开　文学丛刊　第 9 集　巴金主编

收入《晨》《女仆》《乡下》《历史》《伐木》《荒城》《山》《青年》《劳力》《声音》《记忆》《背夫》《根》《夜宿》《月台》《风雨夜》《赞歌》《邮花与车票》《夜》《日午》《窗外》《歌》《山道》《爱》《游子谣》《送葬曲》《众生之路》《爱者之歌》《轰炸季》《战争赠友三章》。

声　音

桂林　工作社　1943年4月初版　122页　32开

收《光》《报》《骡车》《儿童》《飞》《丰收》《流亡的孩子》《古城的歌》《路》《棉花机》《古怪的城》《村景》《自耕农》《赶街子》《农妇》《劳心与劳力》《插秧》等。

受难者的短曲

上海　星群出版社　1948年5月初版　54页　44开　森林诗丛　森林社编

分3辑，收入《受难者之歌》《出桂林记》《不安的夜》《夏天的都市》《江之歌》《母亲》《黑夜》等。

丑角的世界　方敬等著

上海　星群出版社　1947年8月版　32页

方　殷

平凡的夜话

重庆　商务印书馆　1942年11月初版　1945年10月3版　140页　36开　大时代文艺丛书　第2集

分《火底进行曲》《一面旗帜》《咱们走》《旅人的心》4辑。收入《黎明》《血，流在祖国的土地上》《更坚决地前进去吧》《田野闲话》《怀念》《平凡的夜话》等38首诗。

冯雪峰

其实之歌（荒野断抒上卷）

重庆　作家书屋　1943 年 12 月初版　132 页　32 开

分 3 辑，收入《荒野的曙色》《云山歌》《雪之歌》《醒后》《短章，暴风雨时作》《米色的鹿》等 24 首诗。书前有著者序。

冯玉祥

抗战长歌

重庆　抗战画刊社　1939 年 2 月初版　有插图　17 页　48 开

歌谣体七言白话诗。

冯玉祥先生抗战诗歌集（第 3 集）　华爱国编

桂林　三户图书印刷社　1941 年 6 月初版　14＋286 页　32 开

收入《采花黄》《出击》《春秋阁》《游击队》《马相老哀歌》等 149 首诗，是作者 1939 年创作的作品。书前有王冶秋的序。

春礼劳军歌

军事委员会政治部　有图　21 页　64 开　抗战小丛书　第 12 集

G

甘永柏

老船夫（1941年　灌县）

中国的大地普照着阳光：读毛主席《论联合政府》（1945年6月　沙坪坝）

星（1949年10月　香港）

高　兰

高兰朗诵诗

成都　越新书局　1942年10月初版　21页＋88页　36开

本书是《高兰朗诵诗集》一书的改名重版，书前增加一篇作者的"蓉初版自序"。

高兰朗诵诗集

汉口　大路书店　1938年5月初版　88页

收入《是时候了，我的同胞！》《起来吧！中华民族的儿女！》《放下你那支笔》《给姑娘们》《向八百壮士致敬礼》《缝衣曲》《我们的天堂》等12篇。

（新辑）高兰朗诵诗（第1集）

重庆　建中出版社　1943年12月初版　153页　32开　建中文艺丛书　陈纪滢主编

收入《是时候了!》《起来吧!》《向八百壮士致敬礼》《我们的天堂》《新中国的空军》等 20 首。书前有作者自序。目录页名为《新辑高兰朗诵诗选集第一集》，封面书名为《高兰朗诵诗（新辑第一集）》。

（新辑）高兰朗诵诗（第 2 集）

重庆　建中出版社　1944 年 1 月初版　1949 年 5 月沪 1 版 135 页　32 开　建中文艺丛书　陈纪滢主编

收入《春天来了》《日本的"轰炸之王"》《向勤劳的石匠们致敬》《悼伤兵之母》《反侵略进行曲》等 19 首诗。沪版书前有穆木天的《代序——赠高兰》、著者自序及田仲济的《沪版小记》。

无　题

1947 年 6 月"六一"大逮捕有感。

宣　誓

1948 年作于渣滓洞楼下一号牢房，收于诗集《囚歌》。

戈壁舟

别延安

北京　作家出版社　1951 年初版　1955 年 8 月再版　103 页

所收录的诗歌写于中华人民共和国成立前的陕甘宁边区，共 5 辑，收入《别延安》《过草滩》《到西安》《欢迎华北大军过西安》《我要去看呵》《天上白云映着红旗》《毛主席》《延安城》《革命青年》《电话员》《炊事员》《一颗手榴弹》《巷战》《英雄的时候》《咱

们骑兵到来了》《三五九旅到来了》《五千双军鞋》《女担架》《哨》
等 55 首诗。

戈　茅

草原牧歌

桂林　远方书店　1941 年 5 月初版　90 页　36 开

收入《草原牧歌》《鬼森林》《红鼻子和老马的故事》3 首长诗。
书前有作者的题记。

自由的谣曲（1943 年 2 月 8 日）

葛　珍

待质所

1945 年 5 月《诗文学》第 2 期

小御河

重庆《诗垦地》第 4 辑《高原流响》

山　坡

1944 年重庆《诗垦地》第 5 辑《白色花》

河　上

1946 年《新湖北日报》

山　下

1949 年雅安《新康报》副刊

古承铄

薪水是个大活宝（1946 年 6 月　北碚）

光未然

雷

昆明　北门出版社　1944 年 6 月初版　88 页

收入《午夜的雷声》《野性的呐喊》等 5 首诗，书后有著者的
跋和再跋。

郭沫若

瓶

上海　创造社出版部　1927 年 4 月初版　1927 年 9 月再版

84 页　50 开　创造社丛书　第 7 种

上海　青年书店出版部　1931 年 4 月 6 版　84 页　50 开

收抒情诗 42 首，为 1925 年所作，集末有郁达夫的附记。

前　茅

上海　创造社出版部　1928 年 2 月初版　1928 年 11 月 2 版
55 页　50 开　创造社丛书　第 22 种

收入《黄河与扬子江对话》《力的追求者》《我们在赤光之中相见》《前进曲》等 14 首诗。书前有序诗《前茅》。

战　声

广州　战时出版社　1938 年 1 月初版　69 页　42 开　战时小丛书　3

收入《们》《诗歌国防》《疯狗礼赞》《纪念高尔基》《悼聂耳》等 20 首诗。书末附著者《归国杂咏》的影印手稿。

凤　凰（沫若诗前集）

重庆　明天出版社　1944 年 6 月初版　251 页　32 开
上海　群益出版社　1947 年 3 月初版　269 页　32 开

收入《凤凰涅槃》《天狗》《偶像崇拜》《星空》《春蚕》《彷徨》《瓶》等 7 辑诗篇。书前有作者序。群益版书名后题"沫若前期诗集之一"。

蝈蛑集

上海　群益出版社　1948 年 9 月初版　118＋63 页　32 开

收入《春礼劳军歌》《罪恶的金字塔》《神明时代的展开》《颂苏联红军》《和平之光》等 41 首，是作者 1939—1947 年的作品。附《战声集》，收入《诗歌国防》《纪念高尔基》《悼聂耳》等 21 首诗，是作者 1936—1937 年的作品。书前有作者序及诗稿手迹。

开拓者

成都　东方书局　1939 年 1 月再版　126 页　诗歌综合丛刊

恢　复

上海　创造社出版部　1928 年 3 月初版　创造社丛书　第 23 种

收入《馈亡友》、《归来》、《得了安息》、《诗的宣言》、《对月》、《我想起了陈涉吴广》、《黄河与扬子江对话（第二）》、《传闻》、《如火如荼的恐怖》、《外国兵》、《梦醒》、《峨眉山上的白雪》、《巫峡的回忆》、《诗与睡眠争夕》、《电车复了工》、《我看见那资本杀人》、《金钱的魔力》、《血的幻影》、《战取》、《黑夜和我对话》、*HISTERIE*、*RECONVA-LESCENCE*、《述怀》、《〈关雎〉的翻译》。

郭尼迪

古　镇

1936 年《大公报》文艺版

时　悟

1938 年 3 月 6 日《文艺新潮》第 1 卷第 6 号

黄浦江我向你歌唱

1939 年 12 月 1 日《文艺新潮》第 2 卷第 2 号

离渝小唱

1941 年 7 月《中国诗艺》复刊第 2 期

火车怀念者

1942 年 12 月《诗创作》第 17 期

春天了，祖国起来哟

郭秋白

秋白诗集

成都　普益图书公司　1941 年 11 月初版　1942 年 4 月再版
104 页　36 开

　　分 3 辑，收入《乡思》《哀"七二七"》《奔向战斗的行列》《七七周年祭》《旅夜》等 32 首。书前有郭沫若、范梦真、秦光银的题诗，以及唐青羽的《我的丈夫郭秋白》一文。版权页著者为郭仲周。

H

禾　波

寄

1940 年 9 月 28 日作于桂林，收于诗集《创造者》。

战斗情曲

1941 年秋作于桂林，收于《诗激流》丛刊。

鼠的"赞礼"

1941 年重庆《新华日报》

中秋月

作于 1941 年 10 月 5 日，收于诗集《创造者》。

旅　思

1942 年 1 月 8 日《新蜀报》

鹰的羽毛

1945 年《重庆日报》

何其芳

预　言

重庆　文化生活出版社　1945 年 2 月初版　1946 年 11 月再版
90 页　32 开　文季丛书之十九

分 3 卷，收入 1931—1937 年间写作的诗歌 34 首。其中有《预言》《欢乐》《秋天》《圆月夜》《柏林》《风沙日》《送葬》《云》《季候病》《脚步》《慨叹》《雨天》《罗衫》《月下》《夏夜》《花环》《爱情》《赠人》《再赠》《祝福》《休洗红》《岁暮怀人（一）》《岁暮怀人（二）》《声音》《梦后》《病中》《夜景（一）》《夜景（二）》《失眠夜》《古城》《墙》《扇》《于犹烈先生》等。

夜 歌

重庆　诗文学社　1945 年 5 月初版　183 页　32 开　诗文学丛书之四　邱晓崧、魏荒弩编辑

收入 1938—1942 年间写作的诗共 26 首，其中有《成都，让我把你摇醒》《快乐的人们》《黎明》《生活是多么广阔》《什么东西能够永存》《一个泥水匠的故事》《夜歌（一）》《夜歌（二）》《夜歌（三）》《夜歌（四）》《夜歌（五）》《河》《我为少男少女们歌唱》《我把我当作一个兵士》等。书末有后记。封面题：诗文学丛书之四。

莺 莺

1930 年 11 月 29 日作于清华园，载于上海《新月》月刊 3 卷 7 期，署名狄狄。

我埋一个梦

1931 年 6 月北平《红纱碛》创刊号，署名秋若。

你若是

1931 年 7 月北平《红纱碛》第 3 期，署名秋若。

拟古歌一章

1932 年 11 月《万县民众教育月刊》第 1 卷第 6 期，署名秋若。

希 冀

1933 年杭州《西湖文苑》第 1 卷第 1 期

古　意

1933 年 2 月上海《新时代》月刊第 4 卷第 1 期

鸽　笛

1933 年 3 月上海《新时代》月刊第 4 卷第 2 期

无　题

1933 年 3 月 5 日成都《社会日报》副刊，署名秋若。

初　夏

1933 年 3 月 5 日成都《社会日报》副刊

恋　曲

1933 年 3 月《文艺月刊》第 3 卷第 9 期

咒诅与祝福

1933 年 3 月 12 日成都《社会日报》副刊

给我梦中的人

1933 年 3 月 26 日成都《社会日报》副刊

细　语

1933 年 5 月上海《新时代》月刊第 4 卷第 4、5 期

暮　雨

1934 年 9 月 17 日北平《华北日报》副刊

我的乡土

1935 年 1 月《万县民众教育月刊》第 1 卷第 4 期

箜篌引

1935 年 1 月《万县民众教育月刊》第 1 卷第 4 期，署名秋若。

人类史图

1937 年 3 月上海《文丛》第 1 卷第 1 期

大武汉的陷落

1938 年 11 月延安《文艺突击》第 1 卷第 3 期

想起

我要

让我

那一个黄昏

昨夜

夜行歌

我也曾

我不曾

当春

青春怨

三月十三日晚上

胡　牧

低气压

南京　正风图书公司　1948年2月初版　14页　32开　诗主流丛刊

共2辑，第一辑为《正月乡野》，收入《纺纱车》《过年的感想》《月亮缺的时候》《河边》《张财神的天下》《雪》《雪野》《喜车》《信》《正月》《水沟边的歌》。第二辑为《低气压》，收入《低气压》。

我歌唱你

南京　文研会　1947年10月初版　50页　文艺新刊之二　李仰弼、周亚萍编

分13辑，收入《希望》《祝福》《世纪的旗》《爱情》《花》《光明》《火赞》《灯》《我爱听》《雨天》《我歌唱你》《夜深了》《冀求》《泥土的声音》《河流》《诗》《远景》《复活》《祷歌》《碑》《野花》《灯》《欢呼》《赞美诗》《光明》《纺纱车边的话》《明天》《沉默》《剑》《帆》《鸡》《写在生日》《眼睛》《阴天》《风》《荫》《盼》《铁匠》《墙》《手》《夜》《鹰》《安息日之祷》《开》《风暴》《手又一章》《笑》《挣扎》《土地》《悼》《花与剑》《祷》《拜访》《秋天》《沼》《复活的地》《在中国》《草原》《追求》《泥土的梦》《投向》。

花开满地又是春　胡牧等著

南京　文研会　1947年4月版　16页　平民诗歌丛刊之一

收入胡牧的《一到春来四处香》《花开满地又是春》《两眼泪汪

汪》《莲花落·两块牌》《牛大哥的下场》；觉先的《菜花开》《告地状》《吴老头的故事》《他比土匪凶》《古怪歌》；加索的《太平村的太平歌》《好福气》《张老三》《粑粑那个吃》《民歌的方向》；连波的《竹溪庄》《又是空梦做一场》《爬上岗》《枕边席上满是空》《嫁郎》。

胡 拓

请月亮广播
1939 年重庆《新华日报》

十二月的行列
1939 年重庆《新华日报》

他有愤怒
1941 年 6 月重庆《国民公报》副刊《文群》

太阳照在她的头顶上
1941 年 9 月重庆《新华日报》

它驮负着庞大的蓝天在歌唱——献给祖国的歌手们
1941 年秋作于川南，发表于重庆《诗垦地》。

接 见
1941 年重庆《国民公报》副刊《文群》

我是又回来了——我的乡村

1941 年作于川南，发表于桂林《诗创作》。

夜的葬曲

1942 年初作于重庆，发表于桂林《诗创作》。

眼　睛

1942 年作于重庆，发表于重庆《诗垦地》。

夏的田野

1942 年 7 月作于重庆江北，发表于桂林《大公报》。

雾与路（1941 年　重庆）

化　铁

暴雷雨岸然轰轰而至

上海　泥土社　1951 年 1 月初版　68 页　七月诗丛　胡风编

所收诗歌均作于 20 世纪 40 年代，收《船夫们》《请让我也来纪念我底母亲》《他们的文化》《城市底呼喊》《旅行》《一九四八年底最后一月》《解放》《暴雷雨岸然轰轰而至》。

J

冀汸

跃动的夜

桂林　南天出版社　1942 年 11 月初版　79 页　32 开　七月诗丛　胡风编

上海　希望社　1947 年 1 月再版　79 页　七月诗丛　胡风编

收《跃动的夜》《渡》《旷野》《夏日》4 首诗。

K

康白情

草儿在前集　康洪章著

上海　亚东图书馆　1921 年 11 月初版　1924 年 7 月修正 3 版　1929 年 4 月 4 版　冠肖像　264 页　32 开

分 4 卷，收入《草儿在前》《植树节杂诗》《雪夜过泰安》《朝气》《晚晴》《天乐》《太平洋上飓风》等 39 首。原题康洪章，修正 3 版书前有著者序和三版修正序。修正稿删去初版的新诗 20 多首，增加未发表的诗若干首，对其他诗句亦略有修改。第 4 版又补遗 6 首。

草儿

上海　亚东图书馆　1922 年 3 月初版　384 页　32 开

收入《草儿》《窗外》《暮登泰山西望》《斜阳》等 111 首。书前有俞平伯和作者的序；书末附"味草蔗"，收旧体诗 50 余首，另附《新诗短论》一文。

L

老　舍

剑北篇

重庆　文艺奖助金管理委员会出版部　1942年5月初版　234页
32开　抗战文艺丛书　第1种　文艺奖助金管理委员会出版部编

长诗，分"小引""蓉城—剑阁""剑门—广元""宝鸡车站"
等28段。书前有作者的序，附录"致友人函"。

李白凤

南行小草

重庆　独立出版社　1939年11月初版　16页　32开　中国诗
艺社丛书　徐仲年主编

收入《寄任侠》《诗人》《拜伦》《云》《牧歌》《丰收颂》《血
宴》等13首诗。书末有著者自跋。

李冰若

重庆哟，我把你唱成歌儿写成诗

重庆　民享出版社　1946年3月初版　50页　36开　民享丛书
之一

长诗，分上、下篇，书前有《罗斯福总统致重庆市民书》，末有著者后记及《秋风秋雨》一文。

李伯钊

女共产党员

大连　大连新华书店　1949 年 4 月版　48 页

主要记述女共产党员帅光同志坚贞不屈同敌人英勇斗争的事迹，书前有作者写于 1949 年 4 月的前记。

李长之

星的颂歌

重庆　独立出版社　1942 年 7 月初版　49 页　32 开　中国诗艺社丛书

分 4 辑，收《一个年青的苦闷》《梦林庚》《清泉》《一个友人的谈话》等 38 首诗。

李从心

从军乐

重庆　国民图书出版社　1942 年 10 月初版　18 页　64 开　国民常识通俗小丛书

李开先

孤独的呻吟
1923 年 12 月《浅草》季刊第 1 卷第 3 期

**幽兰　冬日游中央公园　夜莺的祈祷　飞鸟之歌
乐灵篇**
1925 年 2 月《浅草》季刊第 1 卷第 4 期

李唯建

祈祷：一千行长诗
上海　新月书店　1933 年 6 月初版　146 页　32 开
长诗，分 70 节，书前有著者小序。

影：情诗一首献给庐隐女士
上海　新时代书局　1933 年 6 月初版　87 页　32 开

李蔚初

绿叶集
重庆　绿叶诗社　1935 年 1 月初版　110 页　32 开
收入《向日葵的苦恋》《绿叶和泥土》《土地的歌》《她是这样

的》《给士兵》《独立在露台》《夜》《心的歌唱》《给太阳》等 29 首诗。末有著者后记。

李 英

英雄，刘铁汉

泸县　1940 年 1 月初版　11 页　64 开　民众小丛书之二

墙头诗。

李岳南

海河的子孙

重庆　作品出版社　1945 年 2 月版　54 页　32 开

长诗，卷首有臧克家写的"缀语"。

午夜的诗祭

重庆　知更出版社　1947 年 5 月初版　90 页　32 开

分 3 辑，第 1 辑收入叙事长诗《母亲》；第 2 辑收入《哭声》《悲哀》《午夜的诗祭》等 16 首短诗；第 3 辑收入《中国的农民和诗》《论伟大的文字遗产——诗经》等 4 篇诗论。

力 扬

枷锁与自由

著者刊　1939 年 4 月初版　46 页　50 开

分《枷锁》《自由》两辑。收入《枫》《我的制服》《五月》《同志，再见》等 13 首诗。

我底竖琴

重庆　诗文学社　1944 年 9 月初版　106 页　32 开　诗文学丛书之二　邱晓崧、魏荒弩编

收入《风暴》《黎明》《同志，再见》《听歌——给高丽 M 君》《朝鲜义勇队》《播种》等 21 首诗。

丽 砂

星云集

1942 年重庆《文群》，分《星》《白云》《打更人》《破窗》《檐雨》5 部分。

迎——任天民归来的时候

1946 年重庆《西南日报》副刊《每周文艺》诗人节特刊

炼 虹

红色绿色的歌

成都 大地书局 1947年7月蓉1版 90页 32开 诗焦点丛书 第2辑 诗焦点社主编

分《狂歌》《禽兽篇》《树集》《蓝天的朵絮》《大地辑》《春曲》《教书小唱》《情诗》《散章》等9部分。收入《因为》《山》《春天的启示》《给》《花》等28首诗。

林 采

黄 昏

重庆 文化出版社 1942年4月初版 70页 32开 塑灵文艺丛书

收《什么都炸光了》《友情》《穷文篇》《光阴》《我走了，默默地》等14首诗，书前有著者自序。

林 茜

古琴吟

1938年7月3日《华西日报》

林如稷

狂奔　微弦　秋　明星　无题　龙华桃林下　徘徊
幸运　春夜　独游小函谷　长江舟中　戚啼
1923 年 3 月 25 日《浅草》季刊第 1 卷第 1 期

月　波
1923 年《浅草》第 1 卷第 3 期，署名白星。

长啸篇
1925 年《浅草》第 1 卷第 3 期，署名白星，包括《长啸》《吴淞望海》《游南海》《送 L 返乡》《月光》《浮烟》等。

李公朴哀歌　闻一多哀歌（1946 年 7 月）
对炉吟：呈炜谟（1947 年元旦）

林咏泉

塞上吟
重庆　国民图书出版社　1943 年 9 月初版　114 页　文艺丛书
上海　文艺出版社　1948 年 4 月初版　103 页
收入《拔剑》《南来的列车》《红叶》《塞上吟》《过潼关》《春耕》《流浪老人》《战士与蔓草》《秋晨》《牧马者》《沙漠与驼铃》《忆辽东》《鸭儿河》《山谷的怀念》《夜登复兴关》《路》《芭蕉》

《送一位空军斗士》《丰年雨》《江边》《月夜》《雨声》《秋》《寂寞》《光明的来临》。上海版书前有序及蒋星煜的《读〈塞上吟〉》。重庆版封面著者题：林咏泉。

刘岚山

漂泊之歌
作于 1939 年 2 月，后收录于作者 1983 年出版的《乡村与城市》一书。

致北方
1943 年秋作于重庆集中营，后收录于重庆出版社出版的《中国四十年代诗选》。

流　沙

山城散曲
重庆　文学社　1945 年 9 月初版　80 页　32 开　文学丛书

收入《青色的焰花》《弦波》《杜鹃及其他》《康行草》《山城散曲》等短诗 49 首。书前有代序，书末有后记。

青色的焰花
重庆　时代出版社　1948 年 5 月初版　100 页　32 开　时代文艺丛书

分《青色的焰花》《向太阳》《春天的歌》等 9 组。收入《讯息》《希望的灯》《魅人的乐曲》《盲歌者》等61首诗。书前有著者的《诗与诗人》一文。

柳　倩

生命底微痕

上海　著者刊　1934年10月初版　1936年8月再版冠图105页　32开

分《流言之什》《夜未央》《云鸟的歌》《野玫瑰》《牧歌》五部分。收《饥饿的群》《游方僧》《只这一晚》《钱塘江上》等33首诗。书前有穆木天的序和新波的版画。

无花的春天

上海　中国诗歌社　1937年5月初版　有插图　138页　32开

上海　思想出版社　1937年5月初版　有插图　246页　25开精装

分《新墓》《战后》《春耕》《雨夜》《阻运》《江上悲歌》6辑，收入《战阵底前奏曲》《兄弟，这全是你错了！》《残梦》《抛弃》《归来后》《中秋月》《三月天》《雾》《逃兵》《新墓》《掘井》《回家》《战后》《旅人》《到都市去》《都市底夜》《街头女》《内战的兵士》《酒徒》《百年积下的血账》《救亡歌》《我憎恨你这丑恶的笑》《感谢中国，我们是要去了》《蛙》《第一次享受着暖和的风》《雨夜》《阻运》《江上悲歌》《渔舟子歌》《洋车夫》《我家在遥远的地方》《光明歌》等36首诗，思想出版社版书末附《防守》（三幕诗剧）。书前有著者的《献给亡妹之灵》一诗和《无花的春天》一文。

芦　甸

牛儿（1941 年　成都）

无题（1942 年　成都）

质问（1943 年　川南蒲江）

沉默的竖琴（1943 年　成都）

水程夜歌（1945 年 7 月　重庆赴中原途中）

罗家伦

疾　风

重庆　商务印书馆　1943 年 9 月初版　1944 年 3 月赣县初版
1946 年 7 月沪初版　189 页　32 开

分《疾风集》《欧风集》《笳声集》3 部分。《疾风集》收《新秋的
红叶》《理想》等 50 余首诗，乃著者在欧美时期及回国后所作；《欧风
集》收入译诗 14 首；《笳声集》收 10 首军歌。书前有著者自序。

罗　洛

出　发

本书只节选作者写于 1948 年之前的部分诗歌。《出发》编于
1948 年，收录作者写于 1948 年之前的部分诗歌，未出版，且原稿已
散佚，1999 年上海社会科学院出版社出版的《罗洛文集·诗歌卷》

收录了当时仅能收集的 12 首诗,包括《在悲痛里》《短歌》《出发》《旅途》《站在这小小的土冈上,我望着》《写在一个大的城市里》《时间》《宙斯》《我知道风的方向》《火与歌》《孤山》《西湖》。

罗念生

龙　涎

上海　时代图书公司　1936 年 4 月初版　101 页　32 开　新诗库　第 1 集　第 7 种

收入《毒药》《爱》《劝告》《友谊》等 39 首诗,书前有著者自序。

罗润滋

倭　祸

成都　个人刊　1939 年 3 月初版　60 页　横 32 开　环筒页装

长篇叙述诗,曾在南京《中国日报》副刊《随园》上发表,书前有作者序。

罗汀尼

献给母亲的诗

万县　读者书屋　1945 年 3 月初版　36 开　72 页

收《冬》《夜街》《祭》《盲丐女》等 30 首诗。

吕亮耕

金筑集

重庆　独立出版社　1940 年 5 月初版　18 页　32 开　中国诗艺社丛书　徐仲年主编

收入《大时代的诗人》《给战士》等 15 首诗。卷首有中英对照的勃朗宁的诗 1 首，书后有著者后记。

吕　荧

火的云霞

重庆　峨眉山出版社　1944 年 5 月初版　108 页　32 开

分《火的云霞》《祝福》《夜的歌》《山中》《风景》5 集。收入《污暗的春天》《冬天的田野》《祝福》《祖国的夜》《生命的歌》《风景》等 24 首诗。

绿　原

童　话

桂林　南天出版社　1942 年 12 月初版　108 页　36 开　七月诗丛　第 1 集　胡风编

上海　希望社　1947 年 1 月再版　108 页　36 开　七月诗丛第 1 集　胡风编

收入《惊蛰》《憎恨》《小时候》《神话的夜呵》《弟弟呵，弟弟呵》《萤》等20首诗。

又是一个起点

上海　青林诗社　1948年10月初版　167页　七月文丛　第1集　胡风编

上海　海燕书店　1949年12月再版

收入《终点，又是一个起点》等7首诗。

M

马静沉

无聊　夜步黄浦　深夜

1923年3月25日《浅草》季刊第1卷第1期

在爱泉里

1923年12月《浅草》季刊第1卷第3期

马铃梆

边塞集

重庆　著者刊　1940年4月初版　86页　32开

分3辑，收入《在破庙中》《上帝不管的孩子们》《塞外征人之夜》《城上断章》《巨桥》《牧羊人底歌》等40首诗。附录有《行路人》《车店》《乐都的麦田》等10首诗。书前有老向的《边塞集序》，书后有著者的《写诗后记》、肖林的《几句不得不说的话》。

梅 英

北国招魂曲
内江　民新书局　1938 年 6 月初版　1938 年 11 月再版　71 页
50 开　文化动员丛书
长诗，书前有林梦幻的《序〈北国招魂曲〉》，李冰炉的序及著
者自序。

孟 引

锦江曲
1940 年 4 月《笔阵》

木 斧

沉 默
1947 年 2 月 22 日《光明晚报·笔端》

寂静（1947 年 2 月）

城市的夜（1947 年 3 月）

血钟响了（1948 年 4 月）

谜语（1948 年 5 月）

疯孩（1948 年 8 月）

我们的路（1949 年 2 月）

无题（1949 年 3 月）

海的祝福（1949 年 5 月）

致山姆大叔（1949 年 6 月）

讲演

讲故事

扑过去（1949 年 8 月）

阳光（1949 年 9 月 11 日）

给乡村的孩子

诗（1949 年 10 月）

蛮孩（1947 年 8 月）

骄傲（1948 年 2 月）

夜的童话（1948 年 3 月）

走（1948 年 7 月）

脆弱的生命（1948 年 8 月）

花朵（1948 年 10 月）

冬天（1948 年 11 月）

山之恋（1949 年 3 月）

血，不能白流（1949 年 4 月 9 日）

献给五月的歌（1949 年 5 月）

我听见土地在呼唤

溃败（1949 年 6 月）

致马雅可夫斯基（1949 年 7 月）

牧　丁

未穗集

成都　未名书铺　1940 年 1 月初版　38 页　64 开　海星诗丛
海星诗社编辑

收入《我们，走了》《异国的朋友》《他们去了，你呢》《给自
己及所怀念的人》《赠诗二章》等 7 首诗。

穆木天

新的旅途

重庆　文座出版社　1942 年 9 月初版　112 页　32 开　创作丛
书之一　郑伯奇主编

收入《全民族总动员》《全民族的生命展开了》《东方的堡垒》
等 19 首诗。前有郑伯奇的《创作丛书总序》。

穆　仁

献给一个书店（1947 年　上海　写给北四川路新知书店）
诗人（1942 年　北碚）

桥（1942 年）

童年

生日

河（1943 年）

瀑布（1943 年　北碚）

大合唱的指挥（1943 年　北碚）

鹰，向上飞

路之歌

墙（1944 年）

一掬泥土（1945 年）

阳光（1945 年　重庆）

木偶戏（1946 年　重庆）

见闻（1946 年　上海）

声音——赠杨山（1947 年 1 月　上海）

城市即景（1947 年　上海）

黑夜的灯火

送——赠 H.R（1947 年　上海）

我把一张相片　贴在相片册上（1949 年 3 月　重庆）

失踪

尘封的琴

仇恨（1949 年　重庆）

Q

齐 杨

黎明的号角

重庆　独立出版社　1942 年 7 月初版　26 页　32 开　中国诗艺社丛书

收入《给一个月大的孩子》《黎明的号角》《对白》《寄淑敏》《小楼》等 25 首诗。

秦光银

三 年

泸县　星期日周报　1941 年 10 月初版　冠像　64 页　50 开星期日丛书　第 1 种

收入《我们莫甘愿作人生的奴隶》《夜行的逃难者》《三年》等 18 首诗。书前有敏穆、海戈的序各 1 篇，末有著者后记。

凯 旋

泸县　青年文化促进社　1943 年 3 月初版　68 页　36 开

分《三年》《凯旋》《桂芳的生命》3 部分。收入《给流亡人》《祭》《母亲之歌》《凯旋》《铲除汉奸》《黄包车夫》《卖戏法官》等 51 首诗。书前有著者的 3 篇自序。

丘 琴

沁河三唱

1940 年重庆《文学月报》创刊号

屈 楚

摘星者的死亡

1946 年初版　90 页　32 开　春草诗丛

分 4 辑，收入《送虹》《生命》《生活》《当我悲哀的时候》《三个瞎子》《穷人》《摘星者的死亡》等 28 首诗。

R

任 钧

后方小唱

重庆　上海杂志社　1941 年 4 月版　102 页　32 开　每月文库：二辑之三　郑伯奇主编

收入《没有姓名的姓名》《电灯亮了》《失去了家的麻雀》等 25 首诗。

为胜利而歌

重庆　国民图书出版社　1943 年 5 月初版　186 页　32 开　文

艺丛书

分上、下 2 辑，收入《明天的祖国》《我们的赞美》《重庆颂》《笑和哭》《雾季》《老鹰和高射炮》等 41 首诗。书前有序诗 2 篇。

战争颂

重庆　华美书屋　1945 年 6 月初版　11 页　50 开　华美诗歌新集之一

收入《当那一天来到的时候》《我们是最光荣幸福的一代》《捷音中的山城》等 14 首诗。

少年诗歌

重庆　文风书局　1944 年 4 月初版　59 页　32 开　新少年文库　第 2 集　王平陵主编

收入《渔夫和鱼的故事》（普式庚）、《什么的好的，什么是坏的?》（马耶可夫斯基）、《风》（史蒂文生）、《羊和狼》（任钧）、《雁的故事》（袁勃）等 5 首诗。

S

沙　鸥

农村的歌

重庆　春草社　1945 年 11 月 1 版　78 页　32 开　春草诗丛第 3 种

上海　春草社　1947 年 3 月再版　76 页　32 开　春草诗丛二辑之二

收入《收获期》《保长》《又在拉人了》《农村的歌》《外婆》

《赶场天》《泥土》《农村冬景》《关于地主的诗》《陈大老爷》《保国民校》《雪》《不敷费》《泥土》《胜利散章》等 15 首。

化雪夜

上海　春草社　1947 年 3 月再版　64 页　32 开　春草诗丛二辑之一

本书是作者习作的方言诗，包括《是谁逼死了他们》《化雪夜》《这里的日子莫有亮》《他自己宰错了手》《一个老故事》《寒夜·难挨的日子》等 6 首。书前有序诗 1 首，书后附《后记：关于〈化雪夜〉》。

林桂清

上海　春草社　1947 年 7 月初版　74 页　36 开　春草诗丛

分 4 辑，第一辑：《晨雾》《瞎子》《村庄之冬》《池塘》《黄桷树》《望太平》；第二辑：《教我从那说起》《美国兵》；第三辑：《赵美珍的苦命》；第四辑：《母子遭殃》《红花》《逼债上吊》《逃兵林桂清》。

百丑图

香港　新诗歌社　1948 年 12 月初版　64 页　50 开　新诗歌丛书

收入《百丑图》《哀太子》《送葬》等 11 首诗，书后有著者后记。

烧　村

香港　新诗歌社　1948 年 8 月初版　新诗歌丛书

共 4 章，收入《秋收》《池塘边》《年青的心》《家》《乡丁又来了》《讲租》《雨天》《朱少云的家》《还想读书么》《卖牛去》《谷种也没有了》《儿哟你回来呀》《不准你看见他》《见周老太爷》《同情有用么》《周万湘与朱大妹》《周万湘在忧愁》《讲什么虚体面》《军粮，军粮》《夜好深》《红契拿走了》《向祖宗磕头去》《岩洞里的一家》《抓人啊》《保长黑良心》《周万湘在街上》《烧个干净啊》。

红豆山庄吟草初编

松江　著者刊　1934 年初版　40 页　16 开

诗词集，收 117 首。

沙　坪

漳河曲

成都　普益图书公司　1942 年 12 月初版　112 页

收入《漳河曲》《和漳河曲》《在黄帝陵前》《咸阳颂》等 20 首诗，书前有著者自序，末有后记。

山　莓

绿色的春天

1941 年 9 月《七月》第 7 集第 1、2 期合刊，分《绿色的春天》《蒲公英》《红色的知更鸟》《河岸上》4 部分。

水草平

王白混从军记

1938 年 7 月 20 日《文艺后防》

孙　滨

新世纪的呼声

1948 年 12 月版　178 页　18 开

共 4 辑，收入《"为人民的铁路立功呀"》《杨振春不是工人》《检讨》《你们是新开辟的站》《城市段的工人》《洮儿河的水害》《检车》《胜利》《一〇四〇号的火车司机》《王祥同志立特功》《列车开早了五分钟》《你想到了吗》《我是一个普通的工人》《妈妈！你不要担心》《船夫们》《运转员》《手》《老崔头赛过年青人》《两条胳膊》《毛主席才是咱们的救星》《行车》《加班半点钟》《我要去参加婚礼》《钢料上冒着火星》《一床大被》《逃不了》《姑姑》《虎爷》《地主女儿王淑兰》《周福》《电话员刘英》《打地堡》《咱们的队伍回来了》《阿布达娃》《草原的夜》《生活是愉快的》《奔驰在草原上》《收货》《蒋介石这家伙》《陈诚》《孙科》《法兰西，再起来战斗吧》《粮食》《老黑哥》。

一个年青女人的故事

1948 年版　93 页

收《一个年青女人的故事》《嫂嫂》《苦老婆子》《这个会议开美了》《尔刻的路越走越光明》《纪念爷爷》《出牛》《大家都动起来呀》《他的哥哥来了》《想起你来了》《生活》《吹小笛的人》《识字》《好消息》《杏儿》《斗争了配给店底掌柜》《白沟村》。

竞赛着的人们

1948 年版　94 页

收入《寿》《咱们的老工友》《爸爸》《张惠远》《老朱》《民主号列车进站了》《立功》《迎接"五一"》《"黑爪子"》《人民的车站》《换枕木》《司机员》《修车工匠》《老张头》《他捧着功劳簿》《竞赛着的人们》《出发》《群》《斗倒八大头》《一位英勇的破路队员》。

孙　望

小春集

重庆　独立出版社　1942 年 1 月初版　36 页　32 开　中国诗艺社丛书　徐仲年主编

分《江南集》《小春集》2 编，收入《今别离》《旅客》《作别》《古渡头》等 38 首诗。

煤矿夫

重庆　正中书局　1943 年 8 月初版　1946 年 1 月沪 1 版　1948 年 4 月沪再版　106 页　32 开　现代文艺丛书　张道藩主编

分上、下辑，收入《车站》《渡口》《初夏》《路》《煤矿夫》《城》《队伍》《卫兵》《生活》《十一月的重庆》《海恋》等 11 首诗。书前有著者的前记。

现代中国诗选　孙望　常任侠选辑

重庆　南方印书馆　1943 年 7 月初版　301 页

收入《前记》（常任侠）、《中国的故乡》（徐迟）、《前方有了一个大胜利》（徐迟）、《树》（艾青）、《桥》（艾青）、《小诗四首》（袁水拍）、《独木桥》（艾青）、《大熊星》（厂民）、《迎春花》（厂民）、《蒲公英》（厂民）、《原野》（常任侠）、《冬天的树》（常任侠）、《波西米亚高原上的妇人》(覃子豪)、《九月之晨》(覃子豪)、《七月的黄河》《令狐令得》《法兰西与红睡衣》(汪铭竹)、《纪德与蝶》(汪铭竹)、《初夏》(孙望)、《雾季诗钞》(力扬)、《给爱星的人们》(李广田)、《给肖邦》(汪铭竹)、《河岸》(王晨牧)、《小播谷及其他》(贾芝)、《水手和黄昏》(贾芝)、《我们和春天竞赛》《夏蕾》《从农场里出来》(邹荻帆)、《塔》(黎焚薰)、《江·车队·巷》(杜谷)、《泥土的梦》(杜谷)、《生活外一章》(艾漠)、《马上吟》(赵令仪)、《芋田上》(伍棠棣)、《猫》(陈迩冬)、《原上草》(胡明树)、《小牛犊》(彭燕郊)、《牧马者》(林吟泉)、《向法兰西召唤》(郭尼迪)、《迎着这一天》(冀汸)、《笔》(梅林)、《交通大队》(薏冰)、《星》(杨芸)、《昆虫篇》(丽砂)、《阿拉川之歌》(AM)、《失去铁轨的火车头》(李满红)、《母亲》(雷蒙)、《绿色的春天》(山莓)、《歌》(鲁莎)、《小土屋》(白堤),书后附常任侠的《抗战四年来的诗创作》。

战前中国新诗选　孙望选辑

成都　绿洲出版社　1944 年 10 月版　132 页

收入《半岛》(卞之琳)、《尺八》(卞之琳)、《古木》(方敬)、《夏——昼》(方敬)、《他们说——》(方玮德)、《风雨之夜》(史卫斯)、《大堰河——我的保姆》(艾青)、《马赛》(艾青)、《浪》(艾青)、《春之风格》(汪铭竹)、《春之风格次章》(汪铭竹)、《花环》(何其芳)、《砌虫》(何其芳)、《恋如斯》(沈旭春)、《来》(沈紫曼)、《水的怀念》(沈紫曼)、《低头见》(吕亮耕)、《欲渡之前》(吕亮耕)、《古渡头》(李微)、《雁来红》(李心若)、《小楼》(李白凤)、《海之歌》(李白凤)、《秋》(李金发)、《无题》(李章伯)、《窗》(李广田)、《雨雪》(金克木)、《无题》(牧丁)、《晓望》(吴奔星)、《夜谈》(林庚)、《同舟》(林咏泉)、《老年人》(侯汝华)、

《乌贼鱼的恋》（施蛰存）、《石像辞》（南星）、《薄怨——四章之四》（南星）、《夏日之花》（玲君）、《恋女的篱笆》（徐迟）、《六幻想》（徐迟）、《感旧》（孙望）、《灯》（孙毓棠）、《雨天》（敏子）、《幸福树》（敏子）、《古镇》（郭尼迪）、《偶寄》（常白）、《丰子的素描》（常任侠）、《忏悔者之献词》（常任侠）、《收获期》（常任侠）、《季候风》（陈时）、《祝福》（陈江帆）、《鼠嫁女》（陈江帆）、《为白杨而歌》（番草）、《黄昏》（程千帆）、《布谷鸟》（贾芝）、《车站旁的客栈》（杨世骥）、《战后》（杨世骥）、《壮士心》（臧克家）、《小风怀二章之二》《春》（滕刚）、《咏古镜》（滕刚）、《五周年》（刘廷芳）、《知了》（刘振典）、《牧羊女》（霍薇）、《前夜》（戴望舒）、《秋》（戴望舒）、《村姑》（戴望舒）、《我的记忆》（戴望舒）、《苏州初履》（韩北屏）、《忽必烈汗》（罗念生）、《黄叶吟》（罗莫辰）、《燕市》（苏俗）、《午睡》（苏金伞）、《甜的空气》（鸥外鸥）。书末附孙望后记。

孙跃冬

淘金者

1943 年桂林《诗》

怀念无罪者

收于 1946 年 5 月昆明西南联大出版社的《刊物》。

泉

1947 年上海《诗创造》第 8 期

心　境

1947年上海《诗创造》

T

田光辉

黄昏江上

成都　1935年6月初版　1942年12月再版　53页　32开
黄埔文艺社丛书

收入《江边》《傍晚的溪边》《明月》《黄莺》《乡村四月》等约
30首诗。书前有陈伯良的《黄昏江上再版序》。

田　野

航海者

重庆　万县环城路读者书屋总经售　1945年6月　万县1版
5页

中国兵

1946年5月初版　30页　带枪者诗丛

收入《壮士成行》《出发》《中国兵》《中国兵的情人》《想象》
《愿意》《卷耳》《雪朝》《少年游》《艳遇》《等天下太平》。书末有
赵令仪的代序《等你打完仗退伍回来》。

一支歌

1948 年 5 月武汉《长江》

天灯在看你

上海　青年作家月刊社　1948 年 7 月初版　40 页　32 开

分《苦难曲》《真挚的声音》《火箭篇》《杜鹃花》《小草集》等
5 辑。收入《造屋者》《乌鸦的悲哀》《寄》《灯夜》《信念》《悼亡》
《永生的别》《镜子的悲哀》等 34 首诗。书前有著者的《扉页小
语》。

W

汪铭竹

自画像

重庆　独立出版社　1940 年 3 月初版　35 页　32 开　中国诗
艺社丛书　徐仲年主编

收入《商音》《秋之雨日》《牛鸣》《自画像》等 34 首诗。

王统照

横吹集

上海　烽火社　1938 年 5 月初版　26 页　32 开　烽火小丛书
第 3 种

重庆　文化生活出版社　1939 年 9 月初版　1940 年 7 月再版

30 页　36 开　烽火小丛书　第 3 种

重庆　烽火社　1942 年 4 月桂 1 版　30 页　32 开　呐喊小丛书　第 5 种

原题王健先著，收入《上海战歌》《死与生》《阿里曼的坠落》《又一年了》等 12 首诗。1939 年版增收《风里雨里》1 首。

王亚平

中国兵的画像

重庆　艺文研究会　1938 年 8 月初版　1939 年 8 月 8 版　53 页　32 开　抗战文艺丛书　中国文艺社主编

收入《中国兵的画像》《他的钢盔》《出发之前》《扯碎了钞票》《战壕里》《他的墓碑》等 27 首诗。前有"序奏"1 首。

生活的谣曲

重庆　未林出版社　1943 年 6 月初版　92 页　32 开

收入《苦痛》《野花》《晨星》《枯树》《春色》《悲哀》《烦闷》《仇恨》《生命》《自由》等 69 首诗。书前有著者序。

火　雾

重庆　春草诗社　1945 年 2 月 1 版　52 页　36 开　春草诗丛第 1 种

长诗，书前有著者的《春草诗丛序》。

吴芳吉

白屋书牍

重庆　清华中学发行　1941 年 8 月　178 页　中国青年辅导丛书之二

吴　视

大陆的长桥

上海　铁犁社　1949 年 9 月初版　76 页

X

夏　渌

钟　声

春草社　1947 年出版　30 页　春草诗丛　三辑之一

收入《母亲》《烛》《江》《假使》《夜歌》《先知者》《夏夜》《酒徒》《补衣妇》《街市三章》《夜葬》《白庙子》《微弱的火花》《枪》《赠抗日远征军》《黄昏》《钟声》《民主谣》《泥河，泛滥吧！》等 20 首诗。

谢宇衡

血的故事

成都　新新新闻印刷部　1941 年版　82 页

原书署名陈汀。

爱底旗

成都　山谷社　1945 年版

原书署名谢默琴。

徐　迟

最强音

桂林　白虹书店　1941 年 10 月初版　73 页　32 开

收入《最强音》《持久，冷静，坚强》《历史与诗》《政治的眼睛》等 13 首诗。

颂　歌

1945 年 8 月 30 日重庆《新华日报》

徐　放

起程的人

重庆　春草诗社　1945 年 12 月版　72 页　春草诗丛　第 4 种

收入《七月满洲》《边城》《寄绿林英雄》《妈妈的黑手》《起程的人》5 首诗。

徐　訏

四十诗综

上海　夜窗书屋　1948 年 11 月初版　2 册　720 页　28 开

分《灯笼集》《借火集》《幻袭集》《进香集》《未了集》5 集，收入《上山》《叫化》《山居》《寂寞》《钱塘江畔的挑夫》《借火》《溪声》《我是一个凡人》《钟声》《梦》《孤独》《小歌》《夜鸟》《相思鸟》等 493 首诗。书末附著者后记。

许　伽

古城，我爱你

1942 年《拓荒文艺》第 2 期

长春藤

1944 年成都《华西晚报》副刊

Y

严 辰

生命的春天

北京　天下图书公司　1949 年 10 月初版　87 页　大众文艺丛书

诗集，收 11 首诗，包括《路》《我们的队伍》《春耕》《神兵连》《八年》《送别两章》《生命的春天》《没法为你们立一支墓碑》《给美国人》《来》《迎解放军》等。

羊 翚

吊汨罗

1942 年 6 月《成都快报》副刊

旗　帜

1948 年 5 月上海《诗创作》第 11 期

渡黄河（1948 年 10 月）

磨面谣（1949 年 6 月　河南）

小顺娘还乡记——还乡（1949 年 2 月　开封）

小顺娘还乡记——诉苦（1949 年　武汉）

红军的老妈妈（1949 年 7 月 10 日）

决心书（1949 年 10 月 18 日）

杨吉甫

杨吉甫诗选

出版年不详，主要收录《石子》《远行》《短歌抄》《小诗》《小诗选》《往日》《散沙》《牛的歌》《风雨之页》《透视之后》《呼唤》《片片》等诗歌。

姚　奔

给爱花者

永安　改进出版社　1942 年 12 月初版　104 页　32 开　现代文艺丛刊　三辑之一

收入《浪花集》《迎春短曲》《我写春天》等 16 首诗。

痛苦的十字

重庆　诗垦地社　1944 年 5 月版　100 页　诗垦地丛书

收入《新生》《黎明的林子》《春琴曲》《青春颂》《马尾松》等 25 首，书末有著者后记。

野　谷

清明祭

1947年《新诗歌》

叶伯和

诗歌集

上海　华东印刷所　1920年5月初版

《诗歌集》全名《叶伯和著的诗歌集前三期撰刊》，包含诗类和歌类，诗类收录《三十年前做孩子的事情》《二弟》《丹枫和白菊》《玫瑰花》《我和她》《心乐篇》《寄〈星期日周报〉的记者》《月》《播种》《蜘蛛》《自花桥场望见稠梗山》《雾》《夏天的晚景》《铅笔》《吹奏乐》《春》等。

易民苏

胜利史歌

重庆　长江文化事业公司　1945年9月初版　1946年9月再版　23页　32开

长篇叙事诗，原名为《庆祝抗战胜利献词》，书前有著者自序。

玉 杲

飞 鹰

1946 年《中原·希望·文哨·文艺杂志联合特刊》第 2 期

分《同一个战壕作战》《怀念像海》《飞鹰》三部分。

大渡河支流

上海　建文书店　1947 年 10 月初版　145 页　奔流文艺丛书

长篇叙事诗，书前有雪峰的序，收《是这样开头的》《家》《冬天》《新妇怨》《赶烟会的时候》《街口有两个人在谈话》《她疯了么?》《并没有完》。

袁水拍

人 民

新诗社　1940 年版　100 页

分《乡土》《后街》《人民》三部分，收入《你的家》《陆地上的船》《后街》《地下》《乡土》《祖国的召唤》《耕种者》《中国的劳动者》等 24 首诗。

向日葵

重庆　美学出版社　1943 年 5 月初版　80 页　海滨小集之一

收入《不能归他们》《雨中的送葬》《陆地上的船》《悲歌》《寄给顿河上的向日葵》《祖国的忧郁》《心焦的母亲，可怜的孩子》

《春天》《怀念》《海洋》《兵士，兵士，你肯不肯娶我?》《田鼠，小母亲》《两匹狼狗》等14首诗。

冬天，冬天

桂林　远方书店　1943年11月初版　106页

收入《往来》《断送》《城中小调》《无题》《马车》《冬天，冬天》《离开吧，好兄弟》《理发匠》等27首诗。

马凡陀的山歌

上海　生活书店　1946年10月初版　1947年4月3版

收入作者1944—1946年创作的诗歌99首。

Z

臧克家

泥淖集

重庆　生活书店　1939年3月初版　74页　36开

抗战诗集，收入《敌人陷在泥淖里》《大别山》《匕首歌》《大刀的故事》等12首诗。

古树的花朵（范筑先）

重庆　东方书社　1942年12月初版　1947年3月沪再版　有像　134页　32开　东方文艺丛书之一　叶以群等编

长篇史诗，叙述抗日战争英雄范筑先事迹。

泥土的歌

桂林　今日文艺社　1943年6月初版　84页　32开　今日文艺丛书　第12种　黎丁主编

上海　星群出版公司　1946年2月初版　1947年5月2版　99页　方42开

分《土气息》《人型》《大自然的风貌》3部分。收入《地域和天堂》《泪珠，汗珠，珍珠》《手的巨人》《失了时效的合同》《穷》《黄金》《复活》《眼睛和耳朵》《沉默》《诗叶》《静》等52首诗。书前有著者的《序句》和《当中隔一段战争》一文（代序言）。

感情的野马

重庆　当今出版社　1943年11月初版　1944年11月再版　176页　44开，上海　建国书店　1946年6月第1版　176页　长48开　当今文艺丛书

国旗飘在雅雀尖

成都　中西书局　1943年11月初版　142页　36开　文协成都文会创作丛书　中华全国文艺界抗敌协会成都分会主编

收入《国旗飘在雅雀尖》《呜咽的云烟》《家，精神的尾闾》《柳荫下》《黎明鸟》等31首诗。

十年诗选

北京　现代出版社　1944年12月初版　1946年再版　163页　32开　现代文艺丛书

收入《难民》《希望》《壮士心》《神女》等70首诗。书前有著者的长篇序言，介绍自己选编本书的过程和从事新诗写作走过的道路。

生命的秋天

重庆　建国书店　1945 年 5 月初版　98 页　50 开

收入《生命的秋天》《马耳山》《六机匠》等 9 首诗。

民主的海洋

重庆　世界编译所　1945 年 6 月 1 版　76 页　36 开　青鸟文学创作丛书

收入《擂鼓的诗人》《心是近的》《废园》《当记忆在它头上飞翔》《生死的站口》《阳光》等。书前有焦菊隐的《青鸟文学创作序》及著者的"小序"。

臧云远

静默的雪山

重庆　商务印书馆　1944 年 2 月初版　93 页　36 开　大时代文艺丛书

炉　边

重庆　群益出版社　1944 年 10 月初版　66 页　50 开　群益文艺小丛书之五

分 3 辑，收入《时间》《生命的河》《白杨树》《白茶花》《饮马聂伯河》《冬天》《炉边》等 16 首诗。书前有著者序。

曾 卓

门

昆明　诗文学社　1944 年 9 月初版　73 页　32 开　诗文学丛书之一　邱晓崧、魏荒弩编

收入《誓》《我底诗》《门》《狱》《悼》等 16 首诗。

张天授

四六九

选自《抗战新诗选集》。

悼青年战士——郭清

1937 年重庆《商务日报》每周增刊

打铁谣

1940 年重庆《新歌初集》

新"张打铁"

1937 年《救中国》第 10 期

晨　歌

1942 年 1 月《诗星》蓉版第 2、3 期合刊

江水东流向海洋

《新音乐》第 6 卷第 3 期

墙上草

1942 年 9 月 2 日《新华日报》

煤炭花（1924 年 3 月 5 日）

张　央

星　花

1945 年重庆复旦大学《新人周报》副刊《新人公园》

春天一定要来的

1947 年 4 月无锡《无弦琴诗叶》

赵景深

荷　花

上海　开明书店　1928 年 6 月初版　1933 年 8 月 3 版　74 页

收入《一片红叶》《秋意》《泛月》等 38 首诗，是作者 1922—

1927 年的作品。

八百好汉死守闸北　赵景深著　杨瑞符校

上海　大众文化丛书社　1937 年 11 月初版　1937 年 12 月汉口再版　有插图　12 页　大众读物之一

通俗叙事诗并配有连环画，歌颂抗日的八百壮士，由当时指挥作战的杨瑞符营长校正和题词。

周太玄

过印度洋

署名"周无"，登载于《少年中国》第 1 卷第 2 期 19 页，1919 年 8 月 15 日出版。

去年八月十五

1919 年 12 月 15 日《少年中国》第 1 卷第 6 期，署名"周无"。

黄蜂儿

原载于 1920 年 3 月《少年中国》第 1 卷第 9 期，署名"周无"，这首诗也被录入《中国新文学大系·诗集》中。

小　歌

1921 年《少年中国》第 2 卷第 5 期

夜雨

周 文

母 亲
1933 年 10 月 15 日《文艺》月刊第 1 卷第 1 期，署名何谷天。

阿 Q 咏——半集"阿 Q"句
1935 年 2 月 23 日《申报·自由谈》

夜 行
1936 年 4 月 1 日《文学丛报》诞生号

不要说失败
1937 年 8 月 21 日《立报·言林》，署名树嘉。

沙漠呵！
1937 年 12 月 8 日《四川日报·文艺阵地》创刊号，署名何谷天。

我还是只有歌唱
1937 年 12 月 27 日《新民报·国防文艺》第 5 期，署名何谷天。

火炬颂
1938 年 2 月 16 日《新民报·国防文艺》第 11 期，署名何谷天。

五　月

1938 年 5 月 31 日《新民报·百花潭》，署名谷。

朱大枏

斑　斓

北平　文化学社　1928 年 11 月初版　32 开　徒然社丛书之一

《斑斓》是朱大枏、王余杞、翟永坤合著的《灾梨集》中的一集，收《淡忘》《斑斓》《笑》《泛泛》《别笑我洗的新鲜》《落日颂》《时间的辨白》《给情感》《刑场的舆论》《水晶坟曲》《默向凉秋》《松树下》《加煤》《逐客》《春光》《感慨太多》《爱的力量》《风雨声中的梦》《中流吟》《月夜梦回作歌》《宁静的时候》《井水冷》等诗。

朱　健

骆驼和星（1944 年 1 月　青羊河）

沉默（1944 年末　川西）

第一支歌（1945 年冬　邻水）

不知道（1945 年 1 月 15 日　川西）

祝实明

垦殖集

贵阳　文通书局　1944年8月初版　100页　32开

收入《征夫与征妇》《消沉》《成都》《你不过受了重伤》《寒意曲》《垦殖》《永定河的战歌》等26首诗。

庄　涌

悲喜集

著者刊　1944年9月初版　50页　36开

收入《自伤》《宇宙》《渣》《月台上的流浪者》等19首诗。书末附著者后记。

突围令

上海　海燕书店　1947年4月初版　98页　40开

收入《颂徐州》《给十四万八千六百七十九》《祝中原大战》《七月周年献词》《给筑路的农夫》《遥送行》《同浦路——敌人的死亡线》《朗诵给重庆听》《风火进行曲》。

邹荻帆

在天门

重庆　烽火社　1938年5月初版　26页　32开　烽火小丛书
第4种

木　厂

上海　文化生活出版社　1940年8月初版　160页　36开　文
学丛刊　第6集

收入《我生在木厂》《木厂里的造访客》《夜》《悬梁者》等8
首诗。

青空与林

重庆　建国书店　1942年11月初版　86页　36开　文艺新集
2

收入《一日间》《投给武汉》《想一想》《写在圣诞节前夕》等
10首诗。

意志的赌徒

桂林　希望社　1942年11月初版　1947年3月沪再版　60页
32开　七月诗丛　胡风编

收入《风雪篇》《晨》《童年》《车辙集》《花与果实》《春天的
歌》《给尼赫鲁》7首诗。

雪与村庄

成都　文化生活出版社　1943年4月蓉1版　90页　36开
呐喊文丛

收入《我打从春天的城池出来》《工作在原野上》《雪夜》《雪
与村庄》《羊》《木船航行在河流上》《草原交响曲》等7首诗，是
著者1939—1940年间所写的作品。

邹　绛

破碎的城市

1940年11月作于乐山，发表于《文艺》第1辑。

温暖的泥土

作于1943年6月，发表于《现代文艺》第3卷第4期。

给缪斯眷顾的人们　一颗星

1948年7月16日上海《大公报》

我们渴望了多久

1949年12月重庆《新华日报》

一个先死者的歌（1943年）

一封燃烧着的信（1947年）

左琴岚

新　叶

1942 年《诗垦地》第 4 辑

散　文

A

艾　芜

漂泊杂记

上海　生活书店　1935 年 4 月初版　247 页　36 开　创作文库二十三　傅东华主编

桂林　今日文艺社　1943 年 6 月初版　187 页　32 开　今日文艺丛刊　第 14 种　黎丁主编

收入《川行回忆》《滇东小景》《缅京杂记》《马来旅感》《大佛岩》《滇东旅迹》《在昭通的时候》《江底之夜》《进了天国》《舍资之夜》《旅途断片》《旅途杂话》《潞江坝》《走夷方》《摆夷地方》《乡亲》《古尔卡》《野人山道中》《在茅草地》《野人之家》《从八募到曼德里》《上缅甸车中》《旅仰散记》《怀大金塔》《缅甸人给我的印象》《南国的小屿》《缅变纪略》《过槟榔屿》《鼓浪屿》《孝陵游感》《旧地重游》《村居回忆》《夏天的旅行》《由左衽引起的话》《滇曲掇拾》《病中记忆》《想到漂泊》等 40 篇散文。记述作者1927—1930 年在中国西南地区及缅甸等地的见闻。

B

巴　金

民富渡上　巴金等著

上海　新光出版社　1939 年 11 月初版　148 页　32 开　大时代文库之一

收入《离散》（姚雪垠）、《前夕》（先艾）、《夫妻》（靳以）、《夜宿二十里铺》（吴蔷）、《湘江上》（林蒲）、《民富渡上》（巴金）、《征尘》（杨朔）、《滁州小住》（洪波）、《石门阵》（卞之琳）、《父与子》（刘白羽）等 13 篇散文。

名家幽默小品文精选　巴金等著

上海　经纬书局　1946 年 12 月再版　145 页　32 开

收入《杂谈幽默》（徐懋庸）、《谈监狱》（鲁迅）、《雅片随笔》（章衣萍）、《离了三次婚以后》（曹聚仁）、《写不出的文章》（邵洵美）、《新闻记者与公式》（李青崖）、《说自我》（林语堂）等 39 篇小品文。

海　行

上海　新中国书局　1932 年 12 月初版　102 页　32 开　新中国文艺丛书

作者 1927 年初赴法途中的见闻散记。收入《一月十五日》《香港或九龙》《安南之夜》《红梅不红》《地中海上的风浪》《到了法国》等 39 篇散文。书前有作者序。

海行杂记

上海　开明书店　1935 年 11 月初版　1941 年 5 月 5 版　102 页　32 开

与新中国书局 1932 年版的《海行》内容相同。初版书名及版权页题有"开明文学新刊"字样。

旅途随笔

上海　生活书店　1934 年 8 月初版　1935 年 8 月 3 版　222 页 42 开　精装　创作文库（五）　傅东华主编

上海　开明书店　1939 年 4 月改订初版　1940 年 5 月桂 1 版 165 页　32 开

收入《海上》《一个回忆》《南国的梦》《香港》《西班牙的梦》《庶务室的生活》《平津道上》等 28 篇随笔、杂文。书前有序。开明书店版是据生活书店版改订重排的，但删去了《亚丽安娜·渥柏尔格》一篇，并加了《重排题记》。

忆

上海　文化生活出版社　1938 年 8 月初版　1944 年 1 月 10 版 178 页　36 开　文学丛刊　第 2 集　巴金主编

收入《忆》《最初的回忆》《家庭的环境》《信仰与活动》《小小的经验》《做大哥的人》《"在门槛上"》《我离开了北平》《片段的纪录》9 篇自传性散文，末有后记。

梦与醉

上海　开明书店　1938 年 9 月初版　1939 年 1 月再版　1941 年 5 版　88 页　32 开　开明文学新刊

上海　开明书店　1948 年 12 月 11 版　83 页　32 开

分 4 辑，收入《死》《梦》《醉》《生》《路》《关于〈何为〉》《春月之死》《纪念一个友人》《关于〈死之忏悔〉》《关于〈生人妻〉》《春月之死》《忆春月》《一个英雄的葬仪》等 13 篇散文。书前有作者前记。

忆

上海　艺光出版社　1945 年 6 月初版　128 页　32 开　现代名家创作集从之二　王一平编

收《日》《月》《星》《风》《云》《雷》《祝福》《忆》《做大哥的人》《给一个孩子》等 16 篇散文。

怀　念

上海　开明书店　1947 年 8 月初版　1948 年 2 月再版　92 页 36 开　开明文学新刊

本书系 1938—1945 年作者为怀念几位故去的朋友而作的纪念文章。收入《纪念友人世弥》《忆范兄》《怀念》《纪念憾庐先生》《写给彦兄》《纪念一位善良的友人》《纪念我的哥哥》《忆居甫》《怀圣泉》9 篇。有前记。

静夜的悲剧

上海　文化生活出版社　1948 年 9 月初版　79 页　36 开　文学丛刊　第 9 集　巴金主编

分两辑，第一辑有《黑土》《南国的梦》《月夜鬼哭》；第二辑有《卢骚与罗伯斯比尔》《马拉·哥代与亚当·吕克斯》《静夜的悲剧》等 3 篇散文。有后记。

鲁迅与抗日战争　巴金等著

战时出版社　1937年10月版　85页　32开　战时小丛刊之三

收入《鲁迅与抗日战争》（景宋）、《鲁迅先生大病时的重要意见》（景宋）、《鲁迅与民族统一战线》（冯雪峰）、《鲁迅并没有死》（郭沫若）、《鲁迅逝世周年纪念》（田汉）、《深的怀念》（巴金）、《怀冲锋的老战士鲁迅先生》（郑振铎）、《鲁迅先生逝世周年纪念》（邹韬奋）、《又一年了》（王统照）、《忆鲁迅先生》（靳以）、《抗战期中纪念鲁迅》（艾芜）、《纪念鲁迅先生》（唐弢）、《鲁迅的精神》（齐同）、《纪念鲁迅》（魏猛克）、《念鲁迅先生》（孟十还）、《如果鲁迅不死》（辛劳）、《纪念我们的老战士——鲁迅先生》（孔另境）、《鲁迅先生逝世一周年》（林淡秋）、《纪念鲁迅先生》（姜平）、《鲁迅周年祭》（宗钰）、《我所见到的我们的导师》（弗述）、《病再起至沉重时的日记》（鲁迅）、《促鲁迅先生就医信》（宋庆龄）、《关于鲁迅先生的病中日记》（景宋）、《鲁迅先生计划而未完成的著作》（O. V.）、《鲁迅先生和自然科学》（周建人）、《鲁迅先生的被禁作品》（金性尧）、《纪念鲁迅》（佚名）、《纪念鲁迅先生》（钱台生）、《纪念鲁迅》（傅东华）。

旅途杂感　巴金等著

上海　奔流书店　1941年4月版　172页　奔流佳作丛刊之二

收入《桂林的微雨》（巴金）、《在柳州》（巴金）、《香港杂忆》（陶亢德）、《斜风细雨过扬州》（江砥）、《前夜》（何为）、《黄海上》（何为）、《统舱中》（何为）、《永嘉短简》（何为）、《从云阳到延安》（沉远）、《五日五夜在尾甲板上》（林徽因）、《南海的风云》（苗埒）、《滁州小住》（洪波）、《我用泪眼遥望着南国》（珂利）、《滇越道上》（金永祚）、《中国名山颂》（徐盈）、《离沪八日记》（陈克定）、《剡中三瀑》

（陈醉云）、《延安行》（舒湮）、《黄色列车》（夏将曙）、《萧索迟暮蛮性的蹂躏》（夏将曙）、《跋扈杂拾》（夏将曙）、《昆明剪影》（杨亚宁）、《夜行剡溪程上》（骆宾基）、《到浙西去》（欧阳柏）、《三峡水色》（谢闻玄）、《我来自西子湖畔》（赞方）、《回乡杂记》（曙星）、《旅伴》（罗洪）、《旅途随笔》（罗嘉）、《滇缅路》（萧乾），有选后编记。

冰 心

冰心散文

上海　三通书局　1941年1月初版　88页　50开　三通小丛书　三通书局编辑部编

收入《去国》《姑娘》《悟》《六一姊》4篇散文。

关于女人　男士著

重庆　天地出版社　1943年9月初版　1945年10月沪再版　128页　36开

上海　开明书店　1945年11月增订初版　1946年10月3版　1948年2月5版　141页　36开　开明文学新刊

收入《我最尊敬体贴她们》《我的母亲》《我的教师》《张嫂》《我的择偶条件》《叫我老头子的弟妇》《请我自己想法子的弟妇》《我的奶娘》《我的同班》《我的同学》《我的朋友太太》《我的学生》《我的房东》《我的邻居》《张嫂》等15篇散文。作者以男人的立场和口吻描绘了十余个不同类型的女人，卷首引《红楼梦》中关于女子的描写"抄书代序"，末有著者后记。

C

车　辐

杂谈四川的洋琴
1949 年 5 月《风土什志》第 2 卷第 5 期

一个被侮辱与被损害的女人 "大周二"
1949 年《人物杂志》第 4 卷第 2 期

陈独秀

蔡子民先生逝世后感言
作于四川江津，载 1940 年 3 月 24 日《中央日报》。

陈衡哲

川行琐记—— 一封给朋友们的公信
1936 年《独立评论》，署名衡哲。

陈敬容

星雨集

上海　文化生活出版社　1946年11月初版　168页　36开
文学丛刊　第8集　巴金主编

分两辑，收入《陨落》《卧佛》《父亲》《足音》《石室梦》《病室黄昏》《四月之忆》《夜雨》《希望的花环》《驴夫》《望子的归来》《流亡图片》《津战某日》《天使之囚》《荒场之夜》《夜街》《灵点》《畜类的沉默》《投掷》《杜鹃》《渴意》《昏眩交响乐》《桥》《手》《樱桃河》《疲倦的灵魂》《尼庵外》《独语》《牺牲节》《绿色和紫色》《山村小住》《月夜》《黄昏的故事》《街》《黎明》《动荡的夜》《火炬》等37篇，前有著者题记。

陈世光

戎马集

成都　铁风出版社　1941年1月初版　102页　36开

收录散文、政治军事短论，有《西行日记》《入峡迁蓉记》《抗战必胜建国必成的信念与努力》《阵地选择》《火网编成》等共13篇。书前有范德烈的序和作者自序。

陈炜谟

我们所希望于《泸县教育月刊》者

1932 年春《泸县教育月刊》第 3 卷第 12 期，署名陈叔华。

倘若你住在重庆

1935 年 12 月 16 日《论语》第 78 期，署名陈叔华。

龙马潭游记

1935 年 5 月 1 日《人间世》第 37 期，署名陈叔华。

白　发

1946 年 7 月 15、17 日《成都快报》副刊

忆郁达夫

1946 年 8 月 21、23、26 日《成都快报·大地》

俞曲园二三事

1946 年 9 月 2、4、6 日《成都快报·大地》

债

1947 年 1 月 22 日至 24 日《四川日报·华阳国志》第 22—
24 期

《炉边》序——北京市上杂掇（1926 年 10 月 11 日据旧稿改成）

"无事聊"——答创造社的周全平

程　铮

新爱的教育

重庆　建国书店　1944 年 4 月版　47 页　日记体

D

丁文江

漫游散记（十六）

1933 年 3 月 19 日《独立评论》第 42 号

董镜桂

特写陪都

重庆　青年图书社　1944 年 3 月初版　172 页

端木露西

露西散文集

重庆　商务印书馆　1945年5月初版　80页

本书是作者抗战时期作品的自选集。收入《前线之边》《薄暮泛思》《秋的波浪》《川居》《秋行》《初日》《在英国看英国人》等13篇散文。书前有著者自序。

F

樊凤林

小铁椎选集（第一辑）

成都　新新新闻报馆　1944年5月初版　120页　32开

辑选新新新闻的每日短评"小铁椎"中的文章。收入《谈成都两件有关人道的事》《对儿童节的感想》《德国的纽伦堡大会》等，书前有《小铁椎选集序》。

方　敬

风尘集

上海　良友图书印刷公司　1937年4月初版　151页　32开

现代散文新集　靳以编辑

收入《荒城》《夜谈》《扑满》《老人树》《画壁》《童年》《幽

居》《风尘》《路遇》《圣洁的门》《黎明》《无名指》《猎》《鬻艺师》等14篇散文。卷末有著者后记。

生之胜利

上海　文化生活出版社　1948年11月初版　160页　36开文学丛刊　第10集　巴金主编

收入《赞美》《不安的日子》《爱憎》《苦难》《逃难短曲》《浪子的沉思》《现实与梦》《小孩是大人的根苗》《疯子》《单纯的信念》《影子》《时代》《胜利》《人民的声音》《他们如此说》《死》《文化的故乡》《命运》等18篇。

记忆与忘却

上海　文化工作社　1949年8月初版　32开　120页　工作文丛　第1辑

收入作者写于1937—1948年的《白骨塔》《司钟老人》《家书》《没有名字的女孩》《玉匣记》《烟》《一片友情》《挽词》《怀念》《不朽的灵魂》《想见其人》等11篇散文，其中最后3篇是纪念鲁彦、闻一多和朱自清的，书前有作者序。

费尔朴

悼念四川诗人刘豫老

1949年8月《风土什志》第2卷第6期

丰子恺

狂欢之夜
1945 年 8 月 10 日，作于重庆，原载不详。

沙坪小屋的鹅
1946 年 8 月 1 日《导报》月刊第 1 卷第 1 期

沙坪的酒
1947 年 3 月 31 日《天津民国日报》

重庆觅屋记
1947 年 9 月 1 日《天津民国日报》，当时题名《陪都觅屋记》。

冯雪峰

乡风与市风
重庆　作家书屋　1944 年 11 月初版　1948 年 3 月沪再版
190 页　32 开

收入《还好主义》《论女人的虚荣心》《妇女觉醒的今昔》《赌的变迁》《牺牲》《民族文化》等 41 篇作者写于 1943 年的杂文，书前有序。

冯 至

山 水

重庆 国民图书出版社 1943 年 9 月初版 64 页 32 开 文艺丛书

收入《蒙古的歌》《赛因河畔的无名少女》《两句诗》《怀爱西卡卜村》《放牛的老人》《一个消逝了的山村》《人的高歌》《罗迦诺的乡村》《在赣江上》9 篇散文。

G

甘永柏

涵泳集

今代文化刊行社 1937 年 7 月初版 118 页

收入《黑色鸟》《黄昏之忆》《河》《寂寞》《梦》《欢乐》《谈旅行》《梦醒的时候》《幻像》《故人》《除夕》《寄 M（一）》《寄 M（二）》《荆州》《荒凉的秋》《"泪与笑"》等 16 篇散文，书前有代序《湖畔的小语》。

郭沫若

我的幼年

上海 光华书局 1929 年 4 月初版 1933 年再版

收入长篇回忆录《我的幼年》1篇，和前言、后话2篇，再版时改题《幼年时代》，篇前补入改版说明1篇。

我们在炮火中　郭沫若等著

上海　明明书局　56页　32开

收入茅盾的《写于神圣的炮声中》《"恐日病"一时不能断根》《今年的九一八》《战神在叹气》，郭沫若的《纪念张一麟先生》，田汉的《新战线巡历》《月夜访大场战线》，巴金的《所谓日本空军的威力》《一点感想》《给山川均先生》《给日本友人》，夏衍的《士无斗志的日本》等12篇文章。

山中杂记及其他

上海　新兴书店　1929年12月初版　194页　32开　沫若小说戏曲集　第5、6、7辑

山中杂记

上海　光华书局　1930年10月初版　1931年11月3版　194页　32开　沫若小说戏曲集

本书为《山中杂记及其他》改名出版。

沫若近著

上海　北新书局　1937年8月初版　226页　32开　文艺新刊

成都　复兴书局　1943年1月初版　224页　36开　文艺新刊

收入《屈原时代》《社会发展阶段之再认识》《资本论中的王茂阴》《答马伯乐先生》《隋代大音乐家万宝常》《中日文化的交流》《青年与文化》《再谈官票宝钞》等11篇文史散文。

闸北孤军记　郭沫若　徐迟等著

上海　战时读物编译社　1937 年 11 月版　59 页　36 开　叶兆洲编

收入《由四行想到四川》（郭沫若）、《孤军奋斗始末记》（杨瑞符营长述，问津笔录）、《孤军八百人》（徐迟）、《八百勇士》（艾芜）、《八百英雄》（赵景深）。

全面抗战的认识

广州　北新书局驻粤办事处　1938 年 1 月初版　102 页　36 开

收入《我们为什么抗战》《告国际友人书》《理性与兽性之战》《忠告日本政治家》《抗战与觉悟》等 21 篇有关抗日战争的短论。

毁灭中的日本　郭沫若等著

广州　战时出版社　1938 年 1 月初版　72 页　32 开　战时小丛刊之十一

收入《日本的现在过去与未来》（郭沫若）、《战前日本朝野的动态》（锡福）、《日本归来》（莫石）、《日本在毁灭的路上》（管豹）、《廿世纪的邦贝城》（陈琳）、《战时日本经济状况一瞥》（纯青）、《日本畏杯葛》（乌特莱）、《战时的东京》（晓光）、《归客话东京》（仲某）、《敌情近报》（维恒）、《动员了日本的娘儿们》（贝加）、《日本妇女在侵略的压制下》（歌三）、《千人针（浅井花子）》（张香山）。

持久抗战与组织民众　郭沫若等著

广州　救亡出版社　1938 年 1 月初版　77 页　救亡小丛书之一　何秋萍编

收入《持久战的必要条件》（郭沫若）、《对于持久战应有的认识》（陈诚）、《目前抗战形势及其任务》（陈绍禹）、《游击战与持久战》（李公朴）、《游击战与民众运动》（张云逸）、《把敌人后方变作前方》（叶剑英）、《开展游击战与武装民众》（任淘）、《到去敌人后方组织民众》（刘真如）、《持久战与乡村工作》（黄松龄）、《怎样武装民众》（陈钧）。

战时宣传工作

重庆　青年书店　1938 年 7 月初版　156 页

包括总论与分论两部分。总论为《理论与方法》，收绪论、《抗战建国纲领之阐扬》、《宣传工作者之修养》、《言论的宣传》、《艺术的宣传》、《其他特种宣传方式》；分论为《应用与学习》，收《对民众的宣传》《对士兵的宣传》《对敌人的宣传》《对国际的宣传》、结语。

"民族形式"商兑

桂林　南方出版社　1940 年 8 月初版　73 页　36 开　南方文艺丛刊

收入《"民族形式"商兑》《关于戚继光斩子的传说》《文化与战争》《关于发现汉墓的经过》《关于屈原》《革命诗人屈原》《中苏文艺交流之促进》《三年来的文化战》等 8 篇随笔和文艺短论。

羽书集

香港　孟夏书店　1941 年 11 月初版　441 页　32 开

重庆　群益出版社　1945 年 1 月初版　258 页　32 开

上海　群益出版社　1947 年 3 月初版　258 页　32 开　沫若论文集之四　郭沫若文集　第 2 辑

收入作者 1937—1940 年所发表的时论、随笔 58 篇。有《和平的武器与武器的和平》《巩固反侵略的战线》《青年化、永远青年化》《文化人当前的急务》《忠告日本政治家》《理性与兽性之战》《世界反侵略秩序的建设》《日寇的残酷心理之解剖》《武汉永远是我们的》《坚定信念与降低生活》《饥饿就是力量》《后方民众的责任》《纪念台儿庄》《鲁南胜利之外因》《我们所失掉的只是奴隶的镣铐》《再建我们的文化堡垒》《惰力与革命》《关于华北战局所应有的认识》《武装民众之必要》《持久抗战的必要条件》《全面抗战的再认识》《告国际友人书》《我们为什么抗战》《抗战与觉悟》《复兴民族的真谛》《把精神武装起来》《发挥大无畏精神》《纪念"一二八"剪辑》《来他个"四面倭歌"》《对于文化人的希望》《抗战与文化问题》《"无条件反射解"》《文艺与宣传》《三年来的文化战》《日本的过去，现在，未来》《"侵略日本"的两种姿态》《日本的儿童》《汪精卫进了坟墓》《绝妙的对照》《争取最后五分钟》《龙战与鸡鸣》《写在菜油灯下》《告鞭尸者》《先乱后治的精神》《成功便成仁》《"中国人的确是天才"》《大朋友与小朋友》《致华南的友人们》《长沙哟，再见!》《一位广东兵的诗》《后来者居上》《"逢场作戏"》《不要怕死》《把有限的个体生命融化进无限的民族生命里去》《由四行想到四川》《由"有感"说到节气》《关于敏子的信》《国难声中怀知堂》。

创造十年

重庆　作家书屋　1943 年 7 月版　32 开　209 页

郭沫若自传之三，记述作者在创造社前期（1918—1923）的经历。

小品六章　郭沫若等著

上海　芷江出版社　1946 年 3 月初版　124 页　32 开

收《小品六章》（郭沫若）、《新生活日记》（郭沫若）、《小诗》（冰心）、《夜别》（郭沫若）、《山中杂记》（冰心）、《荷塘月色》（朱自清）、《清河坊》（俞平伯）、《天上的街市》（郭沫若）、《腊叶》（鲁迅）、《朝花夕拾小引》（鲁迅）、《清华园之菊》（孙福煕）、《鸭的戏剧》（鲁迅）、《一个人在途上》（郁达夫）、《稿子》（刘复）、《虎子》（王世颖）、《奔流》（郭沫若）、《楼板》（丰子恺）、《背影》（朱自清）。

苏联纪行

上海 中外出版社 1946 年 3 月初版 216 页 中苏文化协会研究委员会研究丛书第三种

包括"前记"和"日记"两部分。

创作的道路

成都 文光书店 1947 年 1 月版

包括《创作的道路》《我的中学时代》等 15 篇文章。

呼 喊 郭沫若等著

华侨知识社 1947 年 5 月初版 110 页 五四文丛 美洲华侨青年文艺社主编 五四文丛

收入《论五四精神》（舒芜）、《青年哟，人类的春天！》（郭沫若）《五四感想》（周建人）、《新五四运动》（景宋）、《五四与文艺节》（叶圣陶）、《祖国的冬天》（胡风）、《今日的第三种人》（路斯）、《鲁迅与青年》（顾鸿）、《敬悼邹韬奋先生》（永燕）、《敬悼陶行知先生》（萧群）、《海外文艺工作的小检讨》（老集）、《论废除国粹》（荣深）、《诗人节谈诗》（寒光）、《诗人底新使命》（徐业）、《怎样展开华侨通俗文艺运动》（可义）、《现阶段的华侨妇女问题》

（周柳英）、《罗城春色》（小黄）、《一个未完的故事》（毅民）、《谁的官衔大》（石留）。

盲肠炎

上海　群益出版社　1947 年 6 月初版　90 页　36 开

收入《盲肠炎》《一个伟大的教训》《五卅的反响》《穷汉的穷谈》《双声叠韵》《马克思进文庙》《不读书好求甚解》《卖淫妇的饶舌》《向自由王国的飞跃》等 9 篇散文、杂感。书前有作者题记。

中苏文化之交流

上海　生活·读书·新知三联书店　1949 年 6 月初版　157 页　32 开

本书收有关中苏文化交流的文章，包括《中苏文化之交流》《追慕高尔基》《悼念 A·托尔斯泰》《向普希金看齐》《读了〈俄罗斯问题〉》《驳〈胡适国际形势里的两个问题〉》等 19 篇。书末附录收周鲠生的《历史要重演吗？》及胡适的《国际形势里的两个问题》。

H

何其芳

画梦录

上海　文化生活出版社　1936 年 7 月初版　1946 年 1 月 8 版　88 页　精、平装　文学丛刊　第 2 集　巴金主编

收入《墓》《秋海棠》《雨前》《黄昏》《独语》《画梦录》等 16 篇散文。书前以《扇上的烟云》一文代序。

还乡日记

上海 良友复兴图书印刷公司 1939年8月初版 1940年4月再版 94页 现代散文新集 靳以编

收入《呜咽扬子江》《街》《县城风光》《乡下》《我们的城堡》等5篇散文。卷首有作者的《我和散文〈代序〉》。

还乡记

桂林 工作社 1943年2月初版 88页

所收除《还乡日记》中已收5篇之外，增收《私塾师》《老人》《树荫下的默想》3篇，共8篇散文。卷首有作者的《我和散文〈代序〉》，卷末有方敬的附记。

还乡杂记

上海 文化生活出版社 1949年1月初版 112页 36开 文学丛刊 第8集 巴金主编

所收的8篇散文与《还乡记》相同。书前有《我和散文〈代序〉》，末有远兹和作者的附记两篇，以及巴金的《后记》。本书1939年曾由上海良友图书公司出版，书名为《还乡日记》，收5篇；1943年桂林工作社印行了增订本，书名为《还乡记》。

贺昌群

旧京速写

收于中学生社编的《我的旅行记》，上海开明书店于1935年6月出版。

大观园源流辨

1935 年 7 月 14 日《大公报·文艺副刊》第 160 期，署名藏云。

归蜀行纪

1939 年 3 月浙江大学《国命旬刊》第 15 号

哭梅迪生先生

1946 年 3 月《思想与时代》第 46 期

"历史学社"题辞

原载不详，似作于重庆中央大学任教时期。

胡　风

棘源草

重庆　南天出版社　1944 年 11 月初版　131 页
上海　希望社　1947 年 3 月再版　131 页
分上、下集。上集收入《作家与草莓》《战争与和平》《流氓哲学》《辩证法与江湖诀》《"过去的幽灵"》《蔼理斯·法朗士·时代》《存文》《把目光放到"战壕"以外》《冬夜通信》《由"人性"到"互利"》《万乐声中一点哀》；下集收入《忆矢崎弹》《即令尸骨被炸成了灰烬》《断章》《关于鹿地亘》《写在昏倦里》《秋窗散记》《棘源村断想》《棘源村断想（其二）》《"举一个例"》《致反法西斯的敬礼》等 21 篇杂文。书前有题记，对各篇做了题解性说明。

胡愈之

南行杂记

重庆　生活书店　1940年1月初版　46页　32开

收入《侵略者炮火线上的越南》《暹罗与越南》《今日的安南民族》《中国人在北圻》《在谅山访百岁老人》《越南与中国抗战》6篇文章。

黄　澄

重庆型

重庆　著者刊　1944年12月版　60页

本书介绍重庆之风物、人口、市容、政治、文化等各方面情况。收入《山城之夜》《雾》《标准钟》《精神堡垒》《客满》《排队》等40篇散文杂记，前有作者序，写于1944年除夕。

黄荣灿

记火烧岛

1949年7月15日《旅行杂志》第23期

红头屿去来

1949年《台旅月刊》第1卷第1—3期

琉球屿写画记

1949 年 9 月 17 日《新生报》副刊《艺术生活》

黄 裳

锦帆集

上海 中华书局 1946 年 11 月初版 86 页 32 开 中华文艺丛刊 第 4 种

收入作者从上海经陇海线至宝鸡再到成都的旅途杂记，包括《断片》《白门秋柳》《过徐州》《宝鸡——广元》《成都散记》等 8 篇。末有后记。

黄 绶

罗戴祸川纪实

出版于 1917 年，145 页，无出版者信息，疑为作者自费发行。

J

姜蕴刚

怀旧京及其他

成都 国魂书店 1940 年 5 月初版 94 页 32 开

收入《怀旧京》《回忆到庐隐》《谈哭》《悼亡儿继华》《瓶花》

共5篇文章。书前有常燕生和黄欣周的序2篇。

金满成

鬼的谈话

上海　民间出版部　1928年10月初版　290页

收入《元宵记游》《花朝》《惊蛰节》《黄花岗》《"先生"与"同志"》《说话的艺术（上）》《说话的艺术（下）》《要吃的艺术》《我们的娱乐一》《我们的娱乐二》《抽刀见血》《杨森与吴佩孚》《上海的雪》《易纨士南下做甚么?》《送易纨士回京》《我们的交通一》《我们的交通二》《我们的交通三》《我们的交通四》《我们的交通五》《我们的交通六》《女子理发馆》《吴佩孚与张氏父子兄弟》《青年与让座》《夜半敲门》《春又来了》《大世界门外（上）》《大世界门外（下）》《大世界之研究（上）》《大世界之研究（中）》《大世界之研究（下）》《欧化与腐化》《蒋介石与宋美龄》《耗子完了》《结吻——接吻》《我的生日》《扎洋装拜相》《养病》《纪念总理》《总理逝世后的境遇》《找名问姓》《游街》《姨太太作赠品》《杂耍台下的学问》《吴子玉竟二次削发为僧耶?》《看戏去》《自杀》《"休谈国事"》《绿帽子》《往何处走》《马振华与汪世昌》《马振华与汪世昌（下）》《诗意》《狗的情书一束》《麻雀牌与香槟票》《麻雀牌与香槟票（下）》《清明节》《扩张以后》《万王之王（上）》《万王之王（下）》《龙华桃花》《民国日报注意一》《民国日报注意二》《汪世昌徐州被捕》《谣言与租界》《衣着与气候》《张竞生博士》《张竞生博士（下）》《附张竞生博士的来辩二件》《五四运动》《五七纪念》《将来自然会明白的》《五月九日》《鬼话谈话（一）》《鬼的谈话（二）》。

靳　以

火　花

重庆　烽火社　1940 年 4 月初版　65 页　32 开　烽火小丛书第 17 种

收入《我的话语》《五月的话》《上海书简》《沪战杂记》《在轰炸中》《飞行的刽子手》《卑污的屠杀》《"八一三"》《"九一八"七周年》《忆"一·二八"》《忆罗淑》等 20 篇散文。

红　烛

重庆　文化生活出版社　1942 年 8 月 1 版　180 页　36 开　渝版文季丛书之四　文季社编

上海　文化生活出版社　1946 年 10 月 1 版　180 页　32 开文季丛书之二十一　文季社编

收入《邻居们》《窗》《红烛》《雪》《我的房东》《沉默的旅车》《珊瑚坝》《我坐在公路车上》《两路口》《北京人》《给一个忧郁的孩子》《给孩子们》《雾中的来往》《雾城远简》《信》《迎着逆流》《一条弯曲的河路》《绿河行》《飞龙泉》等 20 篇散文。

沉默的果实

重庆　中华书局　1945 年 12 月初版　1947 年 1 月沪再版110 页　32 开　中华文艺丛刊　第 1 种　中华文艺丛刊委员会编辑

收入《沉默的果实》《我的怀念》《等待》《鸟和树》《被砍伐了的树》《合唱》《鸭子》《我怎样写〈前夕〉的》《悼萧红和满红》《兔》《莹》《无题》《短简（一——七）》《忆上海》《忆北平》《忆广

州》《忆哈尔滨》《独山站》《"窄门"》等19篇散文。

敬隐渔

蕾芒湖畔

1926年1月10日《小说月报》第17卷第1号

L

老　舍

老舍幽默集

大连　满大书店　1944年9月初版　72页　32开

收入《麻将》《引诱》《考场》《生财有道》《丈夫本色》《药力如神》《多见少怪》《对症下药》等35篇文章

李广田

圈　外

重庆　国民图书出版社　1942年3月初版　188页　32开　文艺丛书

收入全国抗战爆发后，作者从湖北郧阳到四川沿途的记行文字。收入《从黑暗中走开》《警备》《路》《黄龙湾》《古庙之夜》《阴森森的》《威尼斯》等19篇文章。书前有作者序。

西行记

上海　文化工作社　1949 年 6 月初版　210 页　36 开　工作文丛　第 1 辑

作者抗战时期由湖北郧阳去四川，本书是他沿途经历的散记。收《从黑暗中走开》《警备》《古庙一夜》《乌江渡》《西行记》《圈外》《江城半日记》等 19 篇文章。书前有序。本书原名《圈外》，抗战期间曾在重庆印行过。

李劼人

四川一年来大事记

1919 年 1 月 1 号《川报新年增刊》第一、第二版，为 1918 年 1 月 1 日—1918 年 12 月 19 日的四川大事记。

《星期日》的过去和将来

1920 年 1 月《星期日》周报第 26 期，本篇原题《本报的过去和将来》，1920 年 2 月 12 日上海《时事新报》副刊《学灯》转载时改为此题。

法国 Groupement 工厂写真

《少年世界》1920 年第 1 卷第 5 期《工厂调查》栏目

鲁渥的画

1920 年《少年中国》第 2 卷 4 期

法国山城中的公学

1922 年《中华教育界》第 11 卷第 10 期

巴黎的大学城

《中华教育界》1923 年第 12 卷第 5 期

法人对于性教育的讨论

《中华教育界》1924 年第 13 卷第 10 期

巴黎的高等教育谈

《中华教育界》1924 年第 13 卷第 12 期

法人最近的归田运动

1924 年《东方杂志》第 21 卷第 10 号

李宁在巴黎时

1924 年《东方杂志》第 21 卷第 3 号

唉！讲演

1925 年 10 月 3 日《醒狮周刊》

正是前年今日

1926 年《西陲日报二周年纪念增刊》

可恶的话

《文学周刊》1926 年第 216 期

今日！今日！

1927 年 3 月《新川报副刊》第 212 期

内乱也有好处

1927 年 3 月《新川报副刊》第 222 期

嘉游杂忆

1927 年 3 月《新川报副刊》第 223—225 期

《乱谈》三则

载于《新川报》副刊《乱谈》，其中《此之谓武力民众化》载于 1927 年 3 月 20 日第 219 期；《饥饿政策》载于同年 3 月 21 日第 220 期；《如此中国就太平了》载于同年 3 月 30 日第 229 期。

我觉得稍有不同的今年国庆日

1927 年《新四川日刊二周年纪念增刊》

余　慨

载于诗集《以泊》（1930 年版），作者在 1930 年为他早逝的学生孙鸥编辑出版了诗集《以泊》，并写了这篇卷头语。

对于四川边地农垦的一番空谈

《时事周报》1932 年第 2 卷第 22 期

热闹中的记言

1933 年重庆民生实业总公司《新世界》第 26 期《玉盘》

悼念诗人吴芳吉

1932 年 5 月《成都追悼吴碧柳先生纪念刊》

说说嘉乐纸厂的来踪

1936 年 1 月 1 日成都《新新新闻·元旦增刊》

诗人之孙

1936 年 4 月《追悼王光祈先生专刊》

对日绝交的我见

1937 年 12 月成都《战旗》创刊号

同情的检讨

1939 年 6 月 6 日《捷报》副刊《文岗》副刊第 8 期

忆东乡县

1942 年《风土什志》第 1 卷第 2 期

论独裁者之造成

1943 年 11 月 4 日《成都晚报》

论独裁者之裁制

1943 年 11 月 5 日《成都晚报》

"法"之鸡零谭

1944 年 7 月 4 日《华西日报》副刊《华西副刊》

从吃茶漫谈重庆的忙

1946 年 1 月 1 日《新新新闻》副刊《柳丝副刊》

追念刘士志先生

载于中华书局版《花与果》及 1946 年《风土什志》第 1 卷第 6 期

《华阳国志》发刊词

1947 年 1 月 18 日《四川日报》副刊《华阳国志》

漫谈中国人之衣食住行

本文系作者《漫谈中国人之衣食住行》的部分，从前言到第 25 节，曾在 1948 年以《漫谈中国人之衣食住行——饮食篇》为题，发表于《风土什志》第 2 卷 3—6 期，从 26 节到第 37 节，以《谈中国人的食》为题，依次连载于 1947 年《四川日报》副刊《华阳国志》。

敬怀刘豫波先生

1949 年《风土什志》第 2 卷第 6 期

二千余年成都大城史的衍变

1949 年《风土什志》第 3 卷第 2 期，作者在 1949 年初夏着手写《说成都》一书，本文系书稿第一章（初稿），曾发表于《风土什志》，全书分为《说大城》《说少城》《说皇城》《说河流》《说街道沟渠》5 章。

李寿民

回锅肉
1933 年 12 月 9 日、10 日天津《天风报》

福鹣楼食谱
1933 年 1 月 3、4、5、6、8、12 日天津《天风报》

记北京泥人张与泥人黄
1934 年 9 月 17 日天津《天风报》

答"四川人"
1932 年 12 月 16 日天津《天风报》

致谢华伯
1934 年 9 月 20 日天津《天风报》

李唯建

云鸥情书集　黄庐隐　李唯建著
上海　神州国光社　1931 年初版　162 页
　　女作家庐隐与李唯建的情书集，因两人以异云、冷鸥相称，故以"云鸥情书集"为名。王礼锡作序，收两人往还书信 68 封。原连载于天津《益世报》，后由北平法文版《政治周刊》译成法文出版单行本。

李宗吾

怕老婆的哲学

成都　晨钟书局　1946 年 7 月版　18 页

丽　砂

檐　雨

分《曲子》《嘴唇》《眼睛》《青春》4 部分，作于 1942 年。

题纪念册

分《夜》《梦》《生命》《小鱼》《倔强》《希望》《黎明鸟》《蝴蝶人》《期待》《告别》10 部分，作于 1942 年。

小　简

分《雾》《吹》《菌》3 部分，作于 1942 年。

写在灵魂的碑上

分《窗》《谷》《雨天》《火柴》4 部分，作于 1943 年。

春天散曲

分《春天》《燕子》《土地》《犁头》《芽子》《汗雨》6 部分，作于 1943 年。

江湖碎片

分《风水先生》《妓女》《算命人》《说书人》4 部分，作于 1945 年。

力的执着

分《足》《歌》《臂膊》《肩膀》4 部分，作于 1946 年。

拙政园剪影

分《琴亭》《画室》《桃岸》《曲桥》4 部分，作于 1947 年。

岁暮拾零

分《碉堡》《岗哨》《报纸》《钞票》《街口》《乡村》6 部分，作于 1948 年冬末。

表（1941 年）

种子

沉沙

旅行袋

铃——雨铃

铃——驼铃

铃——鸽铃（1942 年）

铃——道铃（1943 年）

号子

夏天

阳光

墙

街道

天快亮了

麦子成熟了（1947 年）

"六二"献词（1947 年 6 月 2 日）

春前的拜访（1948 年冬）

树（1948 年冬末）

雷（1949 年春初）

刘大杰

成都的春天

1936 年 5 月 1 日《宇宙风》第 16 期

忆李劼人——旧友回忆录

1946 年 1 月 20 日《文坛》第 1 卷第 1 期

刘盛亚

双塔教寺

1937 年 4 月 15 日《世界日报》

给××

1945 年 1 月 8 日《华西日报》

双坟记（1943 年 12 月）

序《小母亲》（1944 年 10 月　重庆）

"更光亮一点吧！"（1946 年 2 月）

风雨同舟渡（1946 年 6 月 20 日）

一个大学校长（1947 年 2 月）

跳灵官（1947 年 2 月）

忆沈硕甫（1947 年 8 月）

刘师亮

师亮随刊第六集合订本

成都　师亮随刊社　有记文化印字馆印刷　1941 年版

收入《改组派》《啌子祝寿》《六老八贤》《毛子革命》等。

师亮谐稿二集　刘师亮遗作编纂委员会编

成都　刘师亮遗作出版社　1946 年 10 月出版

收入《墙打倒人》《大家滚蛋》《马上发财》等。

刘思慕

樱花和梅雨

重庆　大时代书局　1940 年 5 月初版　1942 年 12 月 4 版　108
页　32 开　文艺丛书

分《东游漫忆》《东京随笔》两部分，共收 17 篇文章。记述著者旅居日本时的生活与感想。书末有著者的后记。

卢剑波

有刺的蔷薇

上海　光华书局　1929 年 5 月初版　163 页　32 开

上海　大光书局　1936 年 7 月再版　163 页　32 开

收入著者 1927 年初至 1928 年初写的杂感、日记、书信等 30 余篇。书前有胡仲纾的序和著者自序，书末有后记。

生与生之表现

上海　新时代书局　1931 年 10 月初版　162 页　新时代文学丛书

收入《我的童年》《真理与行为》《幻灭与追求》《生的渣滓》等 19 篇小品文和杂论。

路

重庆　今日出版合作社　1938 年 9 月初版　42 页　32 开　今日小丛书　第 1 种

收入《如果考落了大学（还有路可走么?）》《忠实地生活》《路》《有问之答》《饵》5 篇文章。书前有邓天矞的序及著者自序，书末附春飞的《路》和先忧《写在〈路〉的后面》两篇。

心　字

上海　文化生活出版社　1946 年 11 月初版　133 页　36 开

文学丛刊　第 8 集　巴金主编

分 4 辑，收入《寂寞》《壬午新岁》《芭蕉》《居甫之死》《新春》《一种生命的步调》《夜思》《惊蛰后》《为了一个幼小者的夭死》《春信》《所思》《窗台前》《忆旧》《中秋后》《晨》等 26 篇文章。书末有巴金写的后记，介绍本书作者及其作品。

卢作孚

怎么样做事——为社会做事

重庆　北碚峡防团务部　1929 年 4 月 20 日印单行本第 1 版

东北游记

重庆　川江航务管理处　1930 年 9 月初版

包含《序》《由上海到青岛》《由青岛到大连》《由沈阳到哈尔滨》《由哈尔滨回长春转敦化》《由敦化回沈阳到山海关》《由山海关到唐山》《由唐山到北平》《由天津回上海》等，附有《匆匆游历中之所偶得》。

东北游记续编

1949 年出版

打擂与世界运动会

1934 年 4 月 21 日《新生周刊》第 1 卷第 11 期

麻雀牌的哲理

1934 年 9 月 16 日《新世界》第 50 期

陆曼炎

荷戈集

重庆　文信书局　1943年1月初版　80页　32开

收入《笔征之什》《樱花和日本的国运》《生活与艺术》《欧洲在文明以前》《朱庆澜先生的追念》等12篇文章,附朱德君的《哭先父子桥公》。书前有作者的编印小记。

罗念生

希腊漫话

重庆　中国文化服务社　1943年2月初版　124页　32开　青年文库　朱云影等主编

收入著者旅居希腊一年写下的印象杂记,包括《古希腊与中国》《希腊精神》《雅典之夜》等17篇。

芙蓉城

重庆　西南图书供应社　128页　36开

收入《芙蓉城》《打猎》《钓鱼》《养鸟》《农庄》《玉米》《斗鸡台斗鸡》《掘坟》《安葬》等22篇文章,出版年份不详。

罗莘田

蜀道难

重庆　独立出版社　1944年11月初版　1946年4月沪再版
132页　32开

收入作者1941年5—8月自云南到四川各地旅行的游记，包括
《从昆明到重庆》《从重庆到泸州》《十二天的沉闷生活》《在天空过
了生日》等17篇。书前有冰心的序和作者自序。

罗　淑

罗淑散文集　巴金编

上海　文化生活出版社　1948年8月版　112页

罗文汉

旅蜀日记

上海　开明书店　1927年8月初版　166页　32开

收以日记体写的游记随笔、散文等83篇，其中包括若干即兴
而写的新诗，书前有著者自序。

M

马宗融

拾 荒

重庆 光亭出版社 1944年6月版 142页 32开 散文丛书之三 翁达藻主编

分3集,收入《抗战时期的文人》《克服你如浆的笔》《黑妓》《吃人的野蛮人》《暑期应该利用来读活书》《狗》《应否对日绝交》等33篇文章。书前有著者序。

茅 盾

炮火的洗礼

重庆 烽火社 1939年4月初版 45页 32开 烽火小丛书第6种

桂林 文化生活出版社 1940年12月桂1版 45页 32开,呐喊小丛书 第1种

收入《站上各自的岗位》《写于神圣的炮声中》《"孤岛"见闻》《街头一瞥》《忆钱亦石先生》《炮火的洗礼》《今年的"九·一八"》《光饼》《内地现状的一鳞一爪》《三件事》《还不够"非常"》《"战时如平时"解》《记两大学》《非常时期》等15篇文章。

茅盾随笔

桂林 文人出版社 1943年7月初版 70页 36开 文人出

版社丛书

收入《一九四三年试笔》《关于鲁迅先生》《回忆是辛酸的罢，然而只有激起我们的奋发之心！》《日记及其他》《雨天杂写》《关于报告文学》《关于“差不多”》《读〈北京人〉》8 篇文章。

时间的记录

重庆　良友复兴图书印刷公司　1945 年 7 月初版　192 页　36 开　良友文学丛书　第 44 种　赵家璧编辑

分 4 辑，收入《风景谈》《雨天杂写之一》《一九四三年试笔》《闻笑有感》《“文协”五周年纪念感想》等 28 篇随笔、杂感，大多写于 1943—1945 年。

时间的记录

上海　大地书屋　1946 年 11 月初版　153 页　32 开　大地文学丛书之二　郭沫若等编辑

作者写于抗战时期的杂文小品集。分 4 辑，收入《风景谈》《雨天杂写》《谈排队静候之类》《闻笑有感》《谈鼠》《森林中的绅士》《一九四三年试笔》《序〈一个人的烦恼〉》《“最理想的人生”》《永恒的纪念与景仰》等 32 篇文章，末有作者后记及“后记之后记”。

孟　引

达与娄

1937 年 10 月 15 日《吼声》半月刊第 1 期

牧　子

四川的孩子

成都　今日新闻社出版部　1947年1月初版　126页　今日丛刊　第9集

收《想起了孩子》《生产时》《乳的问题》《孩子的服装》等30篇文章，书前有序和楔子。

Q

钱歌川

北平夜话　味橄著

上海　中华书局　1935年3月初版　1936年3月再版　冠照片　136页　32开

重庆　中华书局　1944年4月初版　67页　36开

收入记述北平风物的散文《最初的印象》《飞霞妆》《帝王遗物》《闲中滋味》《吃过了吗?》《爱的教育》《演戏之都》《游牧遗风》等10篇。在本书多次出版过程中，作者先后写了序、再版序、五版序等3篇序言。

詹詹集　味橄著

上海　中华书局　1935年11月初版　208页　32开

收入《谈天》《说穷》《帽子哲学》《假名辩》《吸烟闲话》《一件长衫》《老牌子》《也是人生》《谋事难》《典型何在》《记齐白石》

《迁居琐话》等20篇杂文。书前有著者自序。

巴山随笔　味橄著

重庆　中华书局　1944年1月初版　1944年12月再版　1946年8月沪再版　120页　32开

收入《巴山夜雨》《风雨故人》《大时代中的小事件》《乐山浩劫》《炸后巡礼》《蜀道》《休妻与去夫》《文人的词藻》《偷青节》《四川之竹》《卧病小记》《陪都二难》《空袭的一晚》《三不喜》《乐山的蛮洞》《天窗》《救命圈》《横书和直写》《说怕》《完美的丈夫》《女士乎先生乎》《蜡烛》《压线余谈》等24篇文章，书前有作者自题的序。

钱　穆

文化与教育

重庆　国民图书出版社　1943年7月初版　198页

分上、下卷。

本届毕业典礼演讲辞

1946年5月30日《华西协合大学校刊》复刊号第3卷第8期

R

任白戈

念祖母

1934年6月15日《社会月报》第1卷创刊号

任鸿隽

党化教育是可能的吗？
1932 年 6 月 5 日《独立评论》第 1 卷第 3 号，署名叔永。

再论党化教育——答范云龙先生
1932 年 7 月 10 日《独立评论》第 1 卷第 8 号，署名叔永。

烦闷与大学教育——在南开大学第十一次毕业式演说词
1933 年 7 月 2 日《独立评论》第 3 卷第 57 号，署名叔永。

四川大学的使命——在本学期第一次纪念周演说
1935 年《国立四川大学周刊》第 4 卷第 2 期

关于《川行琐记》的几句话
1936 年 8 月 23 日《独立评论》第 9 卷第 215 号，署名叔永。

S

沙 雁

要塞退出的时候
重庆　独立出版社　1938 年 10 月版　抗战文艺丛书

散文集，收入《塞上血》《要塞退出的时候》《追》《河寨》《青纱帐》《白袖圈》《征人的哀怨》。

舒新城

蜀游心影

上海　开明书店　1929 年 10 月初版　有图　290 页　32 开

上海　中华书局　1934 年 6 月初版　242 页　32 开　精装

作者旅蜀的游记散文集，从作者家信中选出并加以改编。书中有风景照片插图数十幅，书前有序。

司马訏

重庆客

重庆　万象周刊社　1944 年 2 月初版　1944 年 10 月 3 版　206 页　32 开　万象丛书之一　刘自勤主编

收入《都会之余荫》《市井之徒》《故墨索里尼》《吉诃德游渝二三事》《给一个中了头奖的小姐》《大重庆的二十四小时》《风雨谈》《重庆客》等 61 篇杂文小品，从多个侧面述及抗战时期作为陪都的重庆的社会、生活、人物等各方面的情况，书前有署名"沙"的《重庆客小引》一文。

重庆旁观者

重庆　亚洲图书社　1945 年 2 月初版　1945 年 5 月再版　248 页　32 开

描述抗战时期重庆各方面的情况的小品文集，收入《扫街人礼赞》《哀乐线》《黑天使》《南温泉的温度》《猴子舞台》《"大独裁者"》等 65 篇文章。书前有张友鸾的序。

苏雪林

屠龙集

上海　商务印书馆　1941 年 11 月初版　170 页　现代文艺丛书

收录《自序》《青春》《中年》《老年》《家》《当我老了的时候》《炼狱》《乐山惨炸身历记》《屠龙》《寄华甥》《奇迹》《雨天的一周》。附录收《清末知识阶级的宗教热》《读书救国》《中华民族的潜势力》《武化与武德》《从军运动》《学生与从军》《敌人虐杀中国人的心理》《敌兵暴行的小故事》。

隋树森

巴渝小集

重庆　商务印书馆　1946 年 3 月初版　82 页

收入《一日过三峡》《华岩初雪》《黑石山冬景》《天灯大会》《白沙重五》等 13 篇文章。

孙　鸥

以　泊

1930 年版

收入《海上》《月夜》《生命的伤痕》《秋深矣》《礼教的赐予》

《家音一幕》《寒荪西莉结婚赠言》《结婚以后》《十字街头》《随花飞到天尽头》《象牙之塔》《云雪姑娘》《元晨的风波》。

T

唐君毅

人生之体验

上海　中华书局　1944 年 6 月初版　182 页

全书分 4 部：《生活之肯定》《心灵之发展》《自我生长之途程》《人生的旅程》，附录有《心理道颂》。

道德自我之建立

上海　商务印书馆　1946 年 5 月初版　115 页

全书分三部：《道德之实践》《世界之肯定》《精神之表现》，各部独立成篇。

田家英

奴才见解

1941 年 12 月 8 日《解放日报》

从侯方域说起

1942 年 1 月 8 日《解放日报》

W

王德亮

烬　余

重庆　中国文化服务社　1940 年 4 月初版　58 页　32 开　敬
恕堂丛书

收入《中央文化事业计委会所选民族英雄质疑》《章太炎对苏省选
乡贤之意见读后》《代私立大学鸣不平》等杂文 8 篇。书前有著者序。

王进珊

山居小品

上海　正中书局　1947 年 1 月初版　79 页　32 开　现代文艺
丛书　张道藩主编

收入《猛虎礼赞》《离宁记》《黄昏》《秋雨》《山居》《吃人者
论》《街头小景》《甲申旧话》等 20 篇散文小品，大都是作者抗战
期间写作。卷首有张道藩的丛书总序。

王鲁雨

北念草

重庆　风月社　1944 年 9 月初版　45 页　32 开　风月丛刊之
一　何剑熏编

收入《鞋》《泥蜂》《荒乡之夜》《杜鹃花》《洞》《谷》《溪》《清凉亭及其他》《教堂》《在紫达木河之西》《悼》《荒漠之音》《北念草》《枣树》《甘草》《野兰花》等16篇文章。

王世经

经宇园随笔

成都　龙山书局　1943年7月版　122页　36开

收入《锁》《防贼》《误会》《爱美》《李子树》《新国旗》《我的悲哀》《开除学生的问题》《不倒翁》等20篇随笔。书末有后记。

王亚平

永远结不成的果实

重庆　文通书局　1946年8月初版　1946年12月沪1版　36开　96页　文艺丛书

本书讲述作者自己的诗歌创作道路，有序。收入《家乡——诗的摇篮》《两位教我写旧诗的先生》《我的第一册诗作〈红蓼集〉》《友声社与雪夜黄董堤》《兜一个大圈子》《九一八、新地、紫薇星》《爱情与诗》《我与〈新诗歌〉》《战争、生活、诗》《抒情时代、叙事时代》等10篇文章。

王云五

旅渝心声

上海　商务印书馆　1945 年 12 月初版　1946 年 7 月再版
356 页　32 开

重庆　商务印书馆　1946 年 3 月初版　356 页　36 开

分政治与国际政治、经济与工商管理、教育、文化与出版、修养、其他六部分。收入作者在重庆期间的演讲、杂论文章等 45 篇，书前有著者自序，书末附录《关于最高经济委员会》。

吴鼎南

成都惠陵·昭烈庙·武侯祠考

1944 年 7 月《风土什志》第 1 卷第 4、5 期

吴其昌

王国维先生生平及其学说

1943 年 8 月《风土什志》创刊号

吴　石

重庆见闻录

金门出版社　1941年9月版　36页

收入《何应钦的嘴脸》《大后方是什么世界》《黑暗的又一面》，书前有前言。

吴　缃

海外儿女

成都　铁风出版社　1944年7月初版　58页

收《海外成长的队伍》《太平洋的七七》《为中国生》等散文32篇。

吴　虞

吴虞文录

上海　亚东图书馆　1921年10月初版　1925年3月4版　207页

分上、下卷。上卷收入批评旧礼教和封建文化的文章6篇；下卷收入评论老、庄、荀、墨诸子的文章及其他文章8篇。卷首有胡适的序文，卷末附吴曾兰的《女权平议》和《孽缘》两篇，其中《女权平议》实为吴虞以其妻曾兰的名义发表。

吴祖光

后台朋友

上海　上海出版公司　1946年6月初版　137页　32开　文艺复兴丛书　第1辑

收入《睡与梦》《〈正气歌〉跋》《记〈风雪夜归人〉》《后台朋友》《〈牛郎织女〉序》《唱合诗》《鼠祟》《自疚》《迎春》《小城春色》《剧人不穷》《再记〈风雪夜归人〉》《寒夜思家》《新年私愿》《饭馆生气论》《〈阿Q正传〉图序》《〈夜奔〉序》《〈少年游〉序》《哀江村》《一个亲人死去了》《两窗小记》《永不相忘》《文化事业》《谈谈戏剧检查》等24散文，均是作者抗战期间在四川写作，书前有著者的序。

X

萧　红

萧红散文

重庆　大时代书局　1940年6月初版　1941年11月再版　1943年9月4版　112页　36开　文艺丛书

收入《一天》《皮球》《三个无聊人》《搬家》《黑夜》《初冬》《索菲亚的愁苦》《鲁迅先生记（一）》《长安寺》《访问》《夏夜》《鲁迅先生记（二）》《一条铁路底完成》《牙粉医病法》《滑竿》《林小二》《放火者》等17篇。

回忆鲁迅先生

妇女生活社　1940年7月初版　1941年3月再版　110页
32开

收入萧红的《回忆鲁迅先生》，附录收许寿裳的《鲁迅的生活》、景宋的《鲁迅和青年们》以及萧红1939年作于重庆的后记。

萧　赛

柴霍甫传

文通书局　1947年9月版　96页　文艺丛书

许钦文

成都的过年

1936年1月1日《论语》半月刊第79期

许晚成

抗战八年重庆花絮（许晚成笔记）

上海　龙文书店　1946年10月初版　1946年12月再版
1947年4月3版　94页　32开

记述抗战期间重庆及川黔滇的政治逸闻、社会零爪以及地方风光等，书中不分章节，以记事分段。书末附录有《痛论中国各党各派》《痛论中国农工商学兵官》。

Y

严　辰

在城郊前哨

北平　天下图书公司　1949 年 9 月初版　1948 年 11 月 2 版
78 页　大众文艺丛书第一辑

散文集，包含《战斗的一天》《搜查》《在城郊前哨》《人圈》
《塞上村落见闻》。

杨家骆

琉璃江旁的琉璃宫

重庆　中国辞典馆　1945 年 8 月初版　15 页　32 开

收杂感一篇，从嘉陵江畔风景谈起，之后谈到地区之形成、人
类文化之分期、中国文化之发展、中西文化之交流。

姚苏凤

重庆私语

重庆　熊猫出版社　1944 年 8 月初版　92 页　36 开　熊猫丛
书　第 2 种　刘以鬯主编

分上、下辑。上辑《重庆私语》，是三言两语的逸闻趣事和作

者愤世嫉俗的议论，共收 128 题。下辑《纸鹰》，多是讽刺性的小品文，共 13 篇。文章多在重庆《新民报》上发表过，书前有作者自记。

失眠人的床头书

重庆　亚洲图书社　1945 年 1 月初版　100 页　32 开

分《人生一隅》《你要懂得女人》《爱情与婚姻》《身体第一》4 辑，收入 30 余篇随笔杂文，其中有少数译作。

叶圣陶

西川集

重庆　文光书店　1945 年 1 月初版　1945 年 10 月沪再版 178 页　32 开　文光文丛之四

收入《关于谈文学修养》《读〈虹〉》《读〈石榴树〉》《谈大学的合并》《致教师书》《邻舍吴老先生》《辞职》等 20 余篇文学、教育短论和散文随笔。因本书写于西川一带，故题名《西川集》。

一　文

金底故事

重庆　烽火社　1939 年 12 月初版　48 页　32 开　烽火小丛书第 13 种

分两辑，收入《县长》《跨过大别山》《仓汉船上》《行进的兵队》《金底故事》等 12 篇散文。卷末有作者后记。

向天野

重庆　烽火社　1941年7月初版　1941年11月再版　1942年7月3版　118页　烽火文丛之四

分上、下两编，收入《挺进》《向天野》《黑壤的爱恋者》《忆念》等21篇散文。书末有作者后记。

怀土集

重庆　文化生活出版社　1943年11月初版　96页　36开　渝版文季丛书之六　文季社编

收入《春》《小紫花》《独行》《烛》《手指》等30篇散文。书末有作者后记。

跫　音

上海　文化生活出版社　1948年11月初版　140页　36开　文学丛刊　第10集　巴金主编

分5辑，收入《失去与忍受》《新生》《星》《山》《江之歌》等39篇散文。

易君左

川康游踪　易君左等著，潘泰封编辑

桂林　中国旅行社　1943年9月初版　392页　旅行杂志丛刊之三

收入易君左的《锦城七日记》《青城山》《淡写峨眉》。

奉母还乡记

成都　球新印务局　1940 年　74 页

尹雪曼

战争之春天

重庆　商务印书馆　1943 年 6 月初版　1945 年 5 月再版　182
页　32 开　大时代文艺丛书　第 2 辑

分两辑，收入《云海之恋》《第三个春天》《山城的夜》《黎明》
《栈道拾记》《画像零篇》《战争与春天》《旅伴》《秦岭南北》等 29
篇散文。书前有前记。

袁昌英

行年四十

重庆　商务印书馆　1945 年 4 月初版　1946 年 8 月上海初版
81 页　36 开　现代文艺丛书

收入《生死》《漫谈友谊》《行年四十》《关于莎乐美》《爱美》
《忙》《成都·灌县·青城山纪游》《抗战与信赖》《听了教育部长
谈话以后》《在法律上平等》等 10 篇散文、杂感，上海版为 32
开本。

Z

臧克家

我的诗生活

重庆 学习生活社 1943年1月初版 74页 32开 学习生活小丛书之七

重庆 读书出版社 1945年5月再版 1946年沪3版 1947年1月沪4版 74页 32开

讲述作者的诗歌创作道路，分《诗的根芽》《新诗的领路人》《生活就是一篇伟大的诗》《我找到了自己的诗》《我在民族革命的战场上歌唱》等7节。

张默生

异行传（第2集：厚黑教主传）

上海 东方书社 1947年4月初版 332页

收录《厚黑教主别传（代序）》《厚黑教主正传》《厚黑教主外传（附录）》。介绍了四川富顺李宗吾以"面厚心黑主义"创教立说的生平言行。

异行传（第1集）

上海 东方书社 1946年4月沪版 162页

包含《自序》《苗老爷传》《疯九传》《乌王张传》《异仆传》《宋伯庄先生传》《羲丐武训传》《新瞽瞍传》《记怪诗人徐玉诺》

《现代学术界怪杰吴秋辉先生》《推行民众读物的先驱——宋老先生》。

默僧自述

重庆　人物杂志社　1946 年 8 月初版　146 页

收录《断续求学记》《教学相长》《青岛遇难记》《朝鲜亡命记》《长汀飘流记》《奇人奇事之一束》《可念哉疑》。

武训传　张默生著，丰子恺绘

上海　东方书社　1946 年 8 月再版　64 页

分 33 节，记叙武训的一生。后有附记 3 篇。

赵景深

小　妹

上海　北新书局　1933 年 3 月初版　125 页　黄皮丛书之五

收入《小妹》《出了中学校以后》《战时生活》《志摩师哀辞》《哀陶元庆先生》等 13 篇散文，附录有《黑玫瑰》《吉伯兰寓言二则》《讽刺画家毕尔邦》等。

琐忆集

上海　北新书局　1936 年 1 月初版　有图像　150 页　42 开创作新刊

收入《破马车》《苏锡三日游》《先父周年忌》《我的写作生活》《几个短篇小说家》《朱湘》《庐隐和李唯建》《记鲁彦》《卢前斋偷书记》等 22 篇散文，书前有作者在杭州的留影照片 4 幅。

文人印象

上海　北新书局　1946 年 4 月初版　181 页　44 开　创作新刊

收入《老舍》《庐隐》《郭沫若》《冰心》《姚克》《东北作家群》《记蜀中文人》等 46 篇记述 40 余位文人作家的散文，作者多是根据亲身交往的印象写成。书前有作者序。

海上集

上海　北新书局　1946 年 10 月初版　272 页　创作新刊

收入《九溪十八涧》《灵谷寺》《海上蜗居》《初冬天气》《元旦杂忆》《妹妹来了》《民国初年回忆》《演戏》《南开中学的一年》《我的大学生活》《教书匠一得》《曲友》《记周贻白的书斋》《记昆弋社》《白云生访问记》《记欧阳予倩》《女词人李清照》等 33 篇散文，所记大多是文艺界人士的生活片段。

仲孙憬虹

古铜镜集

成都　燕风出版社　1943 年 3 月初版　19 页　32 开　燕风文丛　第 1 种

收入《古铜镜中的影子》《世纪末的》《缮性草》《九月夜曲》《燕草》5 篇杂文。

周馥昌

赴日视察记

成都　新潮书报社　1927 年版　88 页

周　文

忆 "推"

1933 年 8 月 8 日《大晚报》副刊《火炬》，署名何谷天。

"多行不义必自毙"

1933 年 9 月 18 日《大晚报》，署名何谷天。

骗骗自己

1933 年 9 月 23 日《大晚报》副刊《火炬》，署名谷天。

一个 "军事学" 上的问题

1933 年 10 月 1 日《文学》第 1 卷第 4 期，署名谷天。

雪　猪

1934 年 2 月 27 日《申报》副刊《自由谈》，署名何谷天。

过　去

1934 年 10 月 22 日《申报·自由谈》

谈傅东华先生的所谓"常识"

1936 年 3 月 5 日《夜莺》创刊号

"引起的纠纷"

1936 年 4 月 5 日《夜莺》第 1 卷第 2 期

关于《苏联版画集》

1936 年 8 月 14 日《散文》创刊号

鲁迅先生是并没有死的

1936 年 11 月 5 日《中流》第 1 卷第 5 期

把鲁迅先生遗留下的艰巨放到我们大众的肩上来

1936 年 12 月 1 日《小说家》第 1 卷第 1 期

躲的教训

1937 年 7 月 20 日《中华公社》副刊《社会杂感》

中德的"反差不多"

1937 年 8 月 20 日《中华公社》副刊《社会杂感》第 1 卷第 2 号

说和做

1937 年 9 月 5 日《烽火》创刊号

学习鲁迅先生

1937 年 10 月 22 日《行星日报》副刊《北斗》

鲁迅先生与思想斗争

1937 年 11 月 1 日《金箭》第 1 卷第 3 期

"和平"与"屈膝"

1937 年 12 月 1 日《新民报》副刊《国防文艺》创刊号

从"牺牲"说起

1937 年 12 月 6 日《新民报》副刊《国防文艺》第 2 期

《抗战》观后感

1937 年 12 月 6 日《新民报》副刊《国防文艺》第 2 期，署名树嘉。

善堂的印象

1937 年 12 月 13 日《新民报》副刊《国防文艺》第 3 期

《呐喊》与《烽火》

1937 年 12 月 13 日《新民报》副刊《国防文艺》第 3 期，署名树嘉。

我看观众

1937 年 12 月 20 日《新民报》副刊《国防文艺》第 4 期，署名谷天。

为"元旦这一天"征稿

1937 年 12 月 27 日《新民报》副刊《国防文艺》第 5 期，署名编者。

可爱的儿童

1937 年 12 月 27 日《新民报》副刊《国防文艺》第 5 期

"流　弹"

1937 年 12 月 28 日《华西日报》副刊《华西副刊》第 1195 号

介绍反正

1937 年 12 月 29 日《四川日报》副刊《文艺阵地》第 4 期

新　年

1938 年 1 月 3 日《新新新闻》副刊《新村》第 1505 期

往　事

1938 年 1 月 7 日《群众副刊》第 5 期

写在前面

1938 年 2 月 7 日《新民报》副刊《国防文艺》第 10 期

文艺活动在成都

1938 年 4 月 16 日、5 月 1 日《文艺阵地》第 1 卷第 1—2 期

悼罗淑女士

1938 年 3 月 6 日《华西日报》副刊《华西副刊》第 1254 号

从小看大

1938 年 3 月 8 日《四川日报》副刊《谈锋》第 1 期

三月十二日在成都

1938 年 3 月 16 日《七月》半月刊第 11 期（第 2 卷第 5 期）

从火中成长吧！——赠给战地服务团的女战士们

1938 年 3 月 20 日《四川日报》副刊《谈锋》第 13 期

本市通信

1938 年 3 月 25 日《四川日报》副刊《谈锋》第 18 期

谈《论工作》

1938 年 3 月 29 日《四川日报》副刊《谈锋》第 22 期

晚唱队

1938 年 5 月 6 日《文艺阵地》第 1 卷第 3 期，署名土犀。

汉奸的唱本

1938 年 4 月 7 日《四川日报》副刊《谈锋》第 31 期，署名流。

值得注意

1938 年 4 月 8 日《四川日报》副刊《谈锋》第 32 期

《工作》第二期

1938 年 4 月 9 日、10 日《四川日报》副刊《谈锋》第 33、34 期

联合劳军公演

1938 年 4 月 15 日《四川日报》副刊《谈锋》第 39 期

对劳军联合公演的希望

1938 年 4 月 17 日《华西日报》副刊《华西副刊》第 1296 号

写在前面

1938 年 4 月 26 日《四川日报》副刊《谈锋》第 49 期，署名编者。

我喜欢《蜂》周刊

1938 年 5 月 6 日《四川日报》副刊《谈锋》第 58 期

《拉夫（邻水通讯）》编者答复

1938 年 5 月 24 日、25 日《四川日报》副刊《谈锋》第 74、75 期

世界学联代表在成都

1938 年 6 月 29 日《新华日报》，署名理夫。

团结的光辉——"七七"纪念大会

1938 年 7 月 10 日《文艺后防》创刊号

分《会前巡礼》《大会典礼》《会后游行》。

"七七"纪念与成都文艺作家的任务

1938 年 7 月 10 日《文艺后防》创刊号，署名何谷天。

陈静珊将军访问记

1938 年 7 月 10 日《文艺后防》创刊号

最近成都的文艺活动

1938 年 7 月 16 日《抗战文艺》第 2 卷第 1 期

看巡回献金

1938 年 7 月 20 日《文艺后防》第 2 期，署名土君。

读和写——答天生先生

1938 年 8 月 10 日《文艺后防》第 4 期，署名编者。

漫谈后防文艺

1938 年 8 月 30 日《文艺后防》第 6 期，署名何谷天。

关于创造人物——答宝垓先生

1938 年 9 月 10 日《文艺后防》第 7 期，署名编者。

"学习鲁迅精神"

1938 年 10 月 19 日《文艺后防》

"蚍蜉撼大树"

1938 年 10 月 24 日《华西日报》副刊《华西副刊》第 1384 号

《文艺后防》在成都

1938 年 12 月 1 日《流火》创刊号

和奸商不同的"吃'吃风云的人'的人"

1938 年 12 月 25 日《华西日报》副刊《华西副刊》1451 号，

署名树嘉。

一封来信
1939 年 1 月 16 日《流火》第 3 期

恭等最后胜利降临
1939 年 3 月 16 日《文艺月刊》副刊《战时特刊》第 3 卷第 1、2 期

成都抗战文艺运动鸟瞰
1939 年 4 月 10 日《抗战文艺》第 4 卷第 1 期

"伟大作品"与文协工作
1939 年 4 月 11 日《华西日报》副刊《华西副刊》

谈古书
1939 年 4 月 14 日《飞报》副刊《天风》第 5 号

在重庆遇轰炸记
分《途中见闻》《到文协总会》《街头弹痕》《在青年会》《防空壕内》《蹂躏后的惨景》等。

谈疏散
1939 年 5 月 31 日《捷报》副刊《文岗》第 3 号，署名屏鸣。

上前线与下乡
1939 年 6 月 10 日《捷报》副刊《文岗》第 11 期，署名劲亭。

鲁迅先生与反对复古

1939 年 10 月 19 日《笔阵》第 12 期

尾　巴

1940 年 1 月 1 日《文艺新潮》（上海）第 2 卷第 3 期

鲁迅成都的纪念

1940 年 2 月 1 日《文艺新潮》（上海）第 2 卷第 4 期

"别人"的事

1940 年 4 月 15 日《大众文艺》第 1 卷第 1 期

搜集民间故事

1940 年 6 月 15 日《大众文艺》第 1 卷第 4 期

再谈搜集民间故事

1940 年 8 月 15 日《大众文艺》第 1 卷第 5 期

鲁迅先生和"左联"

1940 年 8 月 15 日《大众文艺》第 1 卷第 5 期

在欢迎各县三科长茶会上的讲话纪录

1940 年 11 月 15 日《大众习作》第 1 卷第 2、3 期合刊

大家要赶快学新文字

1940 年 11 月 5 日《大众习作》第 1 卷第 2、3 期合刊

谈初步的研究

1941 年 1 月 1 日《文艺月刊》第 1 期

第五次文艺月会例会

1941 年 6 月 1 日《文艺月报》第 6 期

谈谈公文改革

1941 年 10 月 30 日、31 日《解放日报》

鲁迅先生的党性

1942 年 6 月 22 日《解放日报》

"会议主义"和"事务主义"

1942 年 7 月 15 日《解放日报》

人民在愤怒——民众大会印象记

1943 年 8 月 5 日《抗战日报》，署名老根。

纪念"三八"妇女节（社论）

1944 年 3 月 8 日《抗战日报》

劳动英雄刘德如的村子

1944 年 4 月 15 日《抗战日报》

劳动英雄张初元

1944 年 4 月 16 日《祖国呼声》第 2 期，署名杭赞。

告伪军伪组织人员书

1944 年 5 月 1 日《祖国呼声》第 3 期

六分区军民对敌斗争辉煌成绩（社论）

1944 年 5 月 9 日《抗战日报》

分局机关生产情况介绍

1944 年 7 月 1 日《抗战日报》

"七七" 抗战七周年致敌占区同胞书

1944 年 7 月 1 日《祖国呼声》第 6 期

"七七七" 文艺奖金公布以后（社论）

1944 年 9 月 20 日《抗战日报》

向中国文化新军最伟大与最英勇的旗手学习（社论）
——纪念鲁迅先生逝世九周年
1945 年 10 月 19 日《抗战日报》

记团拜会上的大秧歌舞

1946 年 2 月 12 日《抗战日报》

让他们永远活在我们心中

1946 年 4 月 18 日《新华日报》（重庆）

《吕梁英雄传》序

1946 年 6 月 28 日《抗战日报》

踏着李闻二先生的血迹，高举独立和平民主的旗帜前进！

1946 年 7 月 28 日《新华日报》（重庆）

艰苦斗争中的《新华日报》

1946 年 9 月 2 日《解放日报》

纪念鲁迅先生逝世第十周年

1946 年 10 月 19 日《晋绥大众报》

中国人民的眼睛——纪念鲁迅先生逝世十周年

1946 年 10 月 19 日《晋绥大众报》，署名星火。

为大众报六周年写

1946 年 10 月 25 日《晋绥大众报》

神经错乱病（新童话）

1933 年 2 月 11 日《新诗歌》创刊号，署名何谷天。

吃表的故事（四川的童话之一）

1938 年 3 月 30 日《四川日报》

四川的童话（二）

1938 年 3 月 31 日《四川日报》副刊《谈锋》第 24 期

四川的童话（三）

1938 年 4 月 1 日《四川日报》副刊《谈锋》第 25 期

没有时间的城市（四川的童话之四）

1938 年 4 月 16 日《工作》第 3 期

肚皮里的国家（四川的童话之五）

1938 年 7 月 9 日《新新新闻》副刊《每旬增刊》创刊号

长期磕头的故事（四川的童话之六）

1938 年 8 月 16 日《文艺阵地》第 1 卷第 9 号

"每逢佳节倍思亲"
送笔游击队
鲁迅先生与文艺大众化（1940 年 10 月 9 日　延安）

朱大枬

少女的赞颂

收于赵家璧主编的《中国新文学大系·散文二集》，良友图书
印刷公司 1935 年出版。

朱 偰

峨眉纪游

1936 年 12 月 1 日《东方杂志》第 33 卷第 23 号

漂泊西南天地间

上海 正中书局 1948 年 7 月初版 176 页

收《巫山记游》《缙云游草》《南泉建文峰纪游》《川南纪行》《锦城小记》《玉垒纪行》《蔗田千顷之内江》《川中公路素描》《自流井视察记》《蜀之胜在嘉州》《重游峨眉》《蜀道看云》《青渊硐大瀑布纪游》《梁滩河大瀑布纪游》《乐西公路沿线胜览》《邛都胜览》《邛海泛舟记》《螺髻山探胜记》等。

朱自清

伦敦杂记

成都 开明书店 1943 年 4 月初版 1946 年 9 月沪 3 版 1949 年 5 月沪 5 版 81 页 32 开 开明文学新刊

作者于 1931—1932 年游欧，并在伦敦生活了七个月。本书是作者在伦敦生活的见闻杂记，收入《三家书店》《文人宅》《加尔东尼市场》《圣诞节》《房东太太》等 9 篇。书前有作者自序。

经典常谈

重庆 文光书店 1946 年 5 月初版 173 页

收入《说文解字第一》《周易第二》《尚书第三》《诗经第四》《三礼第五》《春秋三传第六（国语附）》《四书第七》《战国策第八》《史记汉书第九》《诸子第十》《辞赋第十一》《诗第十二》《文第十三》，书前有作者的序。

邹韬奋

经　历

上海　生活书店　1937年4月初版　1937年7月3版　有照片　303页　32开

重庆　生活书店　1944年12月版　227页　32开

上海　韬奋出版社　1947年7月胜利后3版　235页　32开

分《二十年的经历》《在香港的经历》两部分，共60节。作者写于苏州狱中，卷首有狱中照片。

读书偶译

上海　生活书店　1937年10月初版　272页　32开

重庆　生活书店　1939年3月初版　272页　32开

重庆　韬奋出版社　1945年10月胜利后1版　1948年4月胜利后4版　272页　32开　韬奋著作集

本书是作者1937年被国民党政府羁押于江苏高等法院看守所期间摘译早年在英国伦敦博物馆图书馆读书时记下的英文笔记。内容有《黑格尔和辩证法》《卡尔的经济学》《恩格斯的生平和工作》《伊里奇的生平》等。

展　望

上海　著者刊　1937年4月初版　258页　32开

选收入作者1936年8月—11月公开发表过的文章50余篇。分《评论》《杂感》《信箱》三部分。附录有《向读者报告一件意外的事情》《向读者的第二次报告》。书前有著者的弁言。杂感含《分头努力》《看电影与学甘地》《体力的比赛》《欢迎杜重远先生出狱》《"天机"》《谁的遗憾?》《最前线的斗士》《躲到那里去?》《伟大的斗士》《从心坎里》《青衣行酒》《一心御侮》《人圈》《悼王永德先生》;信箱含《爱人与祖国》《倾诉》《惨痛的经验》《理智与情感》《前途的障碍》《几个疑问》《在天津的一个夜里》《枪口余生》《梦》《谋生与屈辱》《惨死》《追逐异性》《我的外交》《纱厂工友们的呼声》《民众广大的力量》《救国组织和时事研究》《阿静》《怎么回事?》《以血泪的私蓄贡献国家》《热血沸腾的时候》等。

激　变

1938年7月版　217页　32开

分《时评》《专论》《随笔》《信箱》四部分。收入八一三全面抗战开始以后三、四月内,作者在《抗战三日刊》《救亡日报》和《申报》等报刊上发表的文章。书前有作者的《记在激变前面》,写于1938年6月。时评含《上海抗战的重要意义》《政治准备的补救》《谁的责任》《救济难民与国防经济》《上海设停战区问题》《青年和民众的工作问题》《国防建设与总动员》《持久战的重要条件》《实业家的责任》《一枝火箭》《汉奸问题》《整理内部》《后方的防御工事》《中国人的责任》《失业工友和人力》《世界同情》《哀敬中的奋勉》《防线移动》《迫不及待的问题》《惨痛的教训》《人力移防》《轰炸南京》《救亡工作》《全国团结的重要表现》《惨痛的牺牲》《敌人分化的企图》《平民工厂》《韩主席表示抗敌》《熟练工人的惨遇》《华北的紧张形势》《移殖建民垦荒》《最光荣的国庆纪念》《沉痛的想念》《蒋委员长的坚决表示》《民意机关的设立》《有利环境》《苦尽甘来》《鲁迅先生逝世周年纪念》《打破妥协迷梦》《命运在自己的手里》《民众运动与时间》《集中注意的一个问题》《外交运用与立场坚决》《上海战事的最近变化》《最重要的一点》《敌人恐慌》《孤军抗战的教训》《拥护抗战国策》《青年的求学狂》《怎样纪念中山先生》《对沪战的认识》《敌的梦想》《意国反对谴责日本》《九一八的惨痛教训》《求胜和坚持》；专论含《国际响应与抗战前途》《中国当尽量运用自己的优点》《文化工作与国民动员》《苏联革命廿周纪念》《紧急时期的断然处置》《读国府移都宣言》《全国应注意的重要关头》《坚持抗战与积极办法》；随笔含《战的反面》《抗战与建国》《一串串的问题》《紧张中的建设》《防家贼与民众运动》《实业家对国防建设的意见》《访问美国记者谈话记》；信箱含《为国家废寝忘食的两个女青年》《特种汉奸》《安定人心》《大学教授的话》《不满于平凡的生活》《互助与依靠》《关于精诚团结的忧虑》《一个偏僻的乡村》《以保卫祖国为唯一中心》《救亡的道路》《救亡工作与脱离环境》《艰苦的过程》《磨擦》《裁员》《妥协与汉奸》《不断的努力》《抗战与主张》《感情与理智》。

韬奋时事论文集

上海　中流书店　1939年3月初版　200页　32开

　分《言论》《漫笔》《笔谈》三部分，收文44篇。书末附录《在香港的经历》，书前有章铁铮的《韬奋传略》。

患难余生记

上海　韬奋出版社　1946年5月初版　120页

济南　山东新华书店　1946年5月版　82页

上海　生活·读书·新知联合发行所　1949 年 7 月沪初版
120 页

杭州　浙江新华书店　1949 年 9 月翻印韬奋版

分《流亡》《离渝前的政治形势》《进步文化的遭难》3 章。韬奋出版社版附《韬奋先生事略》。山东新华书店版附作者遗嘱、中共中央唁电及解放日报社论等。

戏 剧

B

白 薇

街灯下　白薇　疯子等著

上海　新地书店　1940年5月初版　218页　新地文艺丛刊
第2种　拓荒主编

独幕剧集，收入《夜深曲》《街灯下》《饥寒线》《别有天地》
《南面王》《晓》《导师》等7个剧本。

包起权

肉 弹

重庆　艺文研究会　1939年1月初版　54页　抗战戏剧丛书
之六

独幕话剧集，收入《肉弹》（原名《苦心》）、《寒衣曲》。书前
有包起权的自序。

残　雪

重庆　正中书局　1945 年 11 月初版　118 页　现代戏剧丛书

上海　正中书局　1948 年 1 月沪 1 版

五幕话剧。

鲍希文

被击落的武士道　　鲍希文等著

成都　中国的空军出版社　1940 年 1 月初版　空军戏剧丛书第四种

独幕话剧集，收入《被击落的武士道》（鲍希文）、《悔罪男》（田深）、《血祭》（侯枫）、《活捉日本鬼子》（田禽）、《自作孽》（孙达生）。

C

蔡楚生

自由港

重庆　文风书局　1943 年 12 月初版　32 开　354 页　新兴剧集　新兴戏剧研究所编选

曹　禺

雷　雨

上海　文化生活出版社　1936年1月初版　1940年1月16版 1941年9月18版　32开　19＋332页　文学丛刊　第1集　巴金主编

重庆　文化生活出版社　1946年1月再版　32开　21＋355页 曹禺戏剧集　第1册

四幕剧，书前有作者的序。

原　野

上海　文化生活出版社　1936年1月初版　1946年5月11版 1949年2月15版　32开　330页　曹禺戏剧集　第3种　文学丛刊　第5集　巴金主编

上海　文化生活出版社　1937年8月初版　1943年5月桂1版　1943年9月渝1版　32开　336页　曹禺戏剧集　第3册　文季社编

三幕剧，另有序幕。

日　出

上海　文化生活出版社　1936年11月初版　1937年3月4版 1941年9月18版　1943年10月20版　32开　331＋32页　精、平装　文学丛刊　第3集　巴金主编

重庆　文化生活出版社　32开　355＋32页　曹禺戏剧集　第2册

四幕剧，书末有作者的跋。

黑字二十八　曹禺　宋之的编著

重庆　正中书局　1940年3月初版　1943年11月6版　1947年7月沪3版　冠图　32开　138页　国立戏剧学校战时戏剧丛书之四　国立戏剧学校编

四幕剧，书前有《战时戏剧丛书发刊旨趣》及序，本剧原名《全民总动员》。

蜕　变

长沙　商务印书馆　1940年10月初版　1942年9月（渝1版）32开　289页　大时代文艺丛书

上海　重庆　文化生活出版社　1941年1月初版　1946年8月3版　1949年6月6版　32开　404页　曹禺戏剧集　第6种

四幕剧，书末附作者的《关于〈蜕变〉二字》一文及巴金的后记。1942年版列为"渝版文季丛书之五"。

北京人

重庆　文化生活出版社　1941年11月渝1版　1943年3月渝2版　36开　350页　曹禺戏剧集　第4册　文季社编

上海　文化生活出版社　1941年12月初版　1949年2月9版　36开　326页　曹禺戏剧集　第4种

三幕剧。

家

重庆　文化生活出版社　1942年12月初版　32开　396页　曹禺戏剧集　第7册　文季社编

上海　文化生活出版社　1947 年 9 月 3 版　1949 年 1 月 5 版
36 开　370 页　曹禺戏剧集　第 5 种

四幕剧，据巴金的同名小说改编。

常任侠

木兰从军

重庆　国民图书出版社　1942 年 1 月初版　国民常识通俗小
丛书

三幕歌剧。

陈其通

炮弹是怎样造成的

沈阳　东北新华书店　1949 年 11 月初版　93 页

话剧。

马老汉

六场歌剧，作于解放战争时期，1950 年上海杂志公司出版。

两兄弟

秧歌剧，作于解放战争时期，1951 年上海杂志公司出版。

艰苦路程两万里

作于 1938 年，1947 年在佳木斯首演，1948 年改写成《二万五千里长征记》，1949 年再改写成《铁流两万五千里》，1955 年人民文学出版社出版《万水千山》。

刘家父子（秧歌剧）

绣花荷包（秧歌剧）

抓特务（秧歌剧）

学文化（秧歌剧）

糊里糊涂（话剧）

翼河岩上（话剧）

奇装（话剧）

治病求人（话剧）

黑暗的红光（话剧）

二颗心（独幕剧）

保卫延安（活报剧）

陈启肃

生死线

重庆　正中书局　1942 年 12 月初版　32 开　112 页　教育部征选抗战创作剧本选之五

四幕剧。

陈　铨

黄鹤楼

重庆　商务印书馆　1940 年 6 月初版　1944 年 5 月渝第 1 版
1945 年 5 月渝第 2 版　32 开　127 页

上海　商务印书馆　1945 年 10 月初版　1946 年 12 月 3 版
1947 年 2 月 4 版　32 开　127 页　新中学文库

五幕剧。

野玫瑰

重庆　商务印书馆　1942 年 4 月初版　1942 年 10 月再版
1942 年 12 月赣 1 版　1942 年 4 月 3 版　1944 年 7 月版　24 开　48
页　文史杂志社丛书

赣州　商务印书馆　1944 年 4 月重排 1 版　1945 年 11 月沪初
版　1946 年 12 月 3 版　32 开　95 页　文史杂志社丛书

四幕剧。

金指环

重庆　天地出版社　1943 年 1 月初版　有插图　36 开　126 页

三幕话剧。

蓝蝴蝶

重庆　青年书店　1943 年 4 月初版　有图　50 开　124 页

四幕浪漫悲剧。

婚　后

重庆　商务印书馆　1944 年 1 月初版　1945 年 6 月再版　36
开　101 页

独幕剧集，收入《婚后》《衣橱》《自卫》3 个剧本，前两个剧
据外国剧剧本改写，《自卫》系作者创作。

无情女

重庆　青年书店　1944 年 8 月再版　64 开　118 页
三幕剧。

陈志坚

陷落之城

重庆市各界抗敌会文化支会演剧队　1938 年 2 月初版　抗战戏
剧集　第 1 种
三幕话剧。

陈治策

月亮上升

长沙　中华平民教育促进会　1938 年 6 月初版　48 开　20 页
抗战戏剧集　第 5 种　农民抗战丛书

干不了亦得干

成都 铁风出版社 1941 年 2 月初版 32 开 60 页 铁风戏
剧丛书 第 2 种 范德烈主编

独幕喜剧，收入《干不了也得干（编者注：原书如此）》《疯了
的壮丁》《东京第一号囚犯》3 个剧本。

飞行传家 陈治策等著

成都 航空委员会政治部神鹰剧团 1940 年 4 月初版 神鹰剧
丛之四

戏剧集，书前有董每戡《神鹰剧丛总序》，收入《飞行传家》
（二幕话剧）（陈治策）、《野火》（一幕二场话剧）（杨村彬）、《该为
谁做工》（一幕二场话剧）（董每戡）、《抢救》（独幕话剧）（孙达
生）。

鸟 国

重庆 独立出版社 1942 年 10 月初版 82 页

四幕话剧，有排演说明及剧情说明。

陈竹影

浔阳江

1923 年 3 月 25 日《浅草》季刊第 1 卷第 1 期

浪漫话剧。

成文高

新生序曲

四川万县　万县县立师范学校　1945年6月初版　万县县立师范学校丛书

三幕话剧，原名《旗正飘飘》。

春　晖

貂　蝉

成都　国魂书店　1938年初版　国魂文学丛刊

五幕话剧。

D

丁　洪

两天一夜

哈尔滨　光华书店　1948年11月初版　36开　48页

二场话剧，书末附有作者的《两天一夜：记四平巷战中的一个班》一文。

三担水

哈尔滨　东北书店　1948年9月版　34页

小歌剧。

好班长　丁洪　唐克编剧　肖民作曲
哈尔滨　东北书店　1948 年 9 月版　52 页
广场歌舞剧。

丁西林

等太太回来的时候

重庆　正中书局　1941 年 4 月初版　1944 年 2 月 5 版　1946
年沪初版　1947 年 10 月沪 4 版　32 开　96 页　建国文艺丛书　第
1 集　顾一樵主编

戏剧集，收入《等太太回来的时候》（四幕剧）、《三块钱国币》
（独幕剧）。

妙峰山

桂林　戏剧春秋月刊社　1941 年 11 月初版　32 开　170 页
戏剧春秋丛书之一

上海　文化生活出版社　1945 年 12 月初版　1947 年 8 月再版
36 开　200 页　丁西林戏剧集　2

四幕喜剧，书前有著者前言。

董每戡

保卫领空

成都　中国的空军出版社　1939 年 8 月版　有插图　32 开
92 页　空军戏剧丛书　第 2 种　丁布夫主编

三幕剧，书前有作者的《自白》，书中有插曲《飞将军》，由贺绿汀作曲。

孤岛夜曲

成都　航空委员会政治部　1940 年 3 月初版　32 开　144 页
神鹰剧丛之三　董每戡主编

天罗地网

成都　铁风出版社　1941 年 3 月初版　32 开　98 页　空军戏剧丛书　第 5 种　范德烈主编

三幕一景防空剧，书前有作者自序。

未死的人

成都　航空委员会政治部　1939 年 11 月初版　神鹰剧丛

戏剧集，收入《未死的人》（独幕讽刺喜剧）、《空军俘虏》（独幕话剧）、《最后的吼声》（街头剧），每种剧后面均附作者附识。

F

方　白

戚继光平倭记

重庆　生活书店　1939年10月初版　1940年3月再版　有图
36开　16页　大众读物乙种之四七　通俗读物编刊社编辑

G

葛一虹

红缨枪

重庆　中国文化服务社　1940年4月初版　154页　作家战地
访问团丛书

四幕话剧。

走　葛一虹选辑

重庆　新生图书文具公司　1941年5月初版　282页

独幕话剧集，收入《我为什么选这几个剧本？我对于他们的感
觉是怎样的?》（葛一虹）、《走》（吴天）、《樱花晚宴》（洪深）、《钢
表》（章泯）、《出征》（宋之的）、《娼妇》（夏衍）、《萧忠义》（舒
非）、《一心堂》（王震之）、《母与子》（徐昌霖）。

顾一樵

古城烽火

重庆　正中书局　1939 年 3 月初版　1942 年 6 月再版　1945 年 10 月沪 1 版　1947 年 7 月沪 3 版　32 开　78 页　国立戏剧学校战时戏剧丛书　国立戏剧学校主编

三幕话剧，收入《满江红》词一首，书前有余上沅 1938 年 11 月写的《战时戏剧丛书发刊旨趣》，再版有再版自序。

岳　飞

重庆　商务印书馆　1940 年 4 月初版　1943 年 8 月渝第 2 版 1945 年 12 月 3 版　1946 年 1 月沪初版　32 开　82 页

四幕剧。

荆　轲

重庆　商务印书馆　1940 年 9 月初版　1942 年 4 月再版　1943 年 12 月赣初版　1945 年 10 月 4 版　1946 年 1 月沪初版　32 开　133 页

四幕剧，书末有作者的重编后记。

苏　武

重庆　商务印书馆　1944 年 2 月初版　1946 年 1 月上海初版 32 开　58 页

三幕剧。

西施与昭君　顾一樵　顾青海著

上海　三通书局　1940 年 3 月初版　三通小丛书

戏剧集，收入《西施》（四幕话剧）（顾一樵）、《昭君》（三幕话剧）（顾青海），书前有发刊旨趣。

光未然

黄花曲　光未然　田冲著

重庆　生活书店　1939 年 10 月初版

一幕三场表演剧。

郭沫若

聂　嫈

上海　光华书局　1925 年 9 月初版　长 48 开　98 页　创造社丛书，广州　创造社　1926 年 7 月再版　50 开　158 页　创造社丛书

二幕剧，创造社版附有《棠棣之花》（残稿）。

三个叛逆的女性

上海　光华书局　1926 年 4 月初版　1927 年 6 月再版　32 开 260 页

历史剧集，收入《聂嫈》《王昭君》《卓文君》3 个剧本，附著者的《写在〈三个叛逆的女性〉的后面》一文。

女神及叛逆的女性

上海　光华书局　1930年10月初版　1931年11月3版　32开　212页　沫若小说戏曲集

诗剧和话剧集，《女神》部分包括《女神之再生》《湘累》《棠棣之花》《广寒宫》4个剧本，《叛逆的女性》部分包括《王昭君》《卓文君》《聂嫈》3个剧本。

甘愿做炮灰

上海　北新书局　1938年1月初版　32开　173页　文艺新刊

戏剧集，收入《甘愿做炮灰》（四幕话剧）、《棠棣之花》（五幕历史剧）2个剧本。

屈　原

重庆　文林出版社　1942年3月初版　1943年2月重排版　36开　155页　文学集丛　罗荪编辑

重庆　群益出版社　1945年1月渝1版　1945年9月4版　36开　187页　群益历史剧丛　郭沫若文集之八

五幕历史悲剧，文林出版社重排版书后增附作者的《写完〈屈原〉之后》和《屈原与里雅王》。

屈　原

张家口　新华书店晋察冀分店　1946年3月初版　32开　194页

五幕历史剧，书后附《屈原思想及其他》，收入《关于屈原》《屈原考》《屈原的艺术与思想》《屈原思想》等8篇有关屈原的论著。末有《诗讯》，介绍柳亚子的诗作。

屈　原

上海　群益出版社　1946年7月刊行　32开　187页　沫若文集　第1辑第5册

北平　群益出版社　1946年1月初版　32开　144页　群益历史剧丛之二

上海　群益出版社　1949年8月初版　25开　150页

五幕历史剧，上海1949年版为修订改版本。后附《我怎样写五幕史剧屈原》《屈原与里雅王》《蒲剑集后序》《瓦石札记之二》等4篇文章。另有作者的校后记。

棠棣之花

重庆　作家书屋　1942年7月初版　1943年10月再版　36开　202页　当代文学丛书

上海　群益出版社　1946年8月初版　32开　155+15页　沫若文集　第1辑第4册　1949年7月再版　24开　126+15页

五幕历史剧，书末附作者的《我怎样写〈棠棣之花〉》《由"墓地"走向"十字街头"》，凌鹤的《〈棠棣之花〉导演的自白》及《〈棠棣之花〉的故事》，另附插曲《别母已三年》《明月何皎皎》等11首。

虎　符（信陵君与如姬）

重庆　群益出版社　1942年10月初版　1946年6月沪再版　32开　190页　沫若文集　第1辑第6册

上海　群益出版社　1949年8月4版　25开　163页

五幕剧，上海1949年出版的为修订版本。末附《写作缘起》《〈虎符〉后话》等。

孔雀胆

重庆　群益出版社　1943 年 12 月初版　1945 年 2 月渝 2 版
36 开　202 页　群益历史剧丛之二

上海　群益出版社　1946 年 5 月重印　32 开　202 页　沫若文集　第 1 辑第 8 册　1948 年 2 月版　32 开　210 页

四幕历史悲剧，重庆版及上海 1946 年版附《〈孔雀胆〉后记》《〈孔雀胆〉的润色》《〈孔雀胆〉的故事》《〈孔雀胆〉故事补遗》《昆明景物》。上海 1948 年版另增附《〈孔雀胆〉归宁》《〈孔雀胆〉二三事》《〈孔雀胆〉资料汇编》（杨亚宁来函四件）。重庆版书名后题"四幕悲剧"。

南冠草（金风剪玉衣）

重庆　群益出版社　1944 年 3 月初版　1945 年 2 月渝 2 版
32 开　197 页　群益历史剧丛之三

上海　群益出版社　1946 年 9 月刊行　32 开　197 页　沫若文集　第 1 集第 9 册　1949 年 6 月再版　25 开　176 页

五幕历史悲剧，书末有作者的后记。重庆 1945 年版封面注有"历史悲剧"字样。

筑（高渐离）

上海　群益出版社　1946 年 5 月初版　32 开　188 页　沫若文集　第 1 辑第 7 册　1949 年 9 月再版　32 开　154 页

五幕剧，书前有作者序及《人物研究》一文。再版为改版重排本，书末有著者写于 1948 年 3 月的校后记，说明剧本经过了修改。

H

贺孟斧

海 啸

重庆　新生图书文具公司　1942 年 11 月初版　32 开　144 页
新生戏剧丛书　徐昌霖主编

三幕剧。

赫 琴

团 结

重庆　上海杂志公司　1940 年 5 月初版　101 页　民国基本丛
书　第 1 集　诗歌剧本类　吕金录主编

四幕剧。

恒 励

重见天日

成都　战时出版社　1938 年 7 月初版

四幕话剧，书前有作者的序。

洪 深

包得行

重庆 上海杂志公司 1939 年 10 月初版 1940 年 1 月再版
32 开 204 页 每月文库：一辑之五 郑伯奇主编

四幕剧，书前有郑伯奇的《每月文库总序》，书末附录《本剧
第一次由军事委员会政治部教导剧团公演的剧情说明》等。

黄白丹青

重庆 文艺奖助金管理委员会出版部 1942 年 12 月初版 32
开 180 页 抗战文艺丛书 第 5 种

二幕四场剧，书前有张道藩的《〈抗战文艺丛书〉序》和作者
的《〈黄白丹青〉序》。

女人女人（多福多寿多男子）

重庆 华中图书公司 1945 年 3 月初版 32 开 154 页 弹花
文艺丛书

上海 华中图书公司 1946 年 1 月改版 32 开 194 页

三幕喜剧，书前有孙科的序。

鸡鸣早看天

重庆 华中图书公司 1945 年 10 月初版 177 页

武昌 军事委员会政治部 1945 年 10 月初版 抗战戏剧选集
之六

汉口 华中图书公司 1945 年 11 月初版 32 开 177 页

三幕闹剧。

西红柿与小锄头
重庆　文风书局　1943 年 10 月初版　新少年文库　第 1 集
儿童剧。

侯　枫

我们的游击队
重庆　独立出版社　1941 年 4 月初版　32 开　72 页　抗战文
学丛书
独幕话剧集，收《我们的游击队》《国庆日》《再上前线》《陈
家行之战》《打游击去》5 个独幕剧。

王铭章将军
桂林　文化生活出版社　1942 年初版　1942 年蓉版　82 页
成都　新新新闻报馆　36 开　99 页
四幕话剧。

黄　梅

风云巴郎寨
万县　新生书店　1948 年 11 月初版
三幕诗剧。

黄鹏基

还未过去的现在

上海　光华书局　1928 年初版　123 页

上海　大光书局　1936 年 8 月再版

独幕话剧集，收入《她的兄弟》《刮脸之晨》《善人的恶运》《大刀李七》4 个独幕剧，大光书局版作者署名"朋其"。

J

金　翼

金翼剧作集

成都金大　1937 年 7 月版　32 开　110 页

独幕剧集，收入《血嘱》《浮尸》《神号》《北极老人》等独幕剧，附《献词》《剧本的方式——给一位初学写剧的朋友底信》两文，献词时间为 1939 年 7 月。

K

寇嘉弼

一出戏

重庆　华中图书公司　1941 年 4 月初版　32 开　110 页　剧本选辑之四

独幕话剧集，收入《一出戏》《家务》《大少爷》《群火》4 个剧本。

还乡记

重庆　明天出版社　1943 年 10 月初版　238 页　明天戏剧丛书　第 2 册　寇嘉弼编

四幕剧。

野　马

重庆　三人出版社　1945 年 2 月初版　32 开　164 页

四幕剧。

L

老　舍

残　雾

长沙　商务印书馆　1940 年 4 月初版　1941 年 4 月再版　36 开　129 页　大时代文艺丛书

四幕剧。

国家至上　老舍　宋之的著

重庆　上海杂志公司　1940 年 12 月初版　36 开　190 页　戏剧创作丛书

重庆　南方印书馆　1943 年 7 月初版　1946 年 6 月汉口再版　36 开　190 页

上海　新丰出版公司　1947 年 2 月再版　32 开　150 页　新丰

文丛　著者刊　32 开　167 页

话剧，卷首有老舍 1945 年的序，书末有老舍 1940 年 5 月的后记。

张自忠

重庆　华中图书公司　1941 年 1 月初版　1943 年 7 月 3 版　36 开　158 页　弹花文艺丛书之一　赵清阁主编

四幕话剧，书前有赵清阁的《〈弹花文艺丛书〉总序》，初版封面印有"四幕抗战史剧"。

面子问题

重庆　正中书局　1941 年 4 月初版　1944 年 2 月 5 版　1945 年 11 月沪 1 版　1947 年 6 月沪 4 版　32 开　102 页　建国文艺丛书　第 1 集　顾一樵主编

三幕话剧。

大地龙蛇

重庆　国民图书出版社　1941 年 11 月初版　32 开　128 页文艺丛书

三幕话歌舞混合剧，书前有著者的序，版权页题为"老舍编"。

归去来兮

重庆　作家书屋　1943 年 2 月初版　32 开　163 页　当代文学丛书

上海　作家书屋　1946 年 2 月初版　1947 年 12 月再版　32 开 163 页　作家剧丛之三

五幕话剧。

桃李春风（金声玉振）　老舍　赵清阁著

成都　中西书局　1943年12月初版　1944年8月再版　36开
145页　文协成都文会创作丛书　中华全国文艺界抗敌协会成都分
会主编

四幕话剧，书前有赵清阁的序。

谁先到了重庆

重庆　联友出版社　1943年2月初版　36开　108页　联友剧
丛之三　藩子农主编

四幕话剧，卷首有藩子农的《联友丛书总序》。

李季伟

当垆艳　李季伟　云查民撰　刘梅庵标点

上海　大中书局　1929年出版　152页

根据司马相如和卓文君的恋爱故事编写，共24出。

李健吾

信　号（火线之外）

重庆　文化生活出版社　1942年5月再版　66页　呐喊小丛
书　第3种

三幕话剧。

健吾戏剧集（第二集）

重庆　文化生活出版社　1942年7月初版　295页

收入《这不过是春天》（三幕话剧）、《一个没有登记的同志》（独幕话剧）、《梁允达》（三幕话剧）。

健吾戏剧集（第一集）

重庆　文化生活出版社　1943年5月初版

收入《徐守清》（三幕喜剧）、《新学究》（三幕喜剧）。

黄　花

重庆　文化生活出版社　1944年4月初版　114页　文季丛书之十五　李健吾戏剧集之五

上海　文化生活出版社　1945年11月初版，重庆　科学出版社　1947年3月初版

三幕话剧。

不夜天（金小玉）

重庆　美学出版社　1945年6月初版　137页　美学戏剧丛书之一

四幕话剧。

李开先

祖母的心

二幕剧，叶圣陶原著，李开先改编版发表于1923年3月25日

《浅草》季刊第 1 卷第 1 期。

李庆华

遥　望

重庆　天地出版社　1944 年 5 月初版　72 页

三幕剧，据美国奥尼尔原著《天边外》改编，书前有主题歌《望沙场》。

春暖花开

重庆　国际与中国出版社　1945 年 1 月初版　112 页

三幕剧，书前有叶绍钧、孙伏园、吴祖光的序。

李束丝

云中孤岛

成都　航空委员会政治部　1940 年 2 月初版　32 开　136 页
神鹰剧丛

独幕话剧集，收入《云中孤鸟》《飞》《铁翼下》《娇子》4 个剧本。

魔水之河

成都　铁风出版社　1941 年 1 月初版　32 开　90 页　铁风戏剧丛书　第 6 种

独幕剧集，收入《魔水之河》《丑恶的肖像》《残月》《军民合作》4 个剧本。

残 月
成都 铁风出版社 1944 年 5 月再版 36 开 90 页
独幕剧集,《魔水之河》一书改名出版。

堕落性瓦斯
成都 铁风出版社 1941 年 7 月初版 32 开 196 页 空军戏
剧丛书 第 10 种 范德烈主编
四幕剧。

廖旭初

战时宣传剧选 (第一集)
成都 四川动员委员会 1939 年初版
独幕话剧集,收入《有力的出力》(王勉之)、《父与子》(张道
藩)、《我们的国旗》(平教会)、《三江好》(何茵、吕复、舒强、王
逸)、《侵略的毒焰》(王家齐)、《失去自由的人们》(刘念渠)。

刘沧浪

红旗歌
天津 新华书店 1949 年 5 月修订本初版
新华书店 1949 年 9 月初版 中国人民文艺丛书
四幕话剧,刘沧浪、鲁煤、陈怀凯、陈淼、章大明、刘木铎集

体讨论，鲁煤执笔。

刘静沅

海潮红

重庆　华中图书公司　1941 年 2 月初版　1943 年 8 月再版
116 页

三幕剧。

露雪霏

重庆　华中图书公司　1944 年 1 月初版　216 页
五幕剧。

刘念渠

后　方

重庆　艺文研究会　1938 年 12 月初版　32 开　44 页　抗战戏
剧丛书之三

戏剧集，收入街头剧《失去自由的人们》《后方》，一幕舞台剧
《马百计》，默剧《活捉》。

北地狼烟　刘念渠　宗由著

重庆　中央青年剧社　1940 年初版　32 开　116 页　中央青年
剧社剧本创作选　第 1 种　鲁觉悟主编

四幕抗战剧。

李长胜重上前线

重庆　生活书店　1938年9月初版　1940年1月再版　32开
12页　战时通俗读物甲种第18册　通俗读物编刊社编

赵母买枪打游击

重庆　生活书店　1938年9月初版　1940年1月再版　32开
11页　大众读物甲种之七　通俗读物编刊社编
三场歌剧。

刘盛亚

钟楼怪人

成都　中兴日报社　1948年初版
四幕悲剧。

柳　倩

防　守

上海　思想出版社　1937年5月初版　99页
三幕诗剧。

鲁觉吾

黄金万两

重庆　美学出版社　1944 年 4 月初版　158 页

四幕剧，书末有后记。

自由万岁

重庆　说文社　1945 年 1 月初版　125 页

三幕喜剧，书末有后记。

罗守愚

劝　夫

泸县　青年文化促进社　36 开　10 页

抗战小调，卷首页书名为《王二嫂劝夫》。

罗永培

抗战剧集（一）

成都　基督教青年会学生部热风剧社　1938 年 6 月初版
118 页

话剧集，收入《长城月》（独幕话剧）、《地窖中的人们》（独幕
话剧，原名《金枝》）、《最后的答案》（独幕话剧）、《山洪》（三幕

话剧）。

喜马拉雅山上雪

长沙　商务印书馆　1940 年 11 月初版　99 页

戏剧集，收入《喜马拉雅山上雪》（四幕话剧，根据法国萨尔度《喜相逢》改编），《铁汉》（三幕话剧）。

金　枝

重庆　青年会国难工作委员会　1926 年 11 月版

独幕剧，即《地窖中的人们》。

正　气

长沙　商务印书馆　1940 年 4 月初版　132 页

戏剧集，收入独幕话剧《正气》（即《文天祥柴市殉国》）、《血十字》，五幕话剧《中华民族不会亡》。

最快乐的悲剧

重庆　商务印书馆　1944 年 9 月初版　82 页

三幕话剧。

M

马彦祥

海上春秋

香港　申萱出版社　1940 年 2 月初版　32 开　13 页

独幕剧。

国贼汪精卫

重庆　青年出版社　1941 年 6 月初版　32 开　214 页　中央青年剧社剧本创作选　第 5 种

四幕抗战话剧，书前有何浩若的序及作者的《关于〈国贼汪精卫〉》。

江南之春

重庆　正中书局　1943 年 9 月初版　1946 年 1 月沪 1 版　32 开　212 页　现代戏剧丛书　张道藩主编

七幕十六场话剧，据陈瘦竹的《春雷》改编，书前有作者的序言。

走

重庆　文风书局　1944 年 10 月初版　54 页　新少年文库　第 3 集

独幕话剧。

茅　盾

清明前后

重庆　开明书店　1945 年 10 月初版　1945 年 11 月沪再版 1949 年 7 月沪 7 版　36 开　191 页　开明文学新刊

大连　大众书店　1945 年秋初版　32 开　191 页

哈尔滨　东北书店　1946 年 12 月初版　32 开　136 页

武安　韬奋书店　1947 年 12 月初版　32 开　190 页

五幕剧，书末有作者的后记。

O

欧阳予倩

回家以后

重庆　中周出版社　1944 年 9 月初版　50 开　54 页　中周百科丛书　第 1 辑

独幕话剧，书末附洪深的《论欧阳予倩》一文。

R

任　钧

新女性

重庆　华中图书公司　1942 年 8 月初版　36 开　64 页　剧本选辑之七

独幕话剧集，收入《铁蹄下的女性》《出发之前》《新女性》3 个剧本。

中华儿女

重庆　民国图书出版社　1945 年 5 月初版　32 开　184 页

独幕剧集，收入《中华儿女》《女战士》《幻想曲》《"皇军"的嘴脸》《铁蹄下的女性》《出发之前》6 个独幕剧。

S

邵荃麟

麒麟寨

永安　改进出版社　1940 年 8 月初版　1943 年再版　112 页
现代文艺丛刊之四

四幕剧。

喜　酒

桂林　文化供应社　1942 年 1 月初版　84 页　少年文库

独幕话剧集，收入《喜酒》《爸爸的棉袄》《校长老师》3 个独
幕剧。

沈　浮

金玉满堂

成都　华西晚报出版部　1942 年 12 月初版　32 开　242 页
华晚文艺创作丛刊

重庆　新生图书文具公司　1944 年 3 月订正初版　32 开　242
页　沈浮戏剧集之二

四幕话剧。

重庆二十四小时

重庆　联友出版社　1943 年 1 月初版　172 页　联友剧丛之一

成都　北平新文艺书店　1944 年初版

三幕剧，书前有潘子农的《联友剧丛》总序。

小人物狂想曲

重庆　新生图书文具公司　1945 年 5 月初版　1945 年 6 月再版　32 开　252 页　沈浮戏剧集之三

四幕话剧。

沈蔚德

新型街头剧集

重庆　正中书局　1940 年 1 月初版　国立戏剧学校战时戏剧丛书之三

戏剧集，书前有《战时戏剧丛书发刊旨趣》（余上沅）、《小引》（沈蔚德），收入《最后胜利》（张世骦）、《流亡三部曲》（金韵之编排，钟助会说明）、《募寒衣》（何治安）、《重整战袍》（钟锄云）、《硝烟中的女性》（叶仲寅）、《我们的后防》（沈蔚德）。

抗战独幕喜剧选

重庆　正中书局　1940 年 5 月初版　137 页　国立戏剧学校战时戏剧丛书之六

戏剧集，书前有《战时戏剧丛书发刊旨趣》（余上沅）、《小引》（沈蔚德），收入《李仙娘》（钟锄云）、《皇军与美人》（何治安）、《可怜虫》（李庆华）、《炸药》（王思曾改编）。

民族女杰（新烈女传）

重庆　正中书局　1941年8月初版　92页　教育部征选抗战创作剧本选之二

上海　正中书局　1946年2月沪1版

四幕话剧，书前有余上沅的《关于民族女杰》，作者的《代序——一个女人的面影》。

春常在

重庆　商务印书馆　1945年10月初版

上海　商务印书馆　1946年5月沪初版　209页

五幕话剧。

舒　强

活捉日本鬼

重庆　生活书店　1940年12月初版　62页

独幕儿童剧，书后附《表演的基本常识——给初学演戏的小朋友们》。

宋之的

自卫队（民族光荣）

重庆　上海杂志公司　1939年6月初版　1939年9月再版

32开　231页　每月文库：一辑之二　郑伯奇主编

四幕话剧，书前有郑伯奇的《每月文库总序》和插曲《秧歌》（贺绿汀曲）。

鞭（雾重庆）

重庆　生活书店　1940 年 11 月初版　1940 年 12 月再版　32 开　178 页

五幕话剧。

刑

重庆　大东书局　1940 年 12 月初版　1943 年 3 月 5 版　1946 年 11 月沪初版　36 开　214 页

四幕话剧。

祖国在呼唤

桂林　远方书店　1943 年 2 月初版　36 开　253 页

五幕话剧。

春　寒

重庆　未林出版社　1945 年 1 月初版　32 开　153 页　现代剧丛之五

上海　美学出版社　1946 年 1 月再版　32 开　153 页

五幕话剧。

孙家琇

复　国（吴越春秋）

重庆　商务印书馆　1944年8月初版　78页　1946年3月沪3版　165页

四幕话剧，书前有作者序。

孙怒潮

空军魂

成都　中国的空军出版社　1939年11月初版　116页　空军戏剧丛书之三

四幕话剧。

T

唐绍华

日　落

重庆　中国戏曲编刊社　1941年3月初版　132页

独幕话剧集，收入《一群马鹿》《无言凯歌》《日落》《神明的子孙》《保卫我们的家乡》《我们不再逃亡》《再到前线去》《志士之家》8个剧本，书前有潘公展的"戏曲丛书"序。

党人魂（黄花岗）

重庆 中国戏曲编刊社 1941年7月初版 133页

五幕话剧。

财 奴

重庆 国民图书出版社 1941年9月初版 134页

三幕话剧，书前有作者序。

熔 炉

重庆 国民图书出版社 1945年12月初版 140页

四幕话剧。

陶 雄

总站之夜

成都 中国的空军出版社 1940年3月初版 32开 101页

空军戏剧丛书 第5种 丁布夫主编

　　戏剧集，收入《总站之夜》（独幕话剧）、《阎海文之死》（独幕话剧）、《归队》（街头剧）3个剧本。

壮志凌云

重庆 独立出版社 1945年10月初版 32开 154页 全国知识青年志愿从军戏剧丛刊 知识青年从军指导委员会编

　　四幕话剧。

反间谍

重庆　青年出版社　1942年10月初版　32开　168页　剧本创作选

上海　文江图书公司　1946年3月初版　32开　146页

三幕话剧，青年出版社出版为初演本，文江图书公司版为演出修改本。书前有著者序。

独幕剧选集　陶雄等著

剧选出版社　1939年3月初版　206页

收入《总站之夜》（陶雄）、《可以来往的朋友》（刘慕崐）、《北平之夜》（倪平）、《搜查》（熊佛西）、《一个游击队的成长》（张客）。

田　汉

芦沟桥

成都　协美印刷局　1937年10月初版

汉口　大众出版社　1938年1月初版　118页　抗战戏剧丛书之二

上海　戏剧书店初版　113页　国防戏剧丛书　第1种

四幕话剧。

秋声赋

桂林　文人出版社　1944年1月初版　180页

五幕话剧，1941年作于重庆，书前有作者的《关于〈秋声赋〉》，并有全剧主题歌词、插曲。

风雨归舟 田汉 洪深 夏衍合著

桂林 集美书店 1942年5月初版 32开 136页 戏剧春秋丛书之二 戏剧春秋月刊社编辑

四幕话剧，原名《再会吧，香港》。

田 野

流 亡

上海 北风出版社 1946年5月初版 81页

四幕剧。

W

万迪鹤

和平天使

重庆 独立出版社 1941年4月初版 112页 抗战文学丛刊

五幕话剧。

若是有了灵魂

重庆 国民图书出版社 1945年12月初版 106页

三幕话剧。

汪漫铎

兄弟之间

重庆　中央青年剧社　1940 年初版　96 页　剧本创作选　第 2 种

四幕话剧，书前有何若浩的序。

王家齐

侵略的毒焰

重庆　艺文研究会　1938 年 12 月初版　32 开　58 页　抗战戏剧丛书之二

戏剧集，收《国债》（二幕剧）、《侵略的毒焰》（独幕剧）、《四平街》3 个剧本。

王进珊

双照楼

重庆　中国戏曲编刊社　1940 年 3 月初版　32 开　68 页　戏曲丛书话剧辑　第 2 种　吴漱予主编

一幕二场话剧。

柳暗花明

重庆　天地出版社　1943年9月初版　36开　106页

三幕喜剧。

日月争光

重庆　中华笔会　1944年8月初版　230页　32开

四幕历史悲剧。

王梦鸥

乌夜啼

重庆　独立出版社　1942年8月初版　32开　134页

三幕话剧。

红心草

重庆　独立出版社　1942年9月初版　32开　112页

三幕话剧。

火　花

重庆　国民图书出版社　1944年2月初版　有图　32开　152页

三幕话剧。

燕市风沙录

重庆　正中书局　1944年2月初版　1946年4月沪1版　32

开　176页　现代戏剧丛书　张道藩主编

三幕历史剧，书末附后记和《史料杂录》。

王　锐

荣誉恩情
重庆　说文出版社　1945 年 3 月版　67 页
收三幕喜剧《荣誉恩情》和独幕剧《川江夜景》。

王绍清

亚细亚的怒潮
上海　金汤书店　1937 年 4 月初版　154 页

王万恩

不太平（外省人为啥到四川来吗?）
合川　育才学校　1945 年 5 月　34＋4 页　土话剧运动小丛书
之一
独幕四川土话集。

王为一

为自由和平而战

重庆　生活书店　1939年3月初版　36开　37页

独幕话剧，卷首有歌曲《为自由和平而战》（王为一词，贺绿汀曲）及《慰劳受伤将士歌》（舒非词，舒模曲）2首。

宣　传

重庆　生活书店　1939年4月初版　36开　80页

独幕剧，书末附《游击队歌》《军民合作歌》2首插曲。

多幕话剧，书前有田汉的题诗和顾仲彝的《关于作者》一文。

王　余

夜　祭

成都　戏剧文学出版社　1947年2月蓉初版　100页

三幕五场歌剧。

王治安

孤城落日（衡阳之战）

巴县　中国光明剧社　1945年3月初版　138页　中国光明剧社丛书之一

四幕话剧。

吴铁翼

生意经

重庆　国民图书出版社　1944 年 1 月初版　136 页　文艺丛书

四幕话剧。

残　梦

重庆　国民图书出版社　1944 年 3 月初版　96 页　文艺丛书

三幕喜剧。

吴祖光

凤凰城

重庆　生活书店　1939 年 1 月初版　1945 年 12 月胜利后 1 版

冠图　36 开　195 页

四幕话剧，书前有余上沅、吹万的序各 1 篇，以及《凤凰城本事》和插曲 1 首。

正气歌（文天祥）

重庆　文艺奖助金管理委员会出版部　1942 年 6 月初版　32

开　212 页　抗战文艺丛书　第 2 种　文艺奖助金管理委员会编

上海　开明书店　1944 年 11 月初版　1945 年 12 月再版

1947 年 3 月 4 版　199 页　36 开　吴祖光戏剧集

五幕史剧，末附插曲 2 首。

牛郎织女
成都　启文书局　1943 年 7 月初版　36 开　212 页
四幕幻想剧。

风雪夜归人
上海　开明书店　1944 年 4 月初版　1945 年 12 月再版　36 开
202 页　吴祖光戏剧集

重庆　开明书店　1945 年 9 月初版　32 开　196 页　开明文学
新刊

另有序幕及尾声。书后有作者《记〈风雪夜归人〉》一文。

夜　奔
重庆　未林出版社　1944 年 10 月初版　32 开　117 页　现代
剧丛之三

四幕话剧，有作者序。

少年游
重庆　开明书店　1945 年 5 月初版　36 开　207 页　开明文学
新刊

上海　开明书店　1945 年 12 月再版　1946 年 2 月 3 版　36 开
182 页　吴祖光戏剧集

三幕话剧。

X

西　蒙

重庆交响乐

韬奋书店　2 册　78＋85 页　戏剧丛书之二

分三部，第一部《浑浊的城》（二场）、第二部《窒息的城》、第三部《不死的城》，另有一种版本合订为 1 册。

夏　衍

水乡吟

重庆　群益出版社　1942 年 10 月初版　32 开　130 页

永安　东南出版社　1944 年 7 月初版　32 开　118 页　东南文艺丛刊

上海　群益出版社　1946 年 2 月再版　36 开　130 页　群益现代丛剧之一

四幕话剧。

戏剧春秋　夏衍　宋之的　于伶合著

重庆　未林出版社　1943 年 11 月初版　1944 年 5 月改订版 32 开　186 页　现代剧丛　1

重庆　美学出版社　1946 年 1 月再订版　32 开　164 页

五幕七场剧，卷首有著者合写的献辞，书末有后记。改订版为 194 页。

天上人间

重庆　美学出版社　1944 年 1 月初版　36 开　118 页　海滨小集之八

四幕剧，书名页、书名后加题"《一年间》改作本"。

草木皆兵　夏衍　宋之的　于伶合著

重庆　未林出版社　1944 年 4 月初版　32 开　125 页　现代剧丛 2

三幕话剧。

第七号风球（法西斯细菌）

重庆　文聿出版社　1944 年 6 月初版　32 开　144 页　现代剧丛　2

五幕话剧，书末有作者的《代跋》2 则。

芳草天涯

重庆　美学出版社　1945 年 11 月再版　有图　32 开　143 页

四幕话剧，书前有陈愿的《恋爱·结婚·家庭》一文代序，并有作者的前记。

离离草

重庆　进修出版教育社　1945 年 1 月初版　93 页

四幕话剧。

冼　群

代用品

重庆　华中图书公司　1940 年 11 月初版　124 页　剧本选辑之二

独幕话剧集，收入《代用品》《大惊小怪》《芙蓉与牡丹》《寒衣》。

小三子

重庆　华中图书公司　1940 年 12 月初版　88 页

三幕话剧。

飞花曲

重庆　国讯书店　1943 年 10 月初版　294 页　国讯文艺丛书

五幕八场话剧。

萧　军

幸福之家

重庆　上海杂志公司　1940 年 5 月初版　181 页　戏剧创作丛书之二

四幕话剧。

萧 赛

怨 耦

成都　戏剧文学出版社　1947年2月蓉初版　144页

三幕话剧。

熊佛西

中华民族的子孙

成都　中华平民教育促进会抗战剧团　1938年3月初版　32
开　74页　抗战戏剧集　第1种　中华平民教育促进会抗战剧团
主编

三幕话剧，卷首有著者序。

后防·中华民族的子孙

成都　四川省立戏剧教育实验学校编纂委员会　1939年1月初
版　32开　142页

本书系四川省立戏剧学校教育实验学校排演本之一，收入《后
防》《中华民族的子孙》2个三幕剧。其中《后防》曾先后用《过
渡》《后防》《全面抗战》等名称印行过。

搜 查

独幕剧。1939年3月创作于四川省立剧校，发表于《戏剧岗
位》1939年第1卷第1期，后又发表于《抗敌戏剧》1939年第2卷

第 3、4 期。

世界公敌

重庆　青年出版社　1941 年 6 月初版　32 开　132 页　中央青年剧社剧本创作选　第 7 种　鲁觉悟主编

三幕话剧，原名《害群之马》，卷首有何浩若的序。

佛西抗战戏剧集

重庆　华中图书公司　1942 年 7 月初版　36 开　300 页

收独幕话剧《囤积》《搜查》《人与傀儡》《无名小卒》及三幕剧《中华民族的子孙》。

徐昌霖

荣誉军人

重庆　新生图书文具公司　1943 年 8 月初版　266 页

戏剧集，收入《约法三章》（一幕学校剧）、《政府派来的》（沦陷区的小喜剧）、《南京板鸭》（后防讽刺剧）、《风雨之夜》（一场九景悲剧）、《荣誉军人》（独幕剧）、《母与子》（一幕悲剧）、《普天同庆》（独幕话剧）。

重庆屋檐下

重庆　说文社　1944 年 9 月初版　358 页

上海　大陆图书杂志出版公司　1944 年 10 月初版　216 页

六幕话剧，原名《墙》。

坚壁清野

重庆　国民图书出版社　1945 年 5 月初版　214 页

独幕话剧集，收入《夜奔》《校园内》《回锅肉先生》《出走的丈夫》《坚壁清野》。

黄金潮

重庆　读书出版社　1945 年 10 月初版

上海　大陆图书杂志出版公司　1945 年 12 月再版　149 页

五幕话剧。

密支那风云

上海　大陆图书杂志出版公司　1945 年 10 月初版　124 页

四幕话剧。

徐　訏

黄浦江头的夜月

成都　东方书社　1944 年 8 月初版　163 页　三思楼月书之一

五幕话剧。

兄　弟

成都　东方书社　1944 年 12 月初版　134 页　三思楼月书之一

上海　夜窗书屋　1946 年沪初版

五幕话剧。

Y

阳翰笙

李秀成之死

汉口　华中图书公司　1938 年 1 月初版　1938 年 6 月再版
1945 年 1 月渝 3 版　162 页　抗战戏剧丛书之三

四幕历史剧。

前　夜

汉口　华中图书公司　1938 年 1 月初版

上海　戏剧书店　1939 年 12 月初版　161 页　国防戏剧丛书
第 3 种

重庆　华中图书公司　1941 年 3 月 4 版　166 页

四幕剧。

塞上风云

汉口　华中图书公司　1938 年 4 月初版　1940 年 1 月再版
1941 年 2 月渝 3 版　1943 年 4 月渝 4 版　120 页　抗战戏剧丛书之四

四幕剧。

两面人（天地玄黄）

重庆　当今出版社　1943 年 12 月初版　133 页

四幕喜剧。

天国春秋

重庆　群益出版社　1944 年 8 月初版　236 页

上海　群益出版社　1946 年 3 月初版　1949 年 8 月再版
236 页

五幕历史剧。

槿花之歌

重庆　黄河书局　1945 年 2 月初版　156 页　黄河文丛　赵清
阁主编

五幕剧。

草莽英雄

重庆　群益出版社　1946 年 2 月初版　215 页

上海　群益出版社　1945 年 8 月再版　1949 年 8 月 3 版
215 页

五幕历史剧。

阳致文

梁村的恐怖（中华民族的儿女）

宜宾　业余戏剧研究社　1937 年 12 月初版　20 页

抗敌三幕话剧。

杨村彬

秦良玉

成都　四川省立戏剧教育实验学校编纂委员会　1939年1月初版　106页　32开　四川省立戏剧教育实验学校排演用本　2

重庆　中央青年剧社　1941年2月初版　32开　94页　中央青年剧社剧本创作选　第3种　鲁觉悟主编

解放者

重庆　华中图书公司　1941年2月初版　36开　167页　抗战戏剧丛书之七

四幕话剧，书前有序言。

清宫外史（第一部：光绪亲政记）

重庆　国讯书店　1943年10月初版　1944年11月3版　32开　264页　国讯文艺丛书　茅盾主编

四幕历史剧。

清宫外史（第二部：光绪变政记）

重庆　国讯书店　1944年4月初版　1944年10月再版　32开　165页　国讯文艺丛书　茅盾主编

重庆　联营书店　1945年4版　165页　国讯文艺丛书　茅盾主编

上海　国讯书店　1946年3月初版　32开　165页　国讯文艺丛书　茅盾主编

四幕历史剧。

杨 枝

李世杰与俞维华（胜利第一）

四川宜宾商报社　1942 年 3 月初版　168 页

五幕话剧。

春 莺

重庆　著者刊　1940 年 3 月初版　88 页

戏剧集，收入《春莺》（三幕剧）、《爱与愁》（一幕剧）。

姚苏凤

之子于归

重庆　新生图书文具公司　1943 年 6 月初版　1943 年 9 月再
版　12＋156 页　作风文艺小丛书　徐訏主编

四幕传奇剧，书末有徐訏的后记。

火中莲

重庆　万象周刊社　1944 年 9 月初版　140 页

五幕话剧。

姚亚影

浪淘沙
重庆 华中图书公司 1941年5月初版 138页 剧本选辑 6

戏剧集，收独幕剧《浪淘沙》，四幕剧《归去》。

范筑先
重庆 后方勤务部政治部 1943年8月出版 58页 振文戏
剧丛书

三幕话剧。

天将晓
重庆 朝露文艺社 1945年7月初版 142页 朝露文艺社丛
书 刘白滔主编

四幕悲剧。

于　伶

长夜行
桂林 远方书店 1942年11月初版 179页
上海 新知书店 1946年2月版 179页
作于重庆。

杏花春雨江南

重庆　美学出版社　1943 年 11 月初版　1944 年 4 月再版
1945 年 11 月 3 版　36 开　151 页　海滨小集之五

四幕话剧，书末有"作者之剧本集"共收 21 种。

心　狱

重庆　未林出版社　1944 年 10 月初版　32 开　92 页　现代剧丛　4
上海　美学出版社　1946 年 3 月再版　32 开　92 页

三幕话剧。

余上沅

从军乐　余上沅　王思曾合著

重庆　正中书局　1940 年 4 月初版　国立戏剧学校战时戏剧丛
书之五

四幕抗战喜剧。

袁　俊

小城故事

上海　文化生活出版社　1941 年 5 月初版　1942 年 2 月桂林 1
版　36 开　183 页　文学丛刊　第 7 集　巴金主编

上海　文化生活出版社　1941 年 8 月初版　1947 年 1 月再版
36 开　183 页　袁俊戏剧集　第 1 种

三幕喜剧。

张泽厚

失了祖国保护的人群

重庆　星星书报杂志社　1937 年 12 月初版　50 开　58 页

三幕话剧。

章　泯

我们的故乡

上海　一般书店　1937 年 5 月初版　32 开　269 页　每月文艺丛刊　4　夏征农主编

戏剧集，收入独幕剧《死亡线上》《村中之夜》《儿归》《雪夜小景》《赔钱货》，三幕剧《我们的故乡》6 个剧本。

弃　儿

上海　新演剧社　1937 年 7 月初版　32 开　78 页　新演剧小丛书

独幕话剧集，收入《弃儿》《夜》《妇女进行曲》《小丈夫》4 个独幕剧。

生　路

汉口　新演剧社　1938 年 5 月初版　32 开　157 页　战时演剧丛书　新演剧社主编

独幕话剧集，收入《三路》《钢表》《磨刀乐》3个独幕剧。

血

汉口　新演剧社　1938年5月初版　32开　86页　战时戏剧丛书　新演剧社主编

独幕剧。

战　斗

重庆　生活书店　1939年4月初版　36开　213页

五幕话剧。

黑暗的笑声

上海　上海杂志公司　1939年9月初版　32开　154页　每月文库：一辑之四　郑伯奇主编

四幕话剧。

夜

重庆　大东书局　1941年1月初版　1943年3月5版　1946年11月沪初版　36开　195页　抗战戏剧丛刊之二

五幕话剧，沪初版版权页误注为"独幕剧"。

期　望

桂林　文学出版社　1941年10月初版　32开　189页

独幕话剧集，收入《期望》《孤村暗影》《深夜小景》《死亡线上》《毒药》5个短剧，《深夜小景》又名《月夜小景》。

家破人亡

汉口　新演剧社　1938年5月初版　战时戏剧丛书

独幕话剧集，收《家破人亡》《胎妇》《纪念会》，书前有《战时戏剧丛书之缘起》。

赵清阁

血　债

重庆　艺文研究会　1938年10月初版　32开　56页　抗战戏剧丛书之四

戏剧集，收入独幕话剧《血债》《把枪尖瞄准了敌人》，街头剧《一起上前线》《最后关头》《报仇雪耻》。

女　杰

重庆　华中图书公司　1941年3月初版　1944年1月再版　有图　32开　132页　弹花文艺丛书之二　赵清阁主编

五幕话剧。

过　年

重庆　独立出版社　1941年5月初版　32开　96页

独幕话剧集，收入《一门忠烈》《过年》《新嫁娘》《手榴弹》《古城记》《闹龙灯》6个剧本。

反攻胜利

重庆　正中书局　1941年10月初版　1943年11月3版　32

开　53 页

三幕抗战选出舞台剧，第一幕《反攻》，第二幕《劝当兵》，第三幕《最后胜利》。为便于宣传，每幕可独立演出。

活

重庆　妇女月刊社　1943 年初版　冠图　32 开　162 页　妇女丛书　陆翰岑编辑

戏剧集，收四幕悲剧《活》，五幕历史剧《花木兰》。书前有作者自序，书中附曲谱。

雨打梨花

重庆　妇女月刊社　1945 年 8 月再版　妇女文艺丛书

本书即《活》一书，其中《花木兰》改名《花木兰从军》。

潇湘淑女（忠义千秋）

重庆　商务印书馆　1944 年 6 月初版　1947 年 2 月沪初版
32 开　83 页

四幕话剧，有作者自序。

清风明月

重庆　华中图书公司　1944 年 9 月初版　32 开　72 页
三幕剧，书前有作者自序。

花影泪

重庆　独立出版社　1943 年初版
七场话剧。

冷月葬诗魂

重庆　亚洲图书社　1945 年 4 月初版　32 开　195 页　今日文艺丛书

四幕悲剧，据曹雪芹《红楼梦》改编。

鸳鸯剑

重庆　黄河书店　1945 年 5 月初版　176 页

四幕六场悲剧，根据曹雪芹《红楼梦》改编。

赵循伯

民族正气

重庆　商务印书馆　1944 年 8 月初版　102 页

上海　商务印书馆　1945 年 12 月沪初版　102 页

五幕历史剧。

长恨歌

重庆　正中书局　1945 年 6 月初版　80 页　现代戏剧丛书

上海　正中书局　1947 年 3 月沪 1 版

四幕话剧。

郑倚虹

广源轮

重庆　读书出版社　1944 年 9 月初版　92 页　1945 年 7 月再版　122 页

三幕话剧。

破釜沉舟（广源轮）

重庆　中外出版社　1944 年 9 月初版　1946 年 5 月胜利后沪 1 版　119 页

台北　台湾新生报社　1946 年 10 月初版　台湾新生报社第二种丛书

三幕话剧。

周尚文

红日西沉

成都　铁风出版社　1941 年 2 月初版　铁风剧丛　第 4 种

独幕话剧集，收《红日西沉》《井》《孤儿寡妇》《沦陷日》。

钢　盔

重庆　独立出版社　1945 年 11 月初版　1946 年 10 月再版　32 开　150 页　全国知识青年志愿从军戏剧丛刊　全国知识青年从军指导委员会编

四幕话剧。

周　彦

正式结婚

重庆　华中图书公司　1941年6月初版　32开　113页　剧本选辑之五

独幕话剧集，收入《正式结婚》《人财两空》《国难夫人》《封锁线》4个剧本。

朱门怨

重庆　新生图书文具公司　1943年4月初版　32开　206页新生戏剧丛书　徐昌霖主编

四幕话剧，原名《成都二重奏》。

烽火梵音　周彦　徐昌霖著

重庆　华中图书公司　1943年5月初版　32开　122页

四幕话剧。

万古千秋

重庆　南方印书馆　1943年5月初版　32开　138页　创作新编　6

四幕剧，有序幕和尾声，书末附插曲3首。

桃花扇

重庆　当今出版社　1944年10月初版　1945年2月再版　32

开　133 页　当今戏剧丛书　徐昌霖主编

上海　建国书店　1946 年 6 月初版　36 开　133 页　当今戏剧丛书

三幕剧，原名《秣陵风雨》，据孔尚任的《桃花扇》改编。

朱　彤

郁　雷（宝玉与黛玉）

重庆　读书出版社　1944 年 4 月初版　1944 年 10 月再版　32 开　231 页

四幕话剧，据曹雪芹《红楼梦》改编，卷首有改编作者的序，卷末有后记，再版本增列《再版记》。

疯　女

重庆　大时代书局　1945 年 11 月初版　32 开　11＋140 页 文艺丛书

三幕剧，卷首有著者序，末有后记。

报告文学

B

巴　金

旅途通讯

上海　文化生活出版社　1939年4月初版　1940年9月再版
1942年6月蓉初版　2册　77页＋81页　32开　少年读物小丛刊
第1集6—7　巴金编

上册收《香港行》《在广州》《从广州到乐昌》等9篇；下册收
《梧州五日》《在柳州》《桂林的受难》等7篇，书前有作者前记。
封面及版权页丛书名均为《文学小丛刊　第2集》。初版分为上下
册，再版时合订为1册。

自由血

泉州　大众报社　1947年9月初版　54页　36开　大众丛书
第3种

记述1886年美国芝加哥劳工领袖柏尔森司遇难经过。

C

陈国华

空军幼年学校素描

成都　铁风出版社　1941 年 6 月初版　64 页　幼年航空丛书
第 1 种　范德烈主编

共 10 章，介绍国民党空军幼年学校的情况，版权页作者题为
陈国桦。

陈炜谟

龙　灯

1947 年 3 月 3 日—5 日《四川日报·华阳国志》第 44—46 期

D

丁布夫

光荣的记录　丁布夫　黄震遐编

成都　中国的空军出版社　1939 年 12 月初版　142 页　32 开
空军文学丛书　第 1 种　丁布夫主编

收入记述全国抗战初期中国空军作战事迹的报道文章 13 篇及
诗 1 首。

F

范长江

沦亡的平津　长江　小方等著

汉口　生活书店　1938年4月初版　118页　36开　抗战中的中国丛刊之一　长江主编

记述日军侵占下的北平、天津的情况，收《血泪平津》《前线忆北平》等13篇。

塞上行

上海　大公报馆　1937年7月初版　1937年8月3版　1937年11月6版　338页

是作者于1936年夏秋间以新闻记者身份到绥远、宁夏一带考察之后所写的通讯报告，分为《短文选》和《行纪》两部分。《短文选》收录了《从嘉峪关到山海关》《百灵庙战役之经过及其教训》《边疆问题应有之新途径》等5篇文章。《行纪》主要分为《忆西蒙》《百灵庙战后行》《沉静了的绥边》《西北近影》《太行山外》《陕北之行》六部分。书前有胡序及作者的自序。

中国的西北角

天津　大公报馆　1936年8月初版　1936年10月再版　1936年10月3版　1937年11月9版

分《成兰纪行》《陕甘形势片断》《祁连山南的旅行》《祁连山北的旅行》《贺兰山的四边》五部分。

西线风云

上海　大公报馆　1937年11月初版　1937年11月再版
1937年12月3版　242页

报告文学集，收全国抗战初期晋察绥战场的通讯报道16篇，收：《走向西战场》（长江）、《由娘子关出雁门关》（小方）、《今日的绥东》（溪映）、《可痛的张家口》（秋江）、《血战居庸关》（小方）、《南口迂回线上》（秋江）、《西线战场》（长江）、《怀来回忆》（长江）、《察南退出记》（长江）、《未死了的英雄》（溪映）、《察哈尔的陷落》（长江）、《吊大同》（长江）、《退守雁门关》（秋江）、《绥远的噩梦》（溪映）、《大战平型关》（秋江）、《平型关的胜利》（溪映）、《朱德将军在前线》（徐盈）、《战地总动员》（徐盈）、《踏上五台山》（徐盈）、《危殆的山西》（渔叔）、《娘子关前线》（秋江）、《娘子关失陷记》（陆诒）、《退守晋东》（陆诒）、《吊忻口战场》（秋江）、《退出太原城》（秋江）、《八路军游击战》（溪映）。选录一、《从政府抗战到全民抗战》（柳湜）；选录二、《西战场之军事地理》（章丹枫）。

西线的血战（第1辑）　长江等著

上海　上海杂志公司　1937年10月初版　140页　抗战报告文学选辑之二

收《日军急攻察绥》《西线战场》《南口迂回线上》《血战居庸关》《张家口失守之前》《怀来回想》《商都重光》《察哈尔之陷落》《今日的绥东》《退守雁门关》《从娘子门到雁门关》《察南退出记》。

从芦沟桥到漳河　长江　小方等著

汉口　生活书店　1938年3月初版　1938年9月再版　96页

抗战中的中国丛刊　长江主编

收录了六位战地记者在 1937 年七七事变后冒着生命危险采写的 10 篇战地通讯，时间跨度为 4 个月，生动地记录了中国军队和广大民众在全国抗战初期抵抗日本侵略者的可歌可泣的英雄事迹，真实地反映了国民党政府当时某些妥协政策造成的不良后果。收《中原杂感》《芦沟桥畔》《保定前方》《保定以北》《平汉前线》《保定以南》《平汉线北段的变化》《保定抗战经过》《漳河安阳的形势》《漳河线的防御战》。

西北线　长江等著

汉口　星星出版社　1937 年 12 月初版　1938 年 1 月再版 162 页　抗战报告丛书

报告文学集，收《察南退出记》（长江）、《退守雁门关》（秋江）、《古城的陷落》（吴世昌）、《三个月来的济南》（老舍）等 11 篇报告。书末有"编后"。

西线血战史　长江等著

上海　上海抗战文学会　1937 年 12 月初版　102 页　战时民众丛刊

抗战通讯报道集，收《日军急攻察绥》（沈伯乐）、《西线战场》（长江）、《南口迂回线上》（秋江）、《血战居庸关》（小方）等 12 篇。封面丛书名题《抗战丛书》。

西北近影（中国知识创刊号附册）

北京　中国知识出版社　1937 年版　60 页

记述全国抗战初期作者在西北的见闻经历，本文原载《天津大公报》。

西北战云　长江等著

北京　大众出版社　1938年2月版　162页

收《走向西战场》（长江）、《从娘子关出雁门关》（小方）、《平绥线上的失败》（王文）、《哭绥远》（溪映）、《西北线上》（柳林）、《南口迂回线上》（秋江）、《退守晋东》（陆诒）、《晋北血战的回忆》（季云）等13篇报道，书后附《平型关战斗的经验》（林彪）、《把山西成为北方游击战争的战略支点》（洛甫）、《彭德怀谈前线战况》（陆诒）等3篇。

瞻回东战场　长江　罗平等著

汉口　生活书店　1938年2月初版　1938年5月再版　161页

抗战中的中国丛刊之三　长江主编

收入全国抗战初期上海、苏州、嘉兴一带的战况通讯16篇，其中有《忆夜战场》《乍浦到浦东》《南翔归来》《难民的行列》《沪太路上》《从上海到苏州》等，著者有长江、罗平、许华、林娜、王莹等十余人。

台儿庄歼敌记　长江等著

汉口　战斗书报社　1938年4月版　46页

收《台儿庄血战经过》（长江）、《胜利前夜的台儿庄》（陆诒）、《台儿庄歼敌血战的一幕》（惜梦）、《火网上的台儿庄》（周鼎华）、《台儿庄的大歼灭战》（方秋苇）、《台儿庄血战速写》（宇文济民）、《鲁南大会战》（剑心）、《踏进台儿庄》（陆诒）等8篇台儿庄战役报道。书前有前言。

长江战地通讯专集

重庆　开明书店　1938年5月初版　216页　梅英编

收《芦沟桥畔》《杂话北方》《走向西战场》《察哈尔的陷落》《绕行江北》《忆夜战场》《皖中战影》《陕北之行》《台儿庄血战》等35篇。书前有题词、作者介绍及编者的《为什么要编这本书》。

淮河大战之前后

江声书社　1938年7月初版　130页

收入《中原大战之前夕》《李宗仁纵谈抗战前途》《川军在山东前线》《敌人威胁下的鲁南煤矿》《淮上观战记》《变动中的徐州》《苏鲁豫皖战区民众动员问题》《豫南到皖西》《安徽政治在转好中》《江淮间的运动战》《皖中战影》《封锁线外的安庆》《桂兵佳话》。

感慨过金陵　长江　罗人伟著

上海　大文出版社　1938年9月初版　78页

收入报告文学《感慨过金陵》（长江）、《流离转徙中的旅行》（罗人伟）。

川军在前线　长江　胡兰畦等著

广州　战时出版社　1938年初版　40页

记述川军在津浦线及皖南一带的抗战事迹，分《从西战场打到北战场》《东线血战达成了任务》两组报道，书前有《川军之光》，书末有《尾声——川军来了百姓快回》。

华北六省抗日血战史（上册）　长江等著

狮吼出版社　1938年初版　120页　抗战报告丛书

辑选自八一三事变至 1938 年初各报发表的战地通讯，上册分
《冀豫线的血战》和《冀鲁线的血战》2 辑，介绍河北、河南、山东
三省的抗日情况。

名城要塞陷落记　长江等著

广州　战时出版社　1939 年版　95 页　战时小丛刊之五十

日军侵占我国一些名城要塞的报道选辑。收入《苏州最后的
夜》《无锡被毁前后》《南京陷落以后》《湖州沦陷记》《青岛失陷始
末记》等 23 篇，作者有长江、正明、达文、丁君匋、方菊影等人，
其中 3 篇是外国记者和在华读者所作。

我们的战士　长江等著

广州　战时出版社　1939 年版　147 页　战时小丛刊之七十

收入《白健生将军印象记》(钟文)、《李宗仁将军访问记》(逸
凡)、《毛泽东访问记》(洛基)、《朱德会见记》(莎仁)、《阎锡山访
问记》(季云)、《周恩来访问记》(汪衡)等 30 余篇访问记。

西线血战记　长江等著

广州　战时出版社　1938 年版　82 页

抗战期间晋察绥战场战况报道集，分上、下卷。卷上《平绥线
血战》包括《西线战地》、《南口迂回线上》(秋江)、《哭绥远》(溪
映)等 6 篇；卷下《同浦线血战》，包括《吊大同》(长江)、《从娘
子关到雁门关》(小方)、《在西战场》(徐盈)等 7 篇。

江淮间的运动战　长江等著

广州　战时出版社　1938 年版　146 页　战时小丛刊之八四

本书分《战局论》《江淮间的运动战》《淮河大血战》等 6 篇，

收长江、陆诒等人关于江淮地区抗战情况的通讯报道 31 篇。

蒋介石的集中营　长江等著

辽县　华北新华书店　1945 年 1 月版　153 页

揭露国民党反动派关押和迫害革命人民的罪行，记述革命者在狱中英勇斗争的事迹。收入《上饶的集中营》（长江）、《上饶集中营罪行》（暮鹰）、《如此"三民主义"教育》（黄迪菲）、《地狱茅家岭》（季音）、《集中营生活散记》（苍茫）、《怀念孙锡禄同志》（暮鹰）、《站铁笼的一天》（赖少其）、《茅家岭暴动》（李胜）、《赤石暴动》（暮鹰）、《赤石暴动以后》（孙秉泰、黄迪菲）、《炼狱杂忆》（一青）共 11 篇。书前有饶漱石写于 1945 年 1 月的序。

上饶集中营　长江等著

临沂　山东新华书店　1946 年 3 月版　146 页

本书除收录《蒋介石的集中营》一书中的 11 篇以外，另增收《卑劣的统治群》（陈念棣等）、《流浪散记》（叶钦和）、《把孔子庙变成牢狱》（赖少其）共 19 篇报道和回忆录。

上饶集中营

言论出版社　1946 年 6 月翻印　158 页

内容与山东新华书店版基本相同，仅删去《流浪散记》，增换为《回到新四军》，并将《把孔子庙变成牢狱》改作附录。

上饶集中营（增补本）　长江　一青等著

临沂　山东新华书店　1948 年 6 月版　327 页

增补本删去了《把孔子庙变成牢狱》，增加了《茅家岭地狱》，此外增加了《西安"劳动营"内幕》（商新）、《兰州新关一八六号秘密监狱》（李志贤）等 5 篇作为附录。

集中营　长江等著

哈尔滨　东北书店　1946 年 12 月出版　173 页，哈尔滨　东北书店　1948 年 6 月 3 版　165 页

内容与山东新华书店 1946 年 3 月出版的《上饶集中营》完全相同。

G

高语罕

烽火归来

上海　美商华盛顿印刷出版公司　1939 年 3 月初版　有图
134 页　32 开

包括《过广州》《粤汉道中》《武汉小住》《到南京》《到安亭前线》《到上海前线》《南桥之夜》等 12 节，记述作者 1937 年从香港取道广州、武汉、南京到上海抗日前线，以及从上海返回南京的经历和见闻。

郭沫若

北伐途次（第一集）

上海　潮锋出版社　1937 年 1 月初版　32 开　146 页
叙述 1926 年北伐军进攻武昌前后作者的亲身经历。

上海抗战记　郭沫若等著

汉口　上海杂志公司汉口总店　1937年10月初版　1937年12月再版　118页　32开　抗战报告文学选集之三

上海　抗战出版社　1937年12月版　86页　32开

收入《火中的上海》（景江）、《战时的上海街头》（张天翼）、《在我们闸北的前线上》（秋士）、《目击的英勇战》（郭沫若）、《军中日记》（曹聚仁）等18篇记述"八一三"上海抗战情况的报道。抗战出版社版本书前有冯玉祥的诗《女军人》及蒋介石、宋美龄、张治中等人对抗战的态度的简讯3篇。

前线归来　郭沫若等著

上海　自强出版社　1937年11月初版　60页　32开　抗敌小丛书

上海　华光出版社　1938年1月初版　60页　32开　抗敌小丛书

抗战通讯报道集。收《前线归来》（郭沫若）、《张向华将军会见记》（夏衍）、《孙元良将军会见记》（田汉）、《不做俘虏的战士》（冰莹）、《战地去来记》（林林）、《战地剪影》（黎明健）等18篇。

前线归来

汉口　星星出版社　1938年5月初版　70页　32开

收《在轰炸中来去》《到浦东去来》《前线归来》3篇通讯报道。

在轰炸中来去

上海　抗战出版社　1937年11月初版　1938年1月再版冠图　64页　32开　抗战文艺小丛书　阿英主编

汉口　新人书店　1938年1月初版　49页　36开

记述全国抗战爆发后作者从日本回国，自上海到南京又返回上海的经历和见闻。书末附《中国文化界告国际友人书》。

抗战将领访问记　郭沫若等著

广州　战时出版社　1938年1月初版　86页　战时小丛刊之十

收《蒋委员长会见记》（郭沫若）、《青年中将孙元良横颜》（张若谷）、《记王敬久师长》（徐继尧）、《冯圣法师长素描》（曹聚仁）、《张发奎将军会见记》（夏衍）、《记张发奎将军》（朱朴）、《铁军及其领导者张发奎将军》（范文）、《陈诚将军访问记》（佚名）、《罗将军会见记》（王达夫）、《访罗将军》（高公）、《杨森将军访问记》（胡兰畦）、《夏斗枢将军访问记》（胡兰畦）、《记宋希濂将军》（何戍君）、《翁照垣印象记》（东平）、《陈铭枢将军谈战局》（碧泉）、《抗战中的冯玉祥》（蓝天照）、《朱德彭德怀访问记》（王少桐）、《朱德彭德怀两司令访问记》（坚君）、《叶挺将军访问记》（佚名）、《汤恩伯军长与王仲廉师长》（小方）、《方振武将军会见记》（沙介宁）、《刘峙将军》（章雅声）等27篇文章。

血战台儿庄　郭沫若等著

北京　民族出版社　1938年4月初版　86页　36开　鲁公编

收《鲁南胜利之外因》（郭沫若）、《台儿庄血战经过》（长江）、《台儿庄血战速写》（宇文济民）、《台儿庄大胜利》（金仲华）等11篇报道和评论。

上海血战记　郭沫若等著

长沙　抗敌文学会　1938年5月版　192页　32开　抗战丛书之四　抗敌文学会编

收入阿英、何家槐、曹聚仁、夏衍、胡兰畦、郭沫若等人记述
"八一三"抗战的文章 38 篇。

南京印象

上海　群益出版社　1946 年 11 月初版　109 页　32 开

记述作者 1946 年前往南京参加"参政会"期间的见闻。包括
《初访蓝家庄》《漫游鸡鸣寺》《梅园新村之行》等 17 篇。

H

含 沙

攻到多伦去

成都　北平新文艺书店　1944 年 4 月初版　26 页　文艺小
丛书

分《到西菜园去吃早饭》《咱们的命不要了!》《师长回来了!》
等 6 节，记述全国抗战初期华北的一次战役。

胡兰畦

在德国女牢中

上海　生活书店　1937 年 4 月初版　1939 年 6 月重庆再版
有图　294 页　32 开　妇女生活丛书之四

作者被囚在德国监狱的回忆录。书中有作者小引、后记，有新
波、陈烟桥、若虹的插图 11 幅。本书在《妇女生活》杂志上连
载过。

在抗战前线

上海　大时代出版社　1937年12月初版　43页　32开　抗战文库之一

抗战战地通讯集，收《犒军去！》《战场一角的鏖战》《大战东林寺》《四川军队上了火线》4篇。

淞沪火线上　胡兰畦等著

汉口　生活书店　1938年2月初版　148页　32开　抗战中的中国丛刊之二　长江主编

报道"八一三"上海抗战情况。收《英勇的铁鸟》（次宵）、《军中三日记》（胡兰畦）、《钢勇士》（许华）、《前线两昼夜》（吴大琨）、《走向东战场》（冯英子）、《在北新泾火线上》（征雁）等10篇。

东线的撤退　胡兰畦等著

汉口　生活书店　1938年3月初版　1938年4月再版　102页　32开　抗战中的中国丛刊之四　长江主编

记述全国抗战初期东战场的情况，收入《闸北孤军退出记》《火线上的妇女割谷队》《模范军人——尹团长》《告别上海》《绕行江北》《感慨过金陵》《江行杂感》《上海书简》等8篇，作者有问津、长江、靳以。

战地一年　胡兰畦等著

重庆　生活书店　1939年3月初版　215页　32开

收入"劳动妇女战地服务团"成员十余人写的抗日战地情况报道48篇。

战地二年　胡兰畦等著

吉安　劳动妇女战地服务团　1939 年 12 月初版　287 页
32 开

收入"劳动妇女战地服务团"成员数十人笔下的抗日战地情况
报道 67 篇。卷首有肖文等人的题词和胡兰畦的《序》《回顾二年》
《我们的工作环境与工作方法》3 篇文章，末附《战地二年纪念歌》。

战地三年　胡兰畦等著

吉安　劳动妇女战地服务团　1940 年 12 月初版　318 页
32 开

收入"劳动妇女战地服务团"成员写的抗日战地情况的报道，
有《战地旅程》（胡兰畦）、《战场生活观察》（秦秋谷）、《沦陷区的
故事》（朱辛慧）、《欢送》（杨崎）等 69 篇。书前有罗卓英的题词，
书末附该团的《三年总算》和《工作人员简历表》。

华　嘉

香港之战

重庆　文林出版社　1942 年 3 月初版　131 页　32 开

分《香港打了十八天》《一个都市的陷落》《逃亡的开始》《沦
陷区见闻》《归途什记》5 章，记述日军侵占香港始末和著者见闻。

L

老 白

从华盛顿到重庆

成都　中西书局　1944 年 4 月初版　154 页　36 开

记述作者于 1942 年自美国取道大西洋、印度洋、印度回国的经历和沿途所见风物。收入《最后一晚》《别矣，华盛顿》《罗霍克之夜》等 20 余篇，书前有序，题词页上著者名为李慕白。

李 昂

西北散记

成都　胜利出版社四川分社　1943 年 5 月版　214 页　32 开

全国抗战爆发后，作者从上海随军西撤到西北，1940 年 5 月转赴重庆。本书是其回忆西北生活的散记。收入《到西北来的动机》《回首上海》《南京的最后印象》《抗战初期的长安》《陇上行》《如此兰州》《黄河边上》《中国的路》等 35 篇文章。

李辉英

山谷野店

重庆　独立出版社　1940 年 4 月初版　112 页　32 开　抗战文学丛刊

收入《第一课》《起居注》《聊城途中》《徐州车站》《开封之夜》《山谷野店》《陇海西行车》等20篇报道。

李劼人

危城追忆
1937年《新中华》第5卷1—6期

李鲁子

重庆内幕
重庆　江东出版社　1945年1月初版　1945年4月3版　94页　36开

收入《重庆内幕的第一幕》《新生市场的解剖》《神秘的较场口》《雾里乾坤》《重庆的一般建筑》《游击慈善家》《一人行进化纪》《重庆人的早安》《我知道的比你们多》《从电烫头发说起》等57篇，这些文章曾连载于重庆《南京晚报》。书前的有聂世琦和陆诒的序各1篇。

刘岚山

领路的人
重庆　文化工作社　1949年8月初版　172页　文化工作社工作文丛　第1辑

著者采访鄂豫皖边区时所写的通讯报道集，收入《遗嘱》《战斗的儿女们》《他是我的哑巴兄弟》《兄弟》。

刘盛亚

卐字旗下　跋

1942 年 10 月《文艺阵地》第 6 卷 4 期

卐字旗下

记郭沫若（1946 年 1 月 13 日　成都）

江上（1946 年 4 月）

记茅盾（1946 年 5 月）

红白喜事（1946 年 12 月）

M

马元放

归汉记

重庆　大光出版社　1944 年 7 月初版　84 页　32 开

作者于 1940 年 6 月在上海被日伪劫持，1943 年 8 月在南京脱身，12 月到重庆，本书分 14 章记述此事经过。书末附录《狱中吟暨和作辑存》等 3 种，书前有作者弁言。

茅 盾

见闻札记

桂林 文光书店 1943 年 4 月初版 1944 年 5 月 3 版 1946 年 7 月沪 5 版 141 页 32 开 文光文丛

记述作者 1938—1941 年由重庆去新疆，然后南下香港途中的见闻，收《兰州杂碎》《西京插曲》《秦岭之夜》《"天府之国"的意义》《"雾重庆"拾零》《贵阳巡礼》《海防风暴》《新疆风土杂忆》等 18 篇。书末有后记。

S

沙 汀

随军散记

上海 知识出版社 1940 年 11 月初版 1945 年 10 月再版 1946 年 3 月 3 版 158 页 32 开

大连 大众书店 1946 年 8 月初版 158 页 32 开

作者曾于 1938 年 11 月—1939 年 4 月随同贺龙到晋西北和冀中前线。本书记述贺龙在前线的生活、经历及有关他的故事。书前有前记。

司马文森

一个英雄的经历

重庆　生活书店　1940年7月初版　184页　32开

收入《土地》《大时代中的小人物》《渣滓》等8篇通讯报道，书前以《悲剧而英雄的时代》一文代序，序文言本书除《土地》外，大部分是作者另一集子《粤北散记》的后半部分内容。

大时代中的小人物

重庆　上海杂志公司　1945年2月复兴1版　274页　32开

短篇小说集，收入《大时代中的小人物》《一个英雄的经历》《东江一少年》等10篇报告文学。本书为《奇遇》（增订本）一书的改名重版。封面书名为《大时代的小人物》。

T

陶敬之

万县的一日

万县　万报馆　1938年出版　52＋17页

陶　雄

航空圈内

成都　中国的空军出版社　1940年1月初版　108＋14页　36开　空军文学丛书　第2种　丁布夫主编

收入《当热烈氛围拥抱住中国飞机场的时候》《"天皇"小史》《生日》《囚虏之音》《两年来活跃祖国银空的"铁雨战士"》《两年来"东海大队"的空中突击》6篇。

田　丁

在火线上：东南线　战地通讯　田丁编

汉口　大时代书店　1938年1月版　32开　119页

记述东南抗日战场情况的通讯报道集。收入《在前方——不朽的一夜》（徐迟）、《血战三日记》（冰莹）、《火线上的军民抗敌联欢大会》（王亚平）、《女兵们》（子冈）、《告别上海》（长江）等20篇。

在火线上：西北线　战地通讯　田丁编

汉口　大时代书店　1938年出版　32开　176页　田丁编

记述西北抗日战场情况的通讯报道集。收入《退出了保定》（韩清涛）、《察南退出记》（长江）、《离开了归绥》（吴希圣）、《大战平型关》（秋江）、《平型关胜利之光荣回忆》（溪映）、《忻口之战》（何渭烈）、《晋北战况之回忆》（季云）等32篇。

田　涛

战地剪集

重庆　艺文研究会　1938 年 10 月初版　1939 年 1 月 5 版　80 页　32 开　抗战文艺丛书　中国文艺社主编

收入《夜行军》《十月十日》《冲过滹沱河去》《姜大哥》《山窝里》《漳河里的水鬼》《夜袭道清路》《孩子和军官》8 篇。

大别山荒僻的一角

长沙　商务印书馆　1940 年 11 月　90 页　大时代文艺丛书，重庆　商务印书馆　1944 年 6 月渝 1 版　90 页

收入《受伤的战士》《船上》《苦难》《李小棚》等 9 篇。

W

文启蛰

信

成都　四川风景社　1939 年 1 月初版　74 页　四川风景社丛书　第 2 种

书信体报告文学，共收 18 封信，叙述作者参加军训的生活和体会，书前有萧军的《奴隶与奴才》，书末有周文的校后记和作者的后记。

X

萧 军

侧 面（第一部：我留在临汾）

成都　跋涉书店　1938 年 11 月初版　18＋156 页　32 开

长篇报告文学，全书共三部，本册仅为第一部。书前有著者前记。

萧 乾

见 闻

重庆　烽火社　1939 年 9 月初版　87 页　32 开　烽火小丛书
第 10 种

记述作者抗日战争初期去各地的见闻。收《贵阳书简》《安南
的启示》《伟大同情的化身》等 10 篇报道。

谢冰莹

战士底手

重庆　独立出版社　1941 年 4 月初版　59 页　32 开　抗战文
学丛刊

收入《战士底手》《俘虏》《三个老太婆》《忆太君》《笔》《亳
州王太婆》《正阳关的难童》《永城之一夜》《流浪儿林小二》《汉奸
的儿子》等 10 篇通讯报道。

Y

杨昌溪

在火线上的四川健儿（川军抗战实录）

上海　金汤书店　1938 年初版　60 页　32 开

抗战通讯报道集，收入《站在国防前线的川军》《血战东战场上的杨森将军》《孙军藤县血战实录》《藤县血战殉国的王铭章师长》《陈离师长病榻访问记》《两下店川军建奇功》《在西火线上血战的川军》《保卫长治的李其相将军》等 20 篇。

杨　朔

潼关之夜

重庆　烽火社　1939 年 4 月初版　70 页　32 开　烽火小丛书第 7 种

收入《南苑，这儿开过我们的血花》《王海清》《秋风吹起了征愁》《成仿吾先生》《潼关之夜》《火并》《雪花飘在满洲》《征尘》8 篇报道。

叶以群

生长在战斗中

重庆　中国文化服务社　1940 年 10 月初版　1941 年 10 月香

港再版　120页　32开　作家战地访问丛书　中华全国文艺界抗战协会编辑

收入《踏进斗争中》《红枪会底英雄》《未成年者底进展》《横渡浊漳河》《记松井英男》等9篇，记述抗日战争中的英雄事迹及被俘日军士兵情况。

战斗的素绘

重庆　作家书屋　1943年11月初版　204页　32开　以群编

抗战以来报告文学选集，收《在伤兵医院中》（惠珠）、《杨可中》（曹白）、《第七连》（东平）、《斜交遭遇战》（s. m.）、《我怎样退出南京的》（倪受乾）、《当南京被虐杀的时候》（汝尚）、《溃退》（于逢）、《开麦拉之前的汪精卫》（黄钢）、《火焰下的一天》（荆有麟）、《生产插曲》（夏蕾）、《通过封锁线》（沙汀）、《塞行小记》（魏伯）等12篇。前有编者的《论抗战以来的报告文学》（代序），书末有后记。

Z

曾　克

在战斗中

中篇报告文学，1940年连载于重庆的《妇女生活》，个别篇章刊于茅盾主编的香港《文艺阵地》。

这部七万余字的纪实作品是作者跟随部队踏遍河南战区十几个县的所见所闻所思的结果，所描写的对象除了抗日战士，还有普通民众，所涉及的生活面相当广泛深入，真实再现了抗日战争中军民的生活。

周　文

茶　包
1934 年 12 月 5 日《太白》周刊第 1 卷第 6 期

第三生命
1935 年 2 月 20 日《文学新辑》第 1 辑

京沪途中
1937 年 10 月 3 日《烽火》第 5 期

紧张的上海
1937 年 12 月 1 日《金箭》第 1 卷第 4 期，署名司马疵。

成都的印象
1937 年 12 月 5 日《战旗》创刊号

从灯笼到火炬
1938 年 2 月 16 日《新民报》副刊《国防文艺》第 11 期

雨中送出征——六月十日记实
1938 年 10 月 1 日《文艺阵地》第 1 卷第 12 期

文学理论与评论

A

阿 垅

人·诗·现实

收入作者写于 1940 年代的作品，由北京生活·读书·新知三联书店于 1986 年 7 月出版。

人和诗

上海 书报杂志联合发行所 1949 年 118 页

分《什么是诗》《诗底形式》《诗底内容》三部分，具体阐述诗歌的基本理论。

艾 芜

文学手册

桂林 文化供应社 1941 年 3 月初版 1941 年 7 月再版

1942 年 2 月 4 版（普及本）　　135 页

收入《什么是文学》《文学是从什么东西而发生的》《文学是因什么条件发生的》《文学是服务于什么人的》《文学的主要功用是什么》《学习文学需要天才吗》《为什么要从事文学（写作的动机）》《文学的主要工具是什么》《文学的基本材料是什么》《怎样获得文学的技巧》《需要建立自己的宇宙观和人生观吗》《创作的时候需要热情吗》《创作需要灵感吗（灵感是不是可以培养）》《创作的主要条件是什么》《作品中的人物是怎样来的》《怎样描写人物的个性》《怎样写人物讲话》《怎样写景》《创作过程是怎样的》《怎样把平凡的故事写得有趣味》《一些作家怎样写作的》《内容重要还是形式重要》《文学中国化及民族形式的主要东西是什么》《文学的主要潮流是什么》及后记，详述文学的基本知识和创作方法，以及当时文学运动的思潮问题。

文学手册（增订本）

桂林　文化供应社　1942 年 10 月增订 5 版　　1946 年 4 月港 1 版　1947 年 9 月港再版　1948 年 10 月沪新 3 版　　221 页

分 3 篇，举实例说明什么是文学、文学的欣赏、文学的创作等问题。有后记，说明增订本是据 1942 年 2 月的普及本改写的。1948 年上海版增列副题"青年自学指导手册"。收入《文学可以自己学习吗》《学习文学需要天才吗》《为什么要从事文学》《从事文学需要浪漫的生活吗》《文学是服务于什么人的》《文学的主要功用是什么》《什么是文学》《文学是从什么东西发生的》《文学是因什么条件发生的》《怎样获得文学的工具》《怎样获得文学的材料》《怎样获得文学的技巧》《创作的主要条件是什么》《创作需要灵感吗》《作品是表示人生见解的吗》《怎样反映现实》《怎样写作品中的人物》《怎样写人物讲话》《怎样写背景》《创作过程是怎样的》

《怎样开始》《怎样才把平凡的故事写得有趣味》《要怎样才把作品写得好》《形式重要还是内容重要》《文学中国化及民族形式的主要东西是什么》《现实主义与浪漫主义》。

谈人物描写　茅盾　艾芜　胡风等著

文史出版社　1946年7月版　96页

收入《谈人物描写》（茅盾）、《怎样创造典型人物》（艾芜）、《什么是"典型"和"类型"》（胡风）、《典型人物的描写》（徐懋庸）、《光明面人物的描写》（公孙炫）、《人和典型》（罗荪）、《人物是怎样来到你笔下的》（陈白尘）、《报告文学中的人物描写》（以群）、《谈人物的描写与历史的关系》（戈矛）、《小说中凸显的人物》（田仲济）、《鲁迅创作里的典型人物》（辛勤）、《论剧作〈家〉中的人物创造》（李天济）、《写人物——以安娜·克列尼娜为例》（端木蕻良）、《果戈里描写人物》（艾芜）。

C

陈白尘

习剧随笔

重庆　当今出版社　1944年4月初版　32开　70页　当今戏剧丛书　徐昌霖主编

收入《历史与现实》《人物是怎样来到你笔下的》《给巴人》《〈结婚进行曲〉外序》《"暴露"和"悲观"》《需要与接受》《我的欢喜》等7篇有关戏剧创作的随笔及剧本序文，以及《论大后方戏剧运动的危机》一篇。有前记。

陈　铨

戏剧与人生：编剧概论

重庆　在创出版社　1944年6月初版　32开　104页　在创丛书　林同济、陈铨主编

上海　大东书局　1947年2月版　32开　104页　在创丛书　林同济、陈铨主编

分：《论英雄》《造氛围》《择经验》《重批评》《谈修养》《识深浅》《明结构》《选人物》《练语言》等9章，介绍戏剧的创作理论。大东书局版无副题。

戏剧概要

上海　特勤学校编印　1948年7月初版　32开　100页

分《戏剧的起源》《希腊悲剧》《莎士比亚》《浮士德》《写实主义》《象征主义》《自然主义》《表现主义》《未来派》《深浅问题》《戏剧与经验》《戏剧与观众》《创作与批评》13章，浅近地介绍戏剧的产生、发展、名人、名著、思潮、流派以及创作、评论等常识。

中德文学研究

上海　商务印书馆　1936年4月初版　212页

共5章，第一章绪论包含《范围与性质》《中国同欧洲到十八世纪末叶的关系》，第二章小说篇包含《歌德与中国小说》《对于歌德所读小说译本和原文的评价》《中国历史小说对于德国文学的影响》《中国神怪小说的翻译》《〈金瓶梅〉〈红楼梦〉的介绍》《结论》，第三章戏剧篇包含《改编中国戏剧的困难》《歌德与中国戏

剧》《席勒〈图郎多〉里的中国成分》《龚彭柏〈神笔〉与江淹故事》《克拉朋的〈灰阑记〉》《洪德生的〈西厢记〉〈琵琶记〉》《卫礼贤的翻译》《德国学者对于中国灯影戏的研究》《结论》，第四章抒情诗篇包含《歌德与中国抒情诗》《雷克特与司乔士》《中国抒情诗与近代德国作家》《结论》，第五章《总论》。

文学批评的新动向

重庆　正中书局　1943 年 5 月初版　180 页　中国人文科学社丛刊

共 4 章，第一章为《理论的建设——新的基础》，包含《文学批评的新动向》《民族运动与文学运动》《盛世文学与末世文学》《文学与时代》，第二章为《过去的评价——中国文学对于世界的贡献》，包含《批评的标准》《固定中国民族对人生态度的三大思想家》《合理主义文学对人生的启示》《返本主义文学对人生的启示》《消极主义文学对人生的启示》《回顾》，第三章为《异邦的借镜——德国狂飙运动》，包含《狂飙时代的德国文学》《浮士德的精神》《狂飙时代的席勒》，第四章为《伟大的将来——意志哲学》，包含《叔本华的哲学》《尼采思想的演变》《寂寞沙易卜生》《赫伯尔的泛悲伤主义》《叔本华与红楼梦》《尼采与红楼梦》。

F

方　豪

红楼梦新考

重庆　独立出版社　1944 年 4 月初版　有图　36 开　42 页
通过对红楼梦的外国地名、外国物品以及《红楼梦》中人物与

外国人物的关系研究，考证《红楼梦》的创作问题。末有附录。系
《中外文化交通史论丛》第一辑的抽印本（第71—112页）。

冯雪峰

论民主革命的文艺运动

上海　作家书屋　1946年6月初版　1947年7月2版　32开
137页

本书据作者在一次文艺漫谈会上的发言稿整理而成，分为七
题：《过去的经验》《什么是主要的错误》《现在的基础任务及运动
的原则》《现实主义在今天的问题》《大众化的创作实践》《批评及
统一战线下的批评》《文艺团体》。有序。

傅庚生

中国文学欣赏举隅

桂林　开明书店　1943年9月初版　32开　15＋241页　开明
青年丛书

上海　开明书店　1946年1月再版　1947年2月4版　1948
年7月特1版　1949年1月6版　32开　15＋241页　开明青年
丛书

分26章，从感情、想象、理性及形式等四个方面，讲述中国
古典文学名著的欣赏问题，有陆侃如的序及作者的《书旨与序目》。

中国文学批评通论

重庆　商务印书馆　1946 年 1 月初版　1947 年 8 月沪初版
32 开　224 页

分绪论、本论、结论 3 篇，论述文学批评的定义，创作与批评，中国文学批评史略，中国文学批评的感情论、想像论、思想论、形式论，个性时地与文学创作，中国文学之文质观等。

G

高语罕

红楼梦宝藏六讲

重庆　陪都书店　1946 年 7 月初版　320 页　32 开

分 6 讲研究《红楼梦》：一、一面镜子，讲应该怎样了解《红楼梦》；二、贾宝玉，叙述与分析贾宝玉与林黛玉、薛宝钗、史湘云的参伍错综的关系；三、王熙凤，讲述王熙凤个人的才与性及其与贾府兴亡的关系；四、几个奇女子，描写大观园中几个杰出的女子，如妙玉、尤三姐等的生活特色；五、两个老太婆，叙述贾母和刘姥姥这两个不同典型的妇女；六、《红楼梦》的宝藏，详述《红楼梦》的文学风格、描写技巧以及选字用语特点，并比较前八十回与后四十回的优劣与异同。

郭沫若

文艺论集

上海　光华书局　1925 年 12 月初版　1927 年 2 月 3 版　32 开
344 页　创造社丛书　郭沫若著作集　初集第 1 种

分两卷，上卷收入《中国文化之传统精神》《论中德文化书》
《读梁任公〈墨子新社会之组织法〉》《惠施的性格与思想》《伟大的
精神生活者王阳明》等论文 5 篇，附录《精神文明与物质文明》
《新旧与文白之争》《王阳明的教育说》《静坐的功夫》等 4 篇及
《整理国故的评价》《古书今译的问题》《天才与教育》《国家的与超
国家的》《雅言与自力》；下卷收《艺术家与革命家》《艺术的评价》
《文艺之社会的使命》《生活的艺术化》《自然与艺术》《文艺上的节
产》《一个宣言》《论国内的评坛及我对于创作上的态度》《批评与
梦》《未来派的诗约及其批评》《瓦特裴德的批评论》《论文学的研
究与介绍》《太戈儿来华的我见》《儿童文学之管见》《神话的世界》
《波斯诗人莪默伽亚谟》《少年维特之烦恼序引》《西厢艺术上之批
判与其作者之性格》《我对于〈卷耳〉一诗的解释》《释玄黄》《论
诗》等文艺论文 21 篇。有作者序。

文艺论集　郭沫若等著　柳倩编

上海　创造社　1929 年 5 月初版　1930 年 1 月再版　36 开
118 页

文艺论文集，收入《文艺上之社会的使命》《文艺家的觉悟》
《革命与文学》《艺术家与革命家》（郭沫若），《文学上的阶级斗争》
（郁达夫），《赤俄新文艺时代的第一燕》（瞿秋白），《拜伦百周年纪念》（沈雁冰），《文学革命论》（胡适）等 12 位作者的 17 篇论文，卷首有郭沫若的"献诗"。

文艺论集

上海　光华书局　1929 年 7 月 4 版　32 开　424 页

内容比 1927 年版增加《文学之本质》《论节奏》《由诗的韵律说到其他》等论文 3 篇，共收论文 34 篇，删去 1927 年版 4 篇附录，有作者序。

文艺论集

上海　光华书局　1930 年 6 月初版　1933 年 3 月 7 版　36 开 424 页

全书内容除删去 1929 年版原收论文《中国文化之传统精神》《儒教精神之复活者王阳明》《论诗》《整理国故的评价》《国家的和超国家的》5 篇外，与该版相同。内分三部分：一、泛论（9 篇）；二、文艺批评（9 篇）；三、作家作品评价（3 篇），有作者自序。末附录《古书今译的问题》《我对于〈卷耳〉一诗的解释》《释玄黄》《论中德文化书》《读梁任公〈墨子新社会之组织法〉》《惠施的性格与思想》《天才与教育》《雅言与自力》等 8 篇论文及一篇跋尾。

文艺论集续集

上海　光华书局　1931 年 9 月初版　32 开　191 页

收入《我们的文学新运动》《孤鸿——致仿吾的一封信》《文学家的觉悟》《革命与文学》《英雄树》《桌子的跳舞》《留声机器的回音》《我们的文化》《文学革命之回顾》《关于文艺的不朽性》《眼中钉》等 11 篇论文。

文学评论

上海　爱丽书店　1931 年 4 月初版　32 开　350 页

收入《新文学之使命》《文学界的现象》《国学运动的我见》《民众艺术》《东方艺术研究会》《艺术之社会的意义》《士气的提倡》《写实主义与庸俗主义》《悲多汶传序》《新的修养》《科学之价值的序论》《论译诗》《秋的诗歌》《郑译新月集正误》《莪默伽亚谟新研究》《诗之防御战》《建设的批评论》《批评与同情》《批评与批评家》《一年的回顾》《命命学的批评》《一叶的评论》《呐喊的评论》《批评的建设》《沉沦的批评》《残春的评论》《评冰心女士的〈超人〉》《作者与批评家》《学者的态度》《雅典主义》《诗二首》《江南的春讯》《矮丑说道者》《东京》《太湖纪游》《春游》等 36 篇论文。封面书名为《现代文学评论》。

孤　鸿

上海　光华书局　1933 年 4 月版　32 开　98 页

收入《孤鸿——致仿吾的一封信》《我们的文学新运动》《文艺家的觉悟》《革命与文学》《我们的文化》《关于文艺的不朽性》等 6 篇论文。

屈　原

上海　开明书店　1935 年 4 月初版　1936 年 3 月再版　32 开 122 页

论述屈原的生平、作品及其艺术与思想，有序。末附《离骚今言译》。

孟夏集　郭沫若等著

桂林　华华书店　1942年8月初版　32开　184页　新文学连丛

收入《写尔所知》（郭沫若）、《有意为之》（茅盾）、《关心的，熟悉的》（夏衍）、《选取题材的一例》（宋之的）、《关于题材》（荃麟）、《略论苏联的民间创作》（曹靖华）、《西万提斯研究》（胡仲持译）等论文7篇；《山庄中》（罗烽）、《融雪》（田涛）、《忆爱罗先珂》（仲持）、《孩子们》（文若）、《还乡》（易庸）、《杂写三则》（宜闲）等小说、散文、杂文6组。

文艺新论　郭沫若等著

成都　莽原出版社　1943年1月初版　32开　233页　莽原文丛　第1辑　柳倩编

分五部分：一、作家研究·书评，收入《尼克拉索夫与母亲》（索开）、《安娜·卡列尼娜的产生》（李葳译）、《论契诃夫的剧本与演出》（凌鹤）、《屈原艺术》（臧云远）、《新都花絮》（孟梵）、《"笼"和"鸟"》（叶知秋）等6篇论文；二、戏剧·地方剧，收《建立戏剧批评的意义》（叶知秋）、《〈乐园进行曲〉与今后的歌剧运动》（柳倩）、《评〈棠棣之花〉》（黄芝冈）、《由"墓地"走向"十字街头"》（郭沫若）、《我所见到的〈北京人〉》（汇南）、《川戏初论》（柳倩）、《柴市街·情探·断桥》（田汉）、《关于〈活捉王魁〉》（贺绿汀）等8篇论文；三、诗论·诗剧，收《新诗和新美学》《新诗歌的灵魂美》《诗剧的可能性》（臧云远）、《诗歌的现实性》《新诗的庄严性》《诗的想象》《创造新风格》《新诗之沉滓》《写抒情叙事诗》《杜诗的双音对仗句》（王亚平）、《论新诗的用字和造句》（柳倩）、《新诗的语言问题》（冯乃超）等12篇论文；四：木刻·绘画·音乐，收《中西木刻史略》（刘铁华）、《木展与木运》

《刀的艺术》《木刻艺术的表现形式》（柳倩）、《论绘画的美》（臧云远）、《绘画的民族形式问题》（陈叔亮）、《略谈绘画上的临摹》（王琦）、《谈民族的歌乐》（辛苑）、《论拍子·节奏与速度》（李嘉）等9篇论文。五、漫谈·杂论，收《告鞭尸者》（郭沫若）、《听说》（茅盾）、《政治的幽默与讽刺示例》（潇湘）、《清朝对于小说之查禁》《论曹雪芹之冤》《断想》（荆有麟）等6篇论文。有编者后记。

屈原研究

重庆　群益出版社　1943年7月初版　32开　196页

收入《屈原身世及其作品》《屈原时代》《屈原思想》等3篇论文，以及《离骚今译》。其中第一篇曾以《屈原》为书名由开明书店出版过，附跋。

走向人民文艺　郭沫若等著

沁源　太岳新华书店　1946年11月初版　36开　29页

收入郭沫若的《走向人民文艺》《坚持人民本位的人民文艺》《诗歌与音乐》，爱伦堡的《论作家的业务》，何其芳的《关于现实主义》，陈涌的《关于政治诗》等6篇文章。

论赵树理的创作　郭沫若等著

朝城　冀鲁豫书店　1947年7月初版　32开　56页

收入周扬的《论赵树理的创作》、黎玉的《介绍大家读〈李有才板话〉和我们的群众路线》、郭沫若的《〈板话〉及其他》《读了〈李家庄的变迁〉》，茅盾的《论赵树理小说》等10篇论文。末附郭沫若的《谈解放区文艺》及《上海读者热爱解放区作品》2篇。

论赵树理的创作　郭沫若等著

石家庄　晋察冀新华书店　1947 年 12 月初版　32 开　66 页

收入黎玉的《介绍大家读〈李有才板话〉和我们的群众路线》、周扬的《论赵树理的创作》、郭沫若的《〈板话〉及其他》、茅盾的《论赵树理小说》等 9 篇论文。末附郭沫若的《谈解放区文艺》。

郭银田

屈原之思想及其艺术

重庆　独立出版社　1944 年 6 月初版　32 开　296 页

论述屈原的生平、时代背景、作品、思想和艺术，有序。

H

何剑熏

中国文学史

上海　寒流社　1948 年初版　324 页

分绪论、原始共产社会的文学和奴隶社会的文学三部分。

胡　风

论民族形式问题

重庆　学术出版社　1941 年 4 月初版　28 开　104 页

上海　海燕书店　1947 年 4 月新版　32 开　106 页　七月文丛第 1 集　胡风主编

收入《大众化运动一瞥》《在新的形势下面》《对于五·四革命文艺传统的一理解》《对于民间文艺的一理解》等 9 篇论文。学术出版社版有前记和附记。海燕书店版有题记和附记。书名页上题有"问题的提出、争点和实践意义——对于若干反现实主义的倾向的批判提要，并以纪念鲁迅先生底逝世四周年"字样。

看云人手记（胡风第二批评论文集）

重庆　自力书店　1944 年 7 月新 1 版　32 开　172 页

收入《M·高尔基断片》《新现实主义底一"修正"》《典型论底混乱》《文学修正业底一个基本形态》《漫谈个人主义》《自然主义倾向底一理解》《田间底诗》《〈死灵魂〉与果戈里》等 20 篇论文。

密云期风习小纪（胡风第二批评论文集）

上海　海燕书店　1947 年 8 月新 1 版　32 开　186 页

与前书内容相同，前有写于 1938 年 6 月的原序及写于 1944 年 6 月的重庆版序。

民族战争与文艺性格（胡风第三批评论文集）

重庆　南天出版社　1945 年 1 月初版　32 开　237 页　七月新丛其三　胡风主编

重庆　希望社　1946 年 4 月沪版　32 开　237 页　七月新丛其三　胡风主编

收作者 1937—1941 年所写的《论持久战争中的文化运动》《民族革命战争与文艺》《民族战争与我们》《文学史上的五·四》《大

众化问题在今天》《理论与理论》《关于创作的二三理解》等 19 篇文艺评论，有序。

在混乱里面（胡风第五批评论集）

重庆　作家书屋　1945 年 4 月初版　1946 年 6 月沪 1 版　32 开　280 页

收入作者写于 1942—1943 年的《关于创作发展的二三感想》《如果现在他还活着》《四年读诗小记》《"北京人"速写》《死人复活的时候》《〈旗〉后记》《〈东平短篇小说集〉题记》等 27 篇文艺论文，有序。

逆流的日子（胡风第六批评论文集）

上海　希望社　1947 年 3 月初版　32 开　212 页

收入作者写于 1944—1946 年春的文艺论文、杂文，有序和后记。

胡绍轩

战时戏剧论

重庆　独立出版社　1940 年 3 月初版　32 开　57 页　战时戏剧理论丛书

首先总论戏剧在战时的功效、题材和形式，然后对群众剧、街头剧、活报剧等分别做了论述。有丛书总序。

K

孔罗荪

文艺漫笔

重庆　读书生活出版社　1942 年 5 月初版　1942 年 10 月再版
32 开　175 页

收入《文坛上的两种倾向》《鲁迅精神》《人和典型》《文学作品中的主题》《报告文学》《文学的语言》《近代文艺思潮》《文艺批评与鉴赏》《关于现实主义》《文学上的民族形式》《论争中的民族形式"中心源泉"问题》《抗战三年来的创作活动》等 12 篇论文。

L

老　舍

老牛破车

上海　人间书屋　1937 年 4 月版

成都　群益出版社　1942 年 10 月初版　129 页

创作经验谈，收入作者 1935—1936 年所写创作经验谈 14 篇，包括《我怎样写〈老张的哲学〉》《我怎样写〈赵子曰〉》《我怎样写〈二马〉》《我怎样写〈小坡的生日〉》《我怎样写〈大明湖〉》《我怎样写〈猫城记〉》《我怎样写〈离婚〉》《我怎样写〈短篇小说〉》《我怎样写〈牛天赐传〉》《谈幽默》《景物的描写》《人物的描写》《事实的运用》《言语与风格》。

通俗文艺五讲　老舍　何容编

重庆　中华文艺界抗战协会　1939年10月初版　32开　86页

收入《通俗文艺概论》(老向)、《民间形式的评价与运用》(纪彬)、《通俗文学的写作方法》(王泽民)、《通俗文艺的技巧》(老舍)、《通俗韵文浅说》(何容)等5篇论文,有老舍的序。

李长之

批评精神

重庆　南方印书馆　1942年12月初版　248页　32开

收入《批评家为什末要批评?》《文艺批评家要求什末?》《论文艺批评家所需要之学识》《论文艺作品之技巧原理》《论人类命运之二重性及文艺上两大巨潮之根本的考查》《现代中国作家缺少什末?》《论新诗的前途》《论研究中国文学者之路》《我对于"美学和文艺批评的关系"的看法》《我对于文艺批评的要求和主张》《论伟大的批评家和文学批评史》《论作家与批评家》《论目前中国批评界之浅妄》《现代美国的文艺批评》《童话论》《论儿童创作》《现代中国新诗坛的厄运》等17篇文艺评论。另有《杨丙辰先生论》《天津益世报文学副刊发刊辞》2篇附录。有序,写于1942年12月。

李辰冬

文学与青年

重庆　中国文化服务社　1940年7月初版　116页　青年丛书

分《社会意识与文学》《文学与社会的诸种关系》《文学的组织功能》《作者的个人意识及其普遍性》《意象的组合与表现》《文艺科学论》《中国文学史的演变》《今后中国文学的趋势》等9章，卷首有作者《致青年的一封信》。

新人生观与新文艺

重庆　中央文化运动委员会　1945年7月初版　32开　174页
中央文化运动委员会文化运动丛书　第11种

分理论、书评、乐辰轩笔谈三部分。第一部分收《为什么我们当代没有伟大的文艺》《五十年来的中国文艺思潮》《新诗的致命伤》《论新诗的内容与形式》等8篇论文；第二部分收对郭沫若、鲁觉吾、吴祖光、姚雪垠、臧克家、夏衍等人作品的评论；第三部分收作者对当时文艺界现象的杂感《要安定文艺家的生活》《要建树严正的批评风气》《写作自由的问题》等11篇。有作者自序。

《红楼梦》研究

重庆　正中书局　1942年1月初版　1943年7月6版　1946年4月版　1947年沪3版　32开　116页

分导言、"曹雪芹的时代个性及其人生观""《红楼梦》重要人物的分析""《红楼梦》的世界""《红楼梦》的艺术价值"等5章，有自序。

李广田

诗的艺术

重庆　开明书店　1943年12月初版　1946年1月沪再版

1947 年 7 月 3 版　　32 开　　128 页　　开明文学新刊

收入《论新诗的内容与形式》《诗的艺术：论卞之琳的〈十年诗草〉》《沉思的诗：论冯至的〈十四行诗〉》《诗人的声音：论方敬的〈雨景〉和〈声音〉》《树的比喻：给青年诗人的一封信》等 5 篇论文。

李劼人

法兰西自然主义以后的小说及其作家
1922 年 5 月《少年中国》第 3 卷第 10 期

《西摩伦的日记》译者附言
1924 年《小说月报》第 15 卷"法兰西文学研究专号"，《西摩伦的日记》译文后收入 1924 年 3 月上海中华书局出版的《妇人书简》，但附言没有收入。

《马丹波娃利》校改后记
1944 年《抗战文艺》第 9 卷第 1、2 期，是作者为 1944 年重庆作家书屋出版的《马丹波娃利》三译本写的后记。

《人心》重版小言
载于 1943 年重庆作家书屋版《人心》

《小东西》改译后细说由来
载于 1943 年 11 月作家书屋版《小东西》

《萨朗波》译者前言

译者所译弗罗贝尔的长篇小说《萨朗波》于 1931 年由商务印书馆出版，1947 年再版时，重新修订并添加了这篇前言。原稿存于李劼人故居纪念馆。

中国文学史概要

本篇系作者 1929—1930 年任国立成都大学文科教授兼预文科主任时，为预文科三年级学生讲授"中国文学史概要"时所撰，除作为讲义外，从未刊发，原稿藏于李劼人故居纪念馆。收入 2011 年四川文艺出版社《李劼人文集》。

李岳南

语体诗歌史话

成都　拔提书店　1945 年 6 月初版　32 开　108 页　诗焦点丛书　李岳南、夏舒雁编

叙述白话诗的渊源与流变，有小序。

刘念渠

战时旧型戏剧论

重庆　独立出版社　1940 年 12 月初版　32 开　58 页　戏剧理论丛书

论述抗战期间京剧和地方剧的概观、观众、写作及演出等问题。

卢冀野

中国戏剧概论

上海　世界书局　1934 年 3 月初版　32 开　10＋299 页　中国文学丛书　刘麟生主编

上海　世界书局　1944 年 4 月新 1 版　32 开　160 页　中国文学丛书　刘麟生主编

论述中国戏剧的起源与萌芽、宋戏的繁盛、金代的院本，元明清三代的杂剧和传奇，以及话剧的输入等。

词曲研究

上海　中华书局　1934 年 12 月初版　1940 年 5 月昆明再版　1941 年 2 月 3 版　32 开　172＋36 页　中华百科丛书　舒新城主编

论述了词曲的起源和发展、演变、介绍了主要的词、曲家。有舒新城的总序和编者序。书末附录《一个最低度研究词曲底书目》及名词索引。

民族诗歌论集

重庆　国民图书出版社　1940 年 12 月初版　32 开　112 页

收入《民国以来我民族诗歌》《边疆文学鸟瞰》《中国文学史上之妇女》《民族诗风之倡导者》《民族诗歌谈屑》5 篇文章。

民族诗歌绪论

重庆　国民图书出版社　1944 年 3 月初版　32 开　76 页

收入《抗战以来之中国诗歌》《所谓"尊皇爱国诗集"》《文学

史上之贵州》《散曲做法》4篇文章。

鲁觉吾

戏剧新时代

重庆　青年书店　1944年7月初版　50开　78页

收入戏剧论文8篇。有潘公展、陈铨的序、末附《抗战七年来之戏剧》一文。

吕　荧

人的花朵

重庆　大星印刷出版社　1945年2月初版　32开　209页　七月文丛之四　胡风编

上海　新新出版社　1947年10月初版　32开　209页　新新文艺理论丛书

上海　新新出版社　1948年2月初版　32开　209页　七月文丛　胡风编

收入《人的花朵》《鲁迅的艺术方法》《曹禺的道路》《论〈战争与和平〉的艺术、历史、哲学》《普列哈诺夫的〈普式庚为艺术而艺术论〉辩正》等5篇评介中、俄著名作家、作品的文章，有作者序。

M

茅 盾

文艺论文集

重庆　群益出版社　1942年12月初版　32开　87页　文艺译作丛刊　刘盛亚主编

收入《抗战期间中国文艺运动的发展》《〈诗论〉管窥》《旧形式、民间形式、与民族形式》等13篇。有后记。

戏剧的民族形式问题　茅盾　田汉等著

桂林　白虹书店　1943年5月初版　32开　168页

收入茅盾的《旧形式、民间形式、与民族形式》和《戏剧的民族形式问题》两篇论文，以及在桂林、重庆召开的"戏剧的民族形式问题座谈会"记录，参加者有夏衍、欧阳予倩、陈白尘、吴作人、田汉、郭沫若、胡风、老舍、茅盾、贺绿汀等人。

O

欧阳凡海

文学论评

重庆　当今出版社　1943年12月初版　32开　223页　当今文艺丛书　徐昌霖编

全书分六辑，收入《谈文学通信》《谈生活之深入与创作问题》《谈创作上的生活与取材》《调查研究与创作》《煮饭之道》《文学上的理智主义与感情主义》《一九三八年的中国文学》《文艺大众化到了一九三九年的认识》《一九四〇年上半期文学创作的倾向》《从抗战到一九四二年的五年间文艺理论》《从抗战至一九四二年初文艺动员的成果·缺点及其任务》《五四时代的鲁迅先生》《鲁迅先生在北京的经济状况》《鲁迅与自我批判》《〈文艺鉴赏辩解〉序言》《闸北打了起来》《批评论》《我对于〈神明的子孙在中国〉一书的认识》《什么是"战国派"的文艺》《论"文艺落后论"》《论历史剧》《评"面子问题"》《关于小说朗读》等 27 篇文艺论文。

欧阳山

文艺阅读与写作　欧阳山等著

重庆　学习生活社　1943 年 1 月初版　32 开　144 页　学习生活小丛书　学习生活社编

收入《什么叫做文学》（以群）、《怎样研究文学》（何其芳）、《从作者到读者》（欧阳山）、《认识生活和时代》（欧阳山）、《小说里的凸显人物》（田仲济）、《从杂感和散文开始》（周钢鸣）、《观察取材与表现》（田仲济）、《报告文学的写作方法》（以群）、《我怎样写诗的》（艾青）、《我怎样学写新诗》（臧克家）、《鲁迅论文艺写作者与文艺写作》（白兮）等 11 篇文学论文，有学习生活社的《写在小丛书之前》。

P

潘 文

编剧法

重庆 青年出版社 1941年2月初版 32开 60页 戏剧指导丛书 第1种

分《剧本》《剧作者》《创作的灵感》《材料的搜集与整理》《故事与情节》《人物》《对白》《编剧时应注意的几项事》《修改剧本》《写戏的步骤》等十部分，介绍有关戏剧的理论及创作方法。末附《值得学习和参考的剧本》。

R

任苍厂

怎样写剧本（戏剧写作指导）

成都 经纬书局 1945年1月初版 48开 96页

分《什么是戏剧》《写剧本的唯一条件》《主题》《拟大纲》《分幕》《人物的动作》《对话》《剧本的写成》《悲剧》《喜剧》《诗剧和歌舞剧》《剧本的演出》12节，介绍戏剧创作理论。末附《一只马蜂》《冷饭》两个短剧剧本。本书系《文艺写作指导》的一部分。

新诗写作指导

成都 经纬书局 1939年出版 92页

小品文写作指导

成都　甲申出版社　1945年5月初版　48开　80页

分《什么叫做散文小品》《小品的题材》《小品的价值》《怎样才算是好小品文》《练习小品文从何着手》《述感小品》《叙事小品》《摹状小品》《生活素描》等19个专题讲述小品文内容、分类及写作方法。

S

邵荃麟

《大众文艺丛刊》批评论文选集　荃麟　胡绳等著

北平　新中国书局　1949年6月初版　32开　415页　大众文艺丛刊社编辑

收入《论主观问题》（荃麟）、《文艺创作与主观》（乔木）、《略论文艺大众化》（默涵）、《战斗诗歌的方向》（乃超）、《再谈方言文学》（茅盾）、《对于当前文艺运动的意见》（本刊同人，荃麟执笔）、《文艺统一战线的几个问题》（萧恺）、《坚持"脚踏实地"的战斗》（吕荧）、《论文艺的人民性和大众化》（默涵）、《新形势下文艺运动上的几个问题》（荃麟）、《鲁迅思想发展的道路》（胡绳）、《论马恩的文艺批评》（荃麟）、《新中国电影运动的前途与方针》（于伶）、《方言文学的创作》（静闻）、《评路翎的短篇小说》（胡绳）、《评臧克家的〈泥土的歌〉》（默涵）、《评〈我的两家房东〉》《从〈白毛女〉的演出看中国新歌剧的方向》（乃超）、《罗曼·罗兰的〈搏斗〉》（荃麟）等25篇论文。均选自《大众文艺丛刊》。有编者前记。

沈起予

怎样阅读文艺作品

上海　生活书店　1936 年 6 月初版　1936 年 11 月 3 版　1947
年 10 月修订初版　136 页　青年自学丛书

重庆　生活书店　1939 年 10 月 8 版

上海　生活·读书·新知上海联合发行所　1949 年 6 月沪初版
92 页　新中国青年文库

介绍选择和阅读文艺作品的方法，提出判断文艺作品优劣的
标准。

孙毓棠

传记与文学

重庆　正中书局　1943 年 3 月初版　87 页　建国文艺丛书
第 1 集　顾一樵主编

收入《论新传记》《传记的真实性与方法》《历史与文学》《文
章絮话》《旧诗与新诗的节奏问题》《谈抗战诗》《生活的文学》等 7
篇论文。

T

田　汉

抗战与戏剧　田汉等著　独立出版社编

重庆　独立出版社　1939年11月初版　32开　56页　战时综合丛书　第5辑

本书汇辑应云卫、田汉、洪深、葛一虹、王平陵等12人在当时报刊上发表的文章18篇，分为《总论》《战时戏剧的特殊任务》《抗战剧运的实践》《抗战剧本的写作》《话剧的新形式》《旧剧的运用》《儿童剧论》《结语》等8章。卷首有编者弁言、末附讨论大纲。

田　禽

怎样写剧　田禽著　史枚修订

重庆　生活书店　1940年3月初版　32开　117页

成都　剧艺出版社　1943年1月初版　36开　102页

分《前言》《下笔之前》《怎样收集材料》《主题与故事》《语言与人物》《情节与命名》《论情境》《怎样布局》《戏剧的结构》《剧作者与演员的关系》《抗战戏剧一般的倾向》《关于集体创作》《剧作者的修养》等，介绍戏剧的创作方法。末有作者后记。

中国戏剧运动（新中国戏剧简评）

重庆　商务印书馆　1944年11月初版　1946年6月沪初版　32开　143页

收入《论中国戏剧批评》《中国战时戏剧创作之演变》《论中国的戏剧理论建设》《中国剧作家概论》《中国女剧作家论》《中国戏剧运动之路向》《第六届戏剧节感言》《三十年来戏剧翻译之比较》等8篇文章，有自序。

田仲济

新型文艺教程

重庆　华中图书公司　1940年9月初版　1941年4月再版　32开　156页

上海　现代出版社　1946年11月3版　32开　219页

分《三个练习生——正确的世界观》《写些什么，怎样地写——题材和主题》《神话和寓言——个性，类型，典型》《瓶和酒——内容与形式》等10节，以故事形式讲述文艺创作理论。有李何林的序、附录《论通讯员的写作和修养》等3篇。

小说的创作与鉴赏

重庆　文信书局　1943年11月初版　32开　148页

分《作家和社会》《观察取材与表现》《凸显的人物》《人物的思想和性格》等十部分，介绍小说的创作理论与鉴赏方法。

杂文的艺术与修养

重庆　东方书社　1943年8月初版　32开　112页

收入《略论杂文的特质》《讽刺与幽默》《鲁迅的杂文观》《鲁迅战斗的旗帜》《唐弢及其〈投影集〉》《高尔基的社会论文》5篇文章，有著者后记。

W

万亦吾

文艺欣赏之社会学的分析

重庆　商务印书馆　1945年10月初版　84页

分《当代趣味与时代精神》《艺术家社会地位的转变》《新文艺趣味的兴起》等7章。系据德国 LevinL. Schücking（列文 L. 舒肯）所著《文艺趣味的社会学》一书编译而成，书中所引多为美、德、法三国文学美术史中的实例。

王亚平

诗歌新论　王亚平　戈茅著

重庆　人间出版社　1942年12月初版　36开　110页

本书是作者的诗论著作，分《诗·诗人·生活》《诗的真实性与现实性》《主题与题材》《诗的形式》《语言美与音节美》《诗的情感》《诗歌的形象性》《诗歌的典型性》《诗的风格》《诗歌的表现技术》《诗的价值》《诗的修养与鉴赏》12章，论述诗歌的源泉、发展、表现形式、风格特点、社会价值以及创作技巧问题。

X

夏　衍

边鼓集

重庆　美学出版社　1944 年 10 月初版　32 开　133 页　海滨小集之十二

收《论正规化》《人·演员·剧团》《论"戏德"》《戏剧运动的今日与明天》《无名英雄赞》等 29 篇文章及后记。

萧　赛

曹禺论

成都　燕风出版社　1943 年 2 月初版　32 开　40 页　燕风丛书　第 2 种

分《我之写〈曹禺论〉》《曹禺作品的'中心思想'》《曹禺同别的名剧作家》《曹禺是'文学家'兼'剧场诗人'》《尾声》《尾声后的尾声——读〈家〉》6 章，评介剧作家曹禺及其主要作品。

徐　迟

美文集

重庆　美学出版社　1944 年 11 月初版　174 页　海滨小集之十一

收入《艺术与医术》《诗的元素与宪章》《中国文学的音乐性的秘密》《美国诗歌的传统》《谈比喻》《歌剧之为音》《论剧诗与机关布景》《假如罗曼·罗兰死了》《音乐之为人》《今天，我长久地看着地图》《赫奇队长底被捕》《黑球》《年轻的教授》《观叶浅予个展有感》《关于被束缚的普罗米修斯》等15篇论文。

徐中玉

民族文学论文初集

重庆　国民图书出版社　1944年2月初版　32开　14＋210页

收入《论民族文学的基本信念》《论民族制度》《论文学上的爱国主义》《论民族性的改造——民族性与民族文学》等11篇论文。有钟敬文序及作者自序。

抗战中的文学

重庆　国民图书出版社　1941年1月初版　36开　60页

本书分《抗战以新的生命给了文学》《文学用什么报答了抗战》《怎样加强文学的抗战》《文学目前的任务：抗战第一，胜利第一！》4章，讲述抗战时期的文学问题。

Y

姚雪垠

小说是怎样写成的

重庆　商务印书馆　1943年6月初版　135页　36开　大时代

文艺丛书　第 2 集

收入《文艺反映论》《论写作的学习过程》《创作漫谈》《我怎样学习文学语言》《抗战文学的语言的问题》《小说是怎样写成的》《屈原的文学遗产》7 篇文章。卷首有作者题记。

Z

张天翼

谈人物描写

重庆　作家书屋　1942 年 9 月初版　1947 年 6 月沪 1 版　36 开　152 页　文心丛书

作者以谈读书体会的方式，从七个方面论塑造人物形象的经验和理论，强调要写活的人、具体的人、典型化的人，并指出塑造人物不能用一定的脸谱。

章　泯

悲剧论

上海　商务印书馆　1936 年 9 月初版　1940 年 2 月长沙再版　61 页　戏剧小丛书　向培良　徐公美主编

分《悲剧的起源》《悲剧的目的》《悲剧的情绪和思想》《悲剧的统一性》《悲剧的题材主题方法》《悲剧的布局》《悲剧的人物》《亚理斯多德的悲剧论》《席勒的悲剧论》9 章。卷末有参考书目。

喜剧论

上海　商务印书馆　1936年9月初版　1940年2月长沙再版
38页　戏剧小丛书　向培良　徐公美主编

分《希腊的喜剧》《罗马的喜剧》《中世纪的喜剧》《伊丽沙伯时代的喜剧》《莫里哀的喜剧》《"复辟时代"的喜剧》《十八世纪的喜剧》《近代的喜剧》《喜剧的特性》《喜剧与趣剧》10节。前8节叙述古希腊至近代西洋各时代的喜剧，后2节分论喜剧的特性、喜剧与趣剧。末附参考书目。

赵景深

近代文学丛谈

上海　新文化书社　1925年11月初版　1928年1月再版
1935年5月再版　145页

收入《徐文长故事与西洋传说》《研究童话的途径》《安徒生童话里的思想》《皮特曼的中国童话集》《嚣俄的圣母寺》《史特林堡的结婚集》《唐珊南与城市诅咒》《史梯文生的儿童的诗园》《朗弗落的诗及其生活》《王尔德的诗》《摆伦的性格和艺术》《读火灾》《读西山小品》《周作人的诗》《读冰心的〈繁星〉》《浪花所激动的》《雏菊的心》《文学概要》《给怀疑无韵诗的人们》《雪光的反映》20篇文学论文。曾在《文学周刊》《诗坛》等报刊上发表过。附录由作者笔录的徐志摩的两篇讲稿《近代英文文学十讲》《未来派的诗》。有作者序。

童话概要

上海　北新书局　1927 年 7 月初版　96 页

分 7 章，论述童话的意义、转变、来源、童话研究的派别、童话的人类学解释、分类、分系等问题。末附徐调孚编《童话书目》。

童话论集

上海　开明书店　1927 年 9 月初版　1929 年 10 月再版　186页　文学周报社丛书

收入《研究童话的途径》《神话与民间故事》《民间故事的探讨》《童话的讨论》《皮特曼的中国童话集》《费尔德的中国童话集》《徐文长故事与西洋传说》《吕洞宾故事二集》《西游记在民俗学上之价值》《安徒生评传》《安徒生童话的思想》《安徒生童话的艺术》《安徒生作童话的来源和经过》《童话家之王尔德》《童话家格林兄弟传略》《列那狐的历史》16 篇有关童话的著译论文。

中国文学小史

上海　光华书局　1928 年 1 月初版　1928 年 4 月 2 版　1928年 9 月 3 版　1930 年 2 月 6 版　212 页　1932 年 9 月 11 版　1933年 8 月 12 版　1935 年 2 月 25 版　220 页

上海　大光书局　1936 年 7 月版　1937 年 3 月 20 版　198 页

本书是一部在当时颇为流行的中国文学史初级读物，曾被采用作为中学教材；1931 年 10 版时曾做过订正，共分 33 节，始于"屈原和宋玉"，迄于"五四"以后的新文学。每节后附参考书目，封面书名由柳亚子题签。

最近的世界文学

上海　远东图书公司　1928 年 11 月初版　117 页

收有关俄、法、英、美、德、奥、瑞士、斯堪的纳维亚、南欧、波兰及非洲等国家和地区的文坛短讯 57 篇。书末附西文索引。材料取自《小说月报》的"现代文坛杂话"栏。

童话学 ABC

上海　ABC 丛书社　1929 年 2 月初版　116 页　ABC 丛书

介绍童话的意义、分类、派别以及几种著名的童话著作。以意尔斯莱的《童话的民俗》为依据，参考其他两种有关童话的论著写成，分《绪论》《童话中的初民风俗》《童话中的初民信仰》《柯客诗论灰娘》《葛劳德论啮滴嘟》《哈特兰德论禁室》《葛劳德论彭赤京》《哈特兰德论天鹅处女》《几种重要的童话》9 章，附录《童话研究书目》。

作品与作家

上海　北新书局　1929 年 2 月初版　176 页

收入《诗人罗赛谛》《诗人勃莱克》《罗亭型与俄国思想家》《小说家哈代的八大著作》《哈代与伊本纳兹》《得诺贝尔奖金的戴丽黛》《女小说家戴丽黛》《再谈谈戴丽黛》《巴蕾家乡的访问》《科学小说之父威奴》《现代南斯拉夫的文学》《最近的爱尔兰文学》12 篇论文。介绍英、法、俄、爱尔兰、南斯拉夫、西班牙、意大利等国的几个作家和文学史资料，大部分曾发表于《小说月报》。有作者短序。

一九二九年的世界文学

上海　神州国光社　1930年2月初版　215页

本书介绍1929年世界文学动态及作家简况。有《柴霍甫与高尔基》《高尔基新作三部曲》《孟代与爱伦坡》《诺蔼伊夫人传》《关于巴蕾》《毕尔邦画像》《奥尼尔开始三部曲》《辛克莱的波士顿》《自相矛盾的海涅》《最近的瑞士文坛》等短篇报道83篇。曾发表于1929年的《小说月报》及《文学周刊》上。有跋及人名索引。

民间故事丛话

广州　国立中山大学语言历史研究所　1930年2月初版　60页　国立中山大学民俗学会丛书

收入《亚当氏的中国通话集》《白朗的中国童话集》《中西民间故事的进化》《孙毓修童话的来源》《高加索民间故事》《俄国民间故事研究》《〈海龙王的女儿〉序》《民间故事杂抄》《〈四游记〉杂识》《木偶奇遇记》等10篇文章。

现代文学杂论

上海　光明书局　1930年5月初版　1932年10月再版　144页

分3卷,上卷收入《托马斯·曼》《"西方前线平静无事"》《哈姆生七十岁纪念》《辜律勒已的〈古舟子咏〉》《捷克大诗人勃累什那逝世》《格利薄哀杜夫百年纪念》《浪漫主义与基督教》《葛尔孟的〈色的热情〉》8篇评论外国作家、作品的文章;中卷收入《鲁迅与柴霍甫》《叶绍钧〈未厌集〉》《叶鼎洛的〈白痴〉》《黎锦明的〈雹〉》《孙席珍的〈到大连去〉》《徐霞村的〈古国的人们〉》《徐蔚南的〈奔波〉》《罗皑岚的〈招姐〉》《白采的小说》9篇评论中国作家、作品的文章；下卷收《朱湘的短诗》《冯乃超与穆木天》《钱君匋的〈水晶座〉序》《两种曲——杨骚与王文川》《钟敬文的〈海滨的二月〉序》《程少怀的〈流浪者的歌曲〉序》等 6 篇评论中国作家、作品的文章。有作者序。

现代世界文坛鸟瞰

上海　现代书局　1930 年 6 月初版　206 页

分 8 章，叙述现代英、美、俄国小说概况，德国戏剧概况，加拿大、澳大利亚、保加利亚和斯洛伐克文学概况。附录 2 篇，介绍瑞典女作家拉绮洛孚和挪威女作家安达西。

一九三〇年的世界文学

上海　神州国光社　1931 年 6 月初版　329 页

收报道 1930 年欧美 21 国文坛简讯、简介作家作品的短文 100 篇。材料取自《小说月报》、美国 *New Wasses*（《新群众》月刊）和 *Modern Quarterly*（《现代季刊》）。书末附人名索引及跋。

一九三一年的世界文学

上海　神州国光社　1932 年 8 月初版　11＋234 页

本书介绍 1931 年世界文学动态，有《托尔斯泰未刊的作品》《俄国的儿童文学》《高尔基续作三部曲》《高而斯华绥自述创作过程》《王尔德未刊的书简》《一九三〇年的诺贝尔文学奖金》《现代蒙大拿文学》，以及报道俄、英、美、德等 17 国文坛状况的短讯 77 篇。书后附英文人名索引，有跋。

现代世界文学

上海　现代书局　1932 年 10 月初版　290 页　现代文学讲座

上海　著者刊　1937 年出版　290 页

本书是在《现代世界文坛鸟瞰》的基础上作了增补后的改书重版。前 8 讲依原书，增补的第 9—15 讲介绍荷兰、捷克、南斯拉夫、西部美洲、南非洲、新西兰、土耳其等国家和地区的文学概况，第 16 讲则是综述现代英美小说。

文学讲话

上海　亚细亚书局　1932 年 10 月 4 版　208 页

上海　中国文化服务社　1936 年 3 月 6 版　208 页

收入《听觉的文学》《短篇小说的结构》《中国新文艺与精神分析》《论无韵诗》《社会的文学批评论》《周作人的西山小品》《鲁迅的祝福》《鲁迅的弟兄》《白采之死》《冰心的繁星》《李金发的微雨》《最近民歌的来源》《太阳神话研究》《文学与放奴运动》《雪光的反映》《史特林堡的结婚集》《唐珊南与城市诅咒》《司梯文生的儿童诗园》《朗弗落的诗及其生活》《叶绍钧的火灾》《罗黑芷牵牛花》《于庚虞的晨曦之前》《焦菊隐的夜哭》《刘半农的扬鞭集上卷》《中国文学的婉约与豪放》《纳兰的边塞诗》《狂言十番读后记》27 篇文学论文。有作者序，写于 1928 年 9 月，再版序写于 1930 年 2 月。

小说原理

上海　商务印书馆　1932 年 11 月初版　1933 年 6 月再版　51 页　百科小丛书　王云五主编

上海　商务印书馆　1933 年 12 月初版　52 页　万有文库　王云五主编

分 5 章，每章内又分若干节，论述小说的制作、结构、人物、环境、观察点等创作理论。书末所列几种重要参考书均为西文书。

文学概论

上海　世界书局　1932 年出版　133 页

分 14 章，分别论述文学的定义、特质、分类、起源以及文学与想象、情感、思想、个性、语言、时代、道德、鉴赏之间的关系问题。

文学概论讲话

上海　北新书局　1933 年 3 月初版　168 页

分 16 讲，分别讲述文学的定义、特质、要素、个性、语言、形式、起源、文学与时代、道德、以及文学批评泛论、裁判批评、科学批评、伦理批评、鉴赏批评、社会批评等问题，末附参考书目。

文艺论集

上海　广益书局　1933 年 4 月初版　302 页

收入《英国大诗人勃莱克》《拜伦与婀迦丝朵的恋爱》《安徒生》《马克·吐温》《匈牙利大诗人裴都菲》《高尔基》《新俄诗人》《欧洲现存四作家》《现代世界女文学家》《最近的北欧文学》《最近的意大利文学》《现代中国诗歌》《刘大白的诗》《英吉利民间故事》《孟加拉民间故事》《越歌百曲序》《论翻译》《葛劳德逝世》《徐文长故事的研究》《巧服恶媳式的故事》《月歌略谈》等有关作家、作品及文坛状况的文章 39 篇。有作者的序。

赵清阁

抗战戏剧概论

重庆 中山文化教育馆 1939 年 2 月初版 48 页 抗战丛刊第 79 种

分《什么是戏剧》《战时戏剧的功能》《战时戏剧的使命》《战时戏剧的大众化》《战时演剧的方式》《战时剧本的作法》《战时导演与演员》7 章。后附《介绍抗战剧本五十种》。

抗战文艺概论

重庆 中山文化教育馆 1939 年 7 月版 36 开 32 页 抗战丛刊 第 87 种

简述战时文艺政策、抗战文艺的形式、通俗化、朗诵诗、军歌、报告文学、批评和介绍等问题。附录战时出版文艺杂志总目。

编剧方法论

重庆 独立出版社 1942 年 5 月初版 32 开 49 页 战时戏剧理论丛书

分 8 章，从题材的选取、结构的形成、人物的塑造、对话的应用、标题的确立以及作者的创作准备等方面介绍剧本创作方法。题材篇包含《题材应受意识的限制》《题材要真实丰富》《题材须新颖有兴趣》《题材应适合表演条件》《题材收集的方法》《题材选择的范围》；结构篇包含《结构的条件》《结构的程序》《结构的方法》《结构的技巧》；人物篇包含《创作人物须典型化》《怎样描写人物性格》《分析与表现人物心理》《适当地支配角色》；对话篇包含

《对话的效能》《对话的条件》；标题篇包含《要名符其实》《要简洁通俗》《要美丽生动》《要神秘新奇》；布景篇包含《文字的布景》《绘图的布景》；作者篇包含《应有各种知识的修养》《应有丰富的社会经验》《应和演出者接触或实习》。

赵友培

三民主义文艺创作论

重庆　正中书局　1944年1月初版　1946年5月沪1版　1947年9月沪3版　32开　116页　现代文艺丛书　张道藩主编

论述三民主义文艺的理论体系、创作纲领及实践之路问题。

周　文

文艺底形式与内容

1932年11月14日《安徽学生》第1卷第3期，署名何稻玉。

关于大众本

1933年12月1日《出版消息》第25期，署名何谷天。

从道中游艺会归来——《突破死线》的估价

1934年1月10日《大晚报》副刊《火炬》

读《职业生活》

1934年6月23日《中华日报》副刊《动向》，署名王钢。

在摸索中得到的教训

载于 1934 年 7 月 1 日上海书店出版的《我与文学——〈文学〉一周年纪念特刊》。

一支从斜刺里射来的毒箭

1934 年 6 月 29 日《中华日报》副刊《动向》，署名王钢。

不要上当

1934 年 6 月 30 日《中华日报》副刊《动向》，署名司马疵。

建设"大众语"并不反对"白话文"

1934 年 7 月 1 日《中华日报》副刊《动向》，署名王钢。

内容与形式：文言文—白话文—大众语—方言土话—罗马字

连载于 1934 年 7 月 1 日、2 日《中华日报》副刊《动向》；后收入天马书店 1934 年 9 月出版，文逸编著的《语文论战的现阶段》；又收入读者书房 1936 年 10 月出版，征农编著的《野火集》，署名司马疵。

"什么是大众语?"

1934 年 7 月 5 日《中华日报》副刊《动向》，署名王钢。

再论建设"大众语"并不反对"白话文"

连载于 1934 年 7 月 9 日、12 日《中华日报》副刊《动向》，署名王钢。

为"大众语问题批评"：答《读书问答》暨霓璐先生

连载于 1934 年 7 月 10 日、12 日《大晚报》副刊《火炬》，署名司马疵。

关于白话文与土话方言简单的声明

1934 年 7 月 13 日《中华日报》副刊《动向》，署名司马疵。

建设大众语不应该放松了反对复古运动

连载于 1934 年 7 月 20 日、21 日、22 日《中华日报》副刊《动向》，署名王钢。

关于大众语论战的一个启事

1934 年 7 月 22 日《中华日报》副刊《动向》，署名王钢。

小品文对于我

收入上海生活书店 1935 年 3 月出版的《小品文和漫画〈太白一卷纪念特刊〉》，署名何谷天。

关于《山坡上》的原形

1936 年 1 月 1 日《文学》第 6 卷第 1 期

关于《山坡上》：答《文学》的水先生

1936 年 2 月 1 日《知识》第 1 卷第 5 号

答傅东华先生《关于〈山坡上〉的最后几句话》

1936 年 4 月 1 日《文学丛报》诞生号

在小说家第二次座谈会上的发言纪录

1936 年 12 月 1 日《小说家》第 1 卷第 2 期

怎样写的

1937 年 12 月 13 日《新民报》副刊《国防文艺》第 3 期，署名谷天。

看了《沈阳之夜》与《卢沟桥之战》以后

1937 年 12 月 15 日《四川日报》副刊《文艺阵地》第 2 期

《塞上风云》里的三个主角

1938 年《新民报》副刊《国防文艺》第 10 期，署名树嘉。

谈目前通俗文学的重要

1938 年 3 月 20 日《战潮》第 1 卷第 1 期

关于《听打花鼓小记》

1938 年 4 月 2 日《四川日报》副刊《谈锋》第 26 期

谈四川戏

1938 年 6 月 1 日《文艺阵地》第 1 卷第 4 期

唱本·地方文学的革新

1938 年 7 月 1 日《文艺阵地》第 1 卷第 6 期

看业余的《阿Q正传》后

1938年6月11日《四川日报》副刊《谈锋》第90期

旧形式中艺术的创造

1938年7月30日《文艺后防》第3期，署名树嘉。

看了《苏俄驱倭战记》

1938年9月3日《新民报》副刊《新民座谈》第1期，署名何谷天。

略谈苏联电影

1938年9月21日《四川日报》副刊《谈锋》新5号

关于《失去手掌的长发》

1938年12月16日《流火》第2期

四川话剧的提起

1938年12月1日《文艺月刊》副刊《战时特刊》第2卷第8期

展开方言文学运动

1939年2月16日《笔阵》创刊号

再谈方言文学

1939年5月1日《笔阵》第5期

创作生活与集体生活

1940 年 9 月 15 日《大众文艺》第 1 卷第 6 期

谈谈民歌

1940 年 11 月 15 日《大众习作》第 1 卷第 2、3 期合刊

写文章要懂得剪裁

1940 年 11 月 5 日《大众习作》第 1 卷第 2、3 期合刊，署名谷天。

开展通讯员运动

1941 年 2 月 15 日《大众习作》第 1 卷第 4 期

欧化和大众化

1941 年 2 月 15 日《大众习作》第 1 卷第 4 期，署名谷天。

《大众化工作研究》序

收入 1941 年 5 月新华书店出版的《大众化工作研究》

大众化的写作问题

收入 1941 年 5 月新华书店出版的《大众化工作研究》

大众化运动历史的鸟瞰

收入 1941 年 5 月新华书店出版的《大众化文艺工作研究》

朱光潜

诗　论

重庆　国民图书出版社　1943 年 6 月初版　32 开　270 页

分 13 章，论述诗的起源、谐隐、境界、表现以及中国诗的节奏、声韵等问题，附录《一封公开信（给一位写新诗的青年朋友）》。

祝实明

文学与战争

重庆　国论社　1939 年 4 月初版　82 页　国论丛书

分 4 章，论述战争文学的定义，文学与战争的关系，战争文学的内容及作家对战争的态度等问题。

各体作品集

A

艾 芜

杂草集

永安　改进出版社　1940 年 10 月初版　122 页　32 开　现代文艺丛刊

收入《沪战前夜的断片》《难民收容所速写》《别上海》《沪杭路上》《湘南散记》《保甲长》《芙蓉花叶》《指路碑》《伙铺》《关于叶紫》《麻木》《读书杂感》等 33 篇作品。

艾芜创作集

上海　新新出版社　1947 年 10 月初版　168 页　新新创作丛书

短篇小说、散文合集。共 5 辑，第一辑收入《穿破衣服的人》《穿破衣服的人及其亲戚》；第二辑收入《快活的人》《七指人》《老段》《阿英》；第三辑收入《老好人》《逃难中》；第四辑收入《蝎子塞山道中》《罂粟花》《瘴气的谷》《瞎子客店》；第五辑收入《牧歌》《冬夜》，共 14 篇。

B

巴　金

点　滴

上海　开明书店　1935年4月初版　1946年11月8版　有图88页　32开

重庆　开明书店　1945年10月东南1版　92页　36开

上海　文化出版社　1949年8版　63页　32开

收入《生命》《海的梦》《过年》《话语》《关于翻译》《沉落》等21篇散文。书前有序。文化出版社删去原有的序言、插图、目录，改正了错排和漏排的地方。

巴金文选　巴金著　唐宗辉选编

上海　新兴书店　1936年1月初版　249页　32开　现代名人创作丛书

上海　仿古书店　1936年1月初版　249页　32开

收入《苏堤》《老年》《洛伯尔先生》《夫与女》《一个平淡的早晨》《植物园》《繁星》《狗》《丁香花下》《我的眼泪》《初恋》《未寄的信》等22篇短篇小说（包括长篇小说中的片段）和散文。

多产集

上海　文化生活出版社　1936年8月初版　233页　36开　文学丛刊　第2集　巴金主编

短篇小说集，收入《山坡下》《山坡上》《俘虏们》《红丸》《三等车上》《健康比赛》《诊》《不俗的一群》《名》《那首诗》《陈司事》《病马》《第三生命》《退却》《茶包》。附录《被删改了的山坡上》《我怎样写山坡上的》，书前有作者的序。

生之忏悔

上海　商务印书馆　1936 年 3 月初版　212 页　42 开　精装
文学研究会创作丛书

全书分 5 部分。第一部分为著者自己写作的杂感，包括《我的心》《我的自剖》《我与文学》等 11 篇；第二部分为《〈黑暗势力〉之考察》等 3 篇文艺评论；第三部分包括为《工女马得兰》等外国文学译本写的序 7 篇；第四、第五部分收《广州二月记》《童年》等 6 篇散文，共 27 篇，书前有作者的题记。

巴金文选　巴金著　沈文耀选编

上海　时代出版社　1939 年 5 月版　230 页　32 开

本书所选作品与唐宗辉编的《巴金文选》完全相同。卷首及版权页书名题为《巴金创作小说选》。

巴金文选　王丽萍编选

长春　启智书店出版部　1941 年 5 月初版　187 页　32 开

收入《苏堤》《老年》《不幸的人》《丁香花下》《我的眼泪》《未寄的信》《洛伯尔先生》《最后的爱》《繁星》《海上的日出》等 20 篇散文和小说。

巴金文选

上海　图书社　169 页　32 开，上海　启智书局　187 页 32 开

与王丽萍编选的《巴金文选》基本相同。

短　简

上海　良友图书印刷公司　1937 年 3 月初版　1945 年 5 月再版　172 页　36 开　现代散文新集

桂林　良友复兴图书印刷公司　1943 年 7 月初版　133 页　48 开　现代散文新集

上海　文化生活出版社　1949 年 4 月初版　152 页　36 开　文学丛刊　第 10 集　巴金主编

收入《我的幼年》《我的几个先生》《关于〈家〉》《我的故事》《病》《关于〈春〉》《我的路》《答一个北方青年朋友》《给一个孩子》《答〈一个陌生的孩子〉》《给一个中学青年》《家》《关于〈发的故事〉》《一点不能忘却的记忆》《〈雷雨〉在东京》等 15 篇散文。桂林版和上海文化生活出版社增收一篇《给日本友人》，共 16 篇，书前有作者序。

感　想

重庆　烽火社　1939 年 7 月初版　1939 年 12 月再版　1940 年 7 月 3 版　45 页　32 开　烽火小丛书　第 8 种

收入《感想一（在孤岛）》《感想二（在广州）》《失败主义者》《国家主义者》《和平主义者》等 10 篇散文随感，书前有作者前记。

黑　土

上海　文化生活出版社　1939 年 10 月初版　1941 年 12 月桂初版　1942 年 3 月渝初版　64 页　36 开　文学小丛刊　第 1 集　巴金编

收入《黑土》《南国的梦》《在广州》《卢骚与罗伯斯巴尔》《马拉·哥代和亚当·吕克斯》5 篇散文，书前有作者的前记。

巴金代表作选　巴金著　张均编辑

上海　全球书店　1937 年 5 月初版　368 页　32 开　当代名人创作丛书

分 3 辑：第 1 辑为自叙传三章，收入《最初的回忆》《家庭的环境》《做大哥的人》3 篇；第 2 辑为散文·自白，收入《我的幼年》《一篇真实的小说》《我的路》《答一个北方青年朋友》《我的几个先生》《关于〈发的故事〉》《忆》7 篇；第 3 辑为创作小说，收入《窗下》《雨》《雷》《马赛的夜》《沙丁》5 篇。书前有编者序。

控　诉

重庆　烽火社　1937 年 10 月初版　1940 年 7 月 5 版　64 页　32 开　烽火小丛书　第 1 种

上海　烽火社　1937 年 11 月初版　654 页　烽火小丛书

桂林　文化生活出版社　1941 年 12 月初版　64 页　32 开　呐喊小丛书　第 2 种

分 4 辑，收入《从南京回上海》《一点感想》《只有抗战这一条路》《给死者》《给日本友人》《站在十字街头》《应该认清敌人》《自由快乐地笑了》《我们》《摩娜·里莎》《给山川均先生》等 11 篇散文。其中 2 篇为 1931 年和 1932 年所写外，其余 9 篇均是 1937 年的作品。书前有前记。

无　题

桂林　文化生活出版社　1941 年 6 月初版　1941 年 8 月渝再版　1942 年 2 月渝 4 版　1942 年 7 月蓉 1 版　66 页　36 开　烽火文丛之一　靳以编辑

收入《无题》《先死者》《狗》等 19 篇杂文，有作者前记及艾芜等人所作的《后记六则》。

巴金代表作　三通书局编辑部编

上海　三通书局　1941 年 8 月初版　300 页　32 开　现代作家选集　第 9 集

分 3 辑：第 1 辑自叙传，收入《最初的回忆》《家庭的环境》《做大哥的人》3 篇；第 2 辑小说，收入《春雨》《窗下》《雨》《罪与罚》《父与子》等 8 篇；第 3 辑散文，收入《我的幼年》《我的几个先生》《关于〈发的故事〉》《忆》4 篇。书前有编者序。

龙虎狗

重庆　文化生活出版社　1942 年 1 月初版　1943 年 3 月再版　1948 年 8 月沪再版　118 页　32 开　文学丛刊　第 7 集　巴金主编

分 6 辑，收入《爱尔克的灯光》《风》《云》《雷》《雨》《忆范兄》《月》《日》《星》《狗》《猪》《虎》《龙》《死去》《伤害》《祝福》《撇弃》《醉》《生》《梦》《死》等 21 篇作品。书前有著者序，书末附录有《关于〈雷雨〉》《关于小说中人物描写的意见》。

废园外

重庆　烽火社　1942 年 6 月 1 版　70 页　32 开　呐喊文丛　2　巴金编

分 3 辑，收入《火》《怀念》《长夜》《给一个敬爱的友人》《废园外》《寻梦》《灯》《给山川均先生》等 8 篇作品。书后有作者后记。

旅途杂记

上海　万叶书店　1946 年 4 月初版　82 页　36 开　万叶文艺

新辑　索菲主编

本书系作者 1940—1944 年在昆明、桂林、重庆、成都等地旅居时的作品。收《无题》《先死者》《别桂林及其他》《从南京回上海》《轰炸中》《十月十七日》《在泸县》《废园外》《火》《成渝路上》等 10 篇作品。书前有作者的前记。附录《从南京回上海》一篇为 1932 年所作。

巴金杰作集

上海　大中华书局　1946 年 11 月初版　167 页　32 开

收入《苏堤》《老年》《狗》《丁香花下》《我的眼泪》《初恋》《未寄的信》《洛伯尔先生》《墓园》《父与女》《无边黑暗中一个灵魂底呻吟》《一个平淡的早晨》12 篇散文和短篇小说。

巴金文选　储菊人编辑

上海　正气书局　1947 年 3 月初版　139 页　32 开　现代文库

选收《写作生活底回顾》《老年》《知识阶级》《我的眼泪》《月夜》《神》《将军》7 篇散文和短篇小说。卷首及版权页题名为《巴金近作精选》。

我的幼年

上海　新生书店　1947 年出版　136 页　32 开

选收《最初的回忆》《家庭的环境》《做大哥的人》《我的幼年》《一篇真实的小说》《我的路》《我的几个先生》《忆》等 10 篇自叙传及散文。书前有编者序，写于 1937 年 3 月，但未署编者姓名。

巴金文集　梅林主编

上海　春明书店　1949 年 3 月再版　184 页　32 开　现代作家

文丛　第6集

分6辑，收入《爱的摧残》《爱的十字架》《狗》《将军》《鬼》《机械的诗》《朋友》等23篇短篇小说和散文。书前有著者1947年9月写的前记，说明本书是自选集。

巴金选集

上海　绿杨书屋　122页　32开　现代文艺选辑　陈磊编选

收入《猪与鸡》《父与子》《将军》《生与死》《苏堤》《某夫妇》6篇小说和《成渝路上》《做大哥的人》《十月十七日》《过年》《生死者》5篇散文。

C

常燕生

人生三部曲

成都　大文书局　1944年8月初版　66页　32开

收入短篇小说《老聃的逃亡》和《无常与无我》《秋季的洗礼》两篇散文。书前有编者小言。

D

丁伯骝

东望集

重庆　独立出版社　1943年5月初版　90页　36开

收入《领港者》《血乎》《庙居有感》《魔影》《与尼为邻》《悼

族妹珍卿》《火》《古渡头》《江心刻》等 15 篇散文和短篇小说。

F

方　敬

雨　景　巴金主编

上海　文化生活出版社　1942 年 1 月初版　92 页　文学丛刊
第 7 集

收入《馈赠》《祝福》《孤独者》《等候》《二十年后》《室内的
主人》等 22 首诗歌和《灯》《城垣》《忆念》《窗前》《初雪》等 15
篇散文。

G

郭沫若

女　神

上海　泰东图书局　1923 年 6 月初版　1928 年 2 月 7 版　1930
年 7 月 10 版　32 开　238 页　创造社丛书　第 1 种

分 3 辑，第 1 辑包括《女神之再生》《湘累》《棠棣之花》3 个
诗剧，第 2 辑包括《凤凰涅槃之什》《泛神论者之什》《太阳礼赞之
什》等 30 首诗；第 3 辑包括《爱神之什》《春蚕之什》《归国吟》
等 25 首诗。

星　空

上海　泰东图书局　1923 年 10 月初版　1927 年 6 月 5 版

1930 年 4 月 8 版　198 页　32 开　创作社丛书　第 6 种

分 3 辑：第 1 辑诗歌，收 31 首；第 2 辑戏曲，收《孤竹君之二子》《月光》《广寒宫》3 篇；第 3 辑小说、散文，收《牧羊哀话》《残春》《今津纪游》《月蚀》4 篇。书前有作者"献诗"1 首。

塔　郭鼎堂著

上海　商务印书馆　1926 年 1 月初版　1930 年 12 月 4 版　325 页　中华学艺社文艺丛书　1

上海　商务印书馆　1947 年 4 月初版　325 页　32 开　中华学艺社文艺丛书　1

包括两部分：一、"塔"，收《Löbenicht 的塔》、《鹓雏》、《函谷关》、《叶罗提之墓》、《万引》、《阳春别》、*Donna Karmela* 7 篇短篇小说；二、"叛逆的女性"，收《王昭君》《卓文君》《聂嫈》3 个历史剧本。

橄榄

上海　创造社出版部　1926 年 9 月初版　1927 年 9 月 3 版　1928 年 5 月 6 版　245 页　32 开　创造社丛书　第 3 种

上海　现代书局　1933 年 3 月 6 版　245 页　有照片　32 开

包括 4 个短篇集，其中《漂流三部曲》为自传体小说，《行路难》《山中杂记》（9 篇）《路畔的蔷薇》（6 篇）为散文、随笔集。

水平线下

上海　创造社出版部　1928 年 5 月初版　200 页　32 开　创造社丛书　第 26 种

上海　新兴书店　1929 年 12 月初版　188 页　32 开　沫若小说戏曲集　第 8 辑

收入作者 1924—1925 年写作的《到宜兴去》《尚儒村》《百合与番茄》《亭子间中》《后悔》《湖心亭》《矛盾的调和》7 篇小说、随笔、游记，书前有序引。

沫若诗集

上海　创造社出版部　1928 年 6 月初版　32 开　301 页　创造社丛书　第 21 种

上海　现代书局　1930 年 8 月 4 版　1932 年 11 月 7 版　32 开　360 页

上海　复兴书局　1936 年 5 月复兴第 1 次再版　32 开　360 页

收入《女神三部曲》（诗剧 3 篇）、《凤凰涅槃》（诗 1 首）、《天狗》（诗 10 首）、《偶像崇拜》（诗 9 首）、《星空》（诗 10 首）、《春蚕》（诗 28 首，童话剧 1 篇）、《彷徨》（诗 35 首）、《瓶》（诗 42 首）。创造社版未收《瓶》。

沫若诗全集

上海　现代书局　1928 年 6 月初版　1929 年 3 月再版　1930 年 8 月 4 版　32 开　474 页

分《女神三部曲》《凤凰涅槃》《天狗》等 10 辑，包括诗剧 3 篇，童话剧 1 篇，诗 68 篇。

水平线下

上海　联合书店　1930 年 4 月再版　290 页　28 开

包括《水平线下》和《盲肠炎》两种，前者收小说、随笔、游记等 7 篇，后者收杂文、短论 9 篇。

沫若小说戏曲集

上海 光华书局 1930年10月初版 1931年3月再版 6册 1021页 32开

上海 光华书局 1932年12月再版 1021页 32开 精装

包括《塔》《落叶》《漂流三部曲》《后悔》《山中杂记》《女神及叛逆的女性》六部分，收小说、散文、剧本45篇。

桌子跳舞

上海 仙岛书店 1931年6月初版 189页 32开

收入《黑猫》《Löbenicht 的塔》《眼中钉》《桌子的跳舞》等10篇短篇小说和散文。

沫若全集

上海 新文化书局 1931年11月版 1025页 32开 精装

分3集，收入《残春》《论翻译的标准》《喀尔美萝姑娘》《孤鸿》《歧路》《白发》等60篇作品。

沫若文选 清秘馆主选编

上海 文艺书店 1931年出版 488页 28开

短篇作品选集，包括杂感、随笔、短篇小说、序跋，以及文艺和学术论文等多种体裁。收入《未来派的意识》《太戈尔来华我见》《诗经来源的探讨》《整理国故的评价》《歧路》《古书今译的问题》《喀尔美萝姑娘》等31篇。书前有作者序言。

沫若自选集

上海 乐华图书公司 1934年1月初版 391页 冠照片 32

开　自选集丛书

收入《鹓雏》《聂嫈》《鸡》《王昭君》等12篇小说和话剧剧本。书前有作者自序，把作者自1914—1933年的生活和著述列成了年表。

郭沫若选集　徐沉泗　叶忘忧编选

上海　万象书屋　1934年4月初版　234页　32开　现代创作文库　第2辑

选收小说8篇，剧本3个，散文10篇，诗11首。书前有编者的《现代创作文库序》《题记》和沈从文《论郭沫若》。

郭沫若文选　余研因选编

上海　民声书店　1934年初版　1936年3版　80页　32开

收入散文、小说《读了鲁拜集后之感想》《月蚀》《芭蕉花》《残春》《牧羊哀话》5篇和《岸上》《霁月》2首诗。书前有编者序言。版权页题出版者为民声书局。

郭沫若文集　钱士礼编

上海　亚新书店　1935年11月版　443页　32开

上海　龙虎书店　1937年3月4版　443页　32开

分论文、小说、历史小品、论诗、诗歌·散文、回忆录选6辑，收27篇作品。书前有钱杏邨写的《诗人郭沫若》，介绍作者的创作活动和作品。还有作者的两篇自叙。

豕　蹄

上海　不二书店　1936年10月初版　127页　有图　32开　不二文学丛书

收入《孔夫子吃饭》《孟夫子出妻》《秦始皇将死》《楚霸王自杀》《司马迁发愤》《贾长沙痛哭》6篇历史故事和《初出夔门》《幻灭的北征》《北京城头的月》《世间最难得者》《乐园外的苹果》5篇自述性散文。书前有作者序、献诗、书末有后记。

沫若代表作选　张均编

上海　全球书店　1937年3月初版　1939年8月再版　414页32开　当代名人创作丛书

分4辑：第1辑为小说，收入《北伐途次》《武汉时代》《双簧》3篇；第2辑为故事新编，收入《贾长沙痛哭》《司马迁发愤》《楚霸王自杀》等7篇；第3辑为自叙传，收入《初出夔门》《幻灭的北征》《北京城头的月》等6篇；第4辑为日记、随笔、诗，收入《离沪之前》《民族的杰作》等9篇。书前有编者序。再版时把第4辑中的随笔、诗删去，页数为359页。

北　伐

上海　北雁出版社　1937年6月初版　1937年7月再版　有插图　209页　32开　创作丛书　杨朔　孙陵编

收入《曲江河畔》《北伐途次》《宾阳门外》《双簧》4篇记述性散文。书前有影印的著者笔记及著者在北伐时期的照片。

抗战与觉悟

汉口　抗敌出版社　1937年9月初版　1938年10月4版　93页　36开

上海　大时代出版社　1937年10月初、再版　84页　32开抗战小文库之一

时局论文与通讯报道合集。收入《我们为什么抗战》《抗战与

觉悟》《全面抗战的再认识》《由日本回来了》《到浦东去来》《前线归来》《不要怕死》《由"有感"说到气节》等 12 篇，书前有郭沫若的代序（手迹影印）。

归去来

上海　北新书局　1937 年 12 月初版　1946 年 5 月初版　256 页　36 开　文艺新刊

收入《离沪之前》《鸡之归去来》《浪花十日》《东平的眉目》《达夫的来访》《回到上海》《在轰炸中来去》等 14 篇作品。

沫若抗战文存

上海　明明书局　1938 年 1 月初版　109 页　32 开

收入《我们为什么抗战》《告国际友人书》《理性与兽性之战》《到浦东去来》《由"有感"说到气节》《不要怕死》《希望不要下雨》《忠告日本政治家》《抗战与觉悟》《前线归来》《全面抗战的再认识》《"侵略日本"的两种姿态》《关于华北战局所应有的认识》《持久抗战的必要条件》《日本的过去，现在，未来》等 15 篇有关抗战的杂文。前有作者小序，后附《从日本回来了》。

郭沫若代表作　三通书局编辑部编

上海　三通书局　1941 年 1 月初版　295 页　36 开　现代作家选集　第 2 集

分 4 辑，包括自叙传、历史小说、记事、戏剧及诗。

蒲剑集

重庆　文学书店　1942 年 4 月初版　310 页　32 开

收入作者 20 世纪 30 年代末写的文章和讲演录 22 篇，其中关于屈原的 7 篇，包括《蒲剑·龙船·鲤帜》《关于屈原》《屈原考》《屈原思想》《革命诗人屈原》《屈原的艺术与思想》《写完五幕剧〈屈原〉以后》。另收录《由墓地走到十字街头》《庄子与鲁迅》《活的模范》《中苏文化之交流》《青年哟，人类的春天！》《纪念碑性的建国史诗之期待》《文化与战争》《"民族形式"商兑》《关于"戚继光斩子"的传说》《续谈戚继光斩子》《关于发见汉墓的经过》《读〈实庵字说〉》《驳"说儒"》《我怎样写〈棠棣之花〉》《中国美术之展望》等，卷首有序。

今昔集

重庆　东方书社　1943 年 10 月初版　342 页　32 开　东方文艺丛书　叶以群编辑

收入《今天创作底道路》《中国战时的文学与艺术》《写尔所知》《致木刻工作者》《钓鱼城访古》《论儒家的发生》《周易之制作时代》《再谈中苏文化之交流》《笑早者，祸哉！》《世界大战的归趋》《日本民族发展概观》《我的学生时代》《"娜拉"的答案》《由葛罗亚想到夏完淳》《题画记》《屈原与厘雅王》《深幸有一，不望有二》《屈原·招魂·天问·九歌》《由诗剧说到奴隶制度》《论古代社会》《论古代文学》《周易之制作时代》《先秦天道观之进展》《追记 1935 年 12 月》等 23 篇散文和文史论稿。前有作者序。

巴山蜀水　郭沫若等著

重庆　读者之友社　1945 年 8 月初版　1946 年 1 月南京再版　130 页　32 开

收入郭沫若的《钓鱼城访古》、端木露西的《两地雾》、味橄的《巴山夜雨》、易君左的《北泉三宝》、夏炎德的《嘉州风光》、罗华的《峨眉四日游》、朱偰的《重游峨眉》、吴景洲的《益都古迹》、茅盾的《成都："民族形式"大都会》、胡庆钧的《川南苗乡纪行》、髯公的《三峡纪胜》等作品 15 篇，书前有前言。

波

重庆　群益出版社　1945 年 9 月初版　158 页　32 开　郭沫若文集之九

上海　群益出版社　1946 年 7 月再版　162 页　32 开　沫若文集　第 1 辑　第 10 册

收入《金刚坡下》《小麻猫》《雨》《波》《月光下》《丁东草》《下乡去》《十月十七日》《影子》《飞雪岩》《小皮箧》《芍药》《银杏》《蚯蚓》等 14 篇短篇小说和散文，多是作者 1941—1942 年写作。

郭沫若杰作选　巴雷、朱绍之编选

上海　新象书店　1945 年 10 月再版　134 页　36 开　当代创作文库

小说、散文、诗合集。选收《漂流三部曲》《万引》《芭蕉花》《水墨画》《山茶花》《墓》《尚儒村》《秦始皇将死》《孔夫子吃饭》《函谷关》等 16 篇。

郭沫若杰作集

上海　大中华书局　1946 年 12 月新 1 版　154 页　32 开

选收《湖心亭》《炼狱》《亭子间中》《歧路》《十字架》《月蚀》《尚儒村》《残春》《后悔》等 11 篇作品。

今昔蒲剑

上海　海燕书店　1947 年 7 月初版　377 页　28 开

本书是《今昔集》和《蒲剑集》的合集，收入关于文艺与学术问题的杂文、演讲录共 40 篇，其中包括屈原研究 9 篇。卷首有《总序》和《〈今昔集〉序》，卷末有《蒲剑集后序》。

抱箭集

上海　海燕书店　1948 年 9 月初版　354 页　25 开

分《残春及其他》《山中杂记》《路畔的蔷薇》《水平线下》《归去来》《芍药及其他》6 辑，收入小说、散文、杂论等共 43 篇。

郭沫若选集　陈磊编选

上海　绿杨书屋　123 页　32 开　现代文艺选辑

选收小说《楚霸王自杀》《叶罗提之墓》《孟夫子出妻》《漂流三部曲》《秦始皇将死》5 篇，散文《由日本回来了》《前线归来》《双簧》《芭蕉花》《菩提树下》5 篇。有编者题记，简介作者生活和创作情况，由题记中看出，本书出版时间当在作者写剧本《棠棣之花》之后不久。

人民至上主义的文艺　郭沫若等著

上海　文汇报馆　1947 年 9 月初版　56 页　文汇丛刊第四辑

收入《人民至上主义的文艺》（郭沫若）、《京派与海派》（杨晦）、《论文艺工作中的迎合倾向》（以群）、《是该提出人民派的称呼结束京派与海派的无谓纷争的时候了》（夏康农）、《论文艺的民主问题》（闻一多）、《论民族性不足决定一切》（李何林）、《红军博物馆》（茅盾）、《关于〈闻一多先生全集〉》（吕剑）、《战后文艺的道路》（闻一多）、《论中国新木刻》（郭沫若）、《奇迹》（舒凡）、《奇遇》（绀弩）、《土地的奴隶》（黎明）、《从〈艺术论〉说起》（郑振铎）、《弯夹子》（任何）、《自由》（林间）、《读〈对马〉》（吴晗）、

《"迎""合"一解》（王戎）、《我们是演剧队的队员》（黎先耀）、《文艺工作者教育工作者一样》（叶圣陶）、《论世界新音乐》（王章麟）、《时代悲剧与诗人之死》（林如稷）、《关于"迭更司"》（蒋天佐）、《狗》（向达）、《剪纸艺术在西北》（陈叔亮）、《狒狒的金元和鸵鸟的红蛋》（雪峰）、《现阶段新现实主义文学的历史任务》（冬蘋）、《你可听到的声音》（小舟）、《吃草与吃人》（林如稷）、《台上台下》（臧克家）、《论文艺工作的实践》（许杰）、《捕》（杨扬）、《"V"》（汤弗之译）。

跨着东海　郭沫若等著

上海　春明书店　1947 年 10 月初版　154 页　今文学丛刊第一本　孔另境主编

收入长篇连载《跨着东海》（郭沫若）、《记耐克拉索夫博物馆》（茅盾）、小说《离散》（碧野）、小说《丽瑞伦特》（〔英〕莫理逊作，希凡译）、《工余随笔》（叶圣陶）、小说《重逢》（艾芜）、小说《六幢》（〔日〕丹羽文雄作，曹成修译）、散文《浩瀚的海》（范泉）、小说《骗子》（臧克家）、小说《曹老师》（孔另境）、散文《在克洛默海滨》（〔英〕赫德生作，李霁野译）、长篇连载《雾》（〔西〕乌拿莫诺作，艾昂甫译），书前有编者的《今文学丛刊的刊行》。

我是中国人　郭沫若等著

上海　春明书店　1947 年 11 月初版　108 页　今文学丛刊之二　孔另境主编

收入长篇连载《我是中国人》（郭沫若）、小说《贼》（碧野）、小说《竹叶》（程造之）、《马尔夏克谈儿童文学》（茅盾）、小说《奈浦老爷》（〔英〕莫理逊作，希凡译）、小说《乡村小景》（齐明)、小说《任太太》(罗洪)、《反纳粹的魏奇尔特》(赵景深)、长篇连载《雾》([西]乌拿莫诺作,艾昂甫译)。

沸羹集

上海 大孚出版公司 1947 年 12 月初版 297 页 25 开

本书是作者 1942—1945 年为抗战胜利所作杂感随笔文章的汇编,也有两篇 1942 年以前之作,系先前编辑时散佚未收,后补编。收有《今日新文学运动所应取的路向》《历史·史剧·现实》《忆成都》《答教育三问》《答〈国际文学〉编者》《亦石真正死了吗?》《怀董博士维键兄》《怎样运用文学的语言?》《瓦石劄记》《中国文艺界贺苏联抗战周年》《诗讯》《鼠乎? 象乎?》《驴猪鹿马》《赵高与黑辛》《一样是伟大》《赞天地之化育》《〈绿〉》《无题》《追怀博多》《文艺的本质》《献给现实的蟠桃》《序〈念词与朗诵〉》《战士如何学习与创作》《争取历史创造的主动》《本质的文学》《死的拖着活的》《人做诗与诗做人》《序〈祖国之恋〉》《论读经》《新文艺的使命》《抗战以来的文艺思潮》《沿着进化的路向前进》《才·力·命》《正标点——序程道清著〈标点使用法〉》《啼笑皆是》《人乎,人乎,魂兮归来! ——新版〈浮士德〉题解》《〈五十以学〉答问》《戏剧与民众》《两次哭先生》《纪念张一麐先生》《如何研究诗歌与文艺》《在民主主义的旗帜下》《答费正清博士》《序〈不朽的人民〉》《答教育三问》《悼江村》《谢陈代新》《为革命的民权而呼吁》《契科夫在东方》《劳动第一》《猪》《羊》《孔雀胆归宁》《〈中国科学化〉的拟议》《覆颜公辰先生》《申述关于中医科学化的问题》《韬奋先生哀词》《写在双十节》《黑与白》《分与合》《囤与扒》《学习歌颂不完的伟绩》《奉行国父遗教,向苏联看齐》《宏大的轮船停泊到了安全的海港》《文艺与民主》《文化界时局进言》《苏联会参加东方战场吗》《人类的前卫》《罗曼·罗兰悼词》《向人民大众学习》《悼念 A·托尔斯泰》《人民的文艺》《〈五四〉课题的重题》《我如果再是青年》《国际的文化联盟刍议》等 76 篇文章。

天地玄黄

上海　大孚出版公司　1947 年 12 月初版　有图影　354 页
25 开

本书原是《沸羹集》的续集，因篇数过多，所以将抗战胜利后到 1947 年所写杂文（包括若干篇学术论文）单编成册（页码仍是连贯的）。收有《天地玄黄》《历史的大转变》《我建议》《今屈原》《苏联问题二三事》《兵不管秀才》《吊星海》《相见以诚》《走向世界和平的桥梁》《民族解放的先锋》《叶挺将军的诗》《文艺与科学》《〈亚洲苏联〉序》《〈联合三日刊〉发刊词》《文艺工作展望》《我更懂得庄子》《重庆值得留恋》《学术工作展望》《纪念第二届"五四"文艺节告全国文艺工作者书》《屈原不会是弄臣》《从诗人节说到屈原是否是弄臣》《"不要把自己的作品偶像化"》《教育与学习》《走向人民文艺》《诗歌与音乐》《毫不乐观》《追慕高尔基》《七七第一周年在武汉》《皮杜尔与比基尼》《摩登唐吉珂德的一种手法》《让公朴永远抱着一个孩子》《等于打死了林肯和罗斯福》《痛失人师》《记不全的一首陶诗》《读了〈陶先生最后一封信〉》《悼闻一多》《反反常》《〈板话〉及其他》《司徒·司马·司空》《关于非正式五人小组》《读了〈李家庄的变迁〉》《怎样使双十节更值得纪念》《为美国人设想》《鲁迅和我们同在》《世界和平的柱石》《人所豢畜者》《纪念邓择生先生》《关于〈美术考古一世纪〉》《民主运动中的二三事》《王安石的〈明妃曲〉》《冷与甘》《峨眉山下》《路边谈话》《替胡适改诗》《春天的信号》《考工记的年代与国别》《〈浮士德〉简论》等 76 篇文章。书前有序。

H

何其芳

刻意集

上海　文化生活出版社　1938 年 10 月初版　1946 年 11 月 4 版
125 页　文学丛刊　第 5 集　巴金主编

收入短篇小说《王子猷》，剧本《夏夜》，长篇小说《浮世绘》
片段等。

星火集

重庆　群益出版社　1945 年 9 月初版　1946 年 11 月沪再版
206 页　32 开

分 4 辑，收入《论工作》《论本位文化》《论周作人事件》《坐人
力车有感》《论救救孩子》《关于周作人事件的一封信》《论家族主
义》《一个太原小学生》《某县见闻》《老百姓和军队》《日本人的悲
剧》《川陕路上杂记》《一个平常的故事》《论快乐》《论"土地之盐"》
《高尔基纪念》《饥饿》《在大青山》《关于艺术群众化问题》《谈写诗》
《两种不同的道路》及《杂记数则》等 22 篇文章。均是作者 1938—
1944 年所写，多为文艺论文和抗战见闻杂记。书末有后记。

黄炎培

蜀南三种

重庆　国讯书店　1941 年 10 月初版　1942 年 2 月再版　174

页　国讯丛书　第1种　国讯旬刊社主编

作者1939年视察四川南部途中写下的诗文集。收《蜀南摄真》《宁远心影》等2篇长篇散文和《蜀南记游诗》（包括28首）。附录：一、《重做人三章》，二、《既辞川康建设期成会第二办事处主任职留赠蜀南诸友好二首》。

黄炽甫

战时文艺

重庆　中小学读物社　1938年6月初版　98页　32开

收入《元旦献辞》《同胞三勇士》《我们的胜利》《五九飞京谒陵记》《二一八空战勇士访问记》等40篇报道和以抗战为题材的其他杂著。

J

金满成

花柳病春

上海　现代书局　1929年2月初版　163页

个人刊行　1937年版　163页

收入短篇小说《花柳病春》和2个独幕剧本《解剖学者与鬼》《溃了的爱》。

K

孔罗荪

最后的旗帜

重庆　当今出版社　1943年7月初版　97页　36开　当今文艺丛书

收入《哈尔滨城头的梦》《二月五日》《最后的旗帜》《职业》《太平盛世》《告别武汉》《江上》《武汉的来客》《轰炸书简》《梦的境界》《庆祝一章》《情感的瞬间》《赌》《生活片段》等14篇文章。

L

老　舍

三四一

重庆　独立出版社　1938年版　98页

通俗文艺作品集，包含三篇大鼓书词、四出二黄戏及一篇小说。

李长之

苦雾集

重庆　商务印书馆　1942年10月初版　1943年12月2版　166页　33开　大时代文艺丛书　第2集

收入文艺理论和批评论文14篇，散文3篇，杂感2篇，诗7

首。书前有作者序。

梦雨集（文艺批评与文艺教育）

重庆　商务印书馆　1945 年 8 月初版　180 页　32 开

分 4 辑，收入文艺论文 11 篇，书评及作家的评论 8 篇，散文 5 篇，诗 9 首。书前有作者序。

丽　砂

冬的故事

分《冬眠》《冬雾》《冬风》《冬雪》《野火》5 部分，作于 1943 年。

刘益之

银色的迷彩

成都　中国的空军出版社　1944 年 3 月初版　110 页　32 开

中国文艺丛书　第 3 种　陶雄主编

收入《空军魂》《银色的迷彩》《夜》《跛站长》《徐君》《白雪天》《书王天祥君事》《黄正裕》等 9 篇散文和短篇小说。

罗　淑

鱼儿坳

上海　文化生活出版社　1941 年 8 月初版　53 页　文学小丛刊　第 3 集　巴金主编

收入《捞粪草》《轿夫》《弄堂里的叫卖声》3 篇散文和《鱼儿坳》《贼》2 篇短篇小说。书末有巴金写的后记。

S

邵荃麟

论批评　荃麟等著

香港　大众文艺丛刊社　1948 年 9 月初版　126 页　大众文艺丛刊

诗文合集。收入《鲁迅思想发展的道路》（胡绳）、《论马恩的文艺批评》（荃麟）、《评〈虾球传〉第一、二部》（周钢鸣）等 5 篇文艺评论和书评；《催粮差》（赵树理）、《瞎老妈》（洪林）等 3 篇短篇小说；《致家乡》（邹狄帆）、《小王五》（刘衍洲）等 7 首新诗；《征实》（李平潮）、《检查哨》（陆泉）等 4 篇报告文学。有"编后"。

宋之的

凯　哥

重庆　中国文化服务社　1941年3月初版　195页　32开　作家战地访问团丛书　中华全国文艺界抗战协会编

收入《新芽》《墙》《长子风景线》《新生活》《论敌后文化工作》5篇散文短论，《小风波》《空舍清野》《凯哥》3个独幕剧本和短篇小说《小夫妻》。

T

陶　雄

0404号机

香港　海燕书店　1940年6月初版　115页　36开　七月文丛

短篇小说集，收入《0404号机》《未亡人语》《夜曲》《天王与小鬼》《某城防空纪事》等5篇小说和独幕剧《总站之夜》。

X

徐　迟

生命的火焰　徐迟等著

桂林　集美书店　1942年10月初版　32开　186页　艺术新丛　孟超编辑

收入《中国人之歌》《少年游》《春日小记》等诗歌、小说、戏剧以及翻译的诗评、艺术论文多篇。

徐仲年

流离集

重庆　正中书局　1939年12月初版　1946年4月沪1版　204页　32开

收入《岭上梅》《乱世人》等8篇短篇小说，《重读"呐喊"与"彷徨"》等5篇文艺论文。书前有作者序。

人间味

重庆　青年书店　1941年3月初版　1941年8月再版　148页　32开

收入《端午锦》《洪炉》《疯》《蟒》《地狱相》5篇小说和《在警备岗位上》《龙门厄》《斩三虫》3篇散文。是作者1939年6月—1940年1月写的，曾在《中国青年》《黄河》《国是公论》等刊物上发表。

Z

朱大枬

灾梨集　朱大枬　王余杞　翟永坤著

文化学社　1928年11月版　268页　徒然社丛书

现代诗文合集，朱大枬著部分题名《斑斓》，收散文诗7篇、新诗22首；王余杞著部分题名《百花深处》，收短篇小说6篇；翟永坤著部分题名《夜游》，收新诗 16 首、小说 2 篇。

朱君允

灯 光

重庆　国民图书出版社　1942 年 6 月初版　66 页　32 开　文艺丛书

收入《灯光》《大沽口》《滇越路上》《追念地山》等 8 篇散文和新诗《成都的冬》。书前有陈西滢的序，书末附录作者的《倚楼词》。